仮面の女と愛の輪廻

ショパンで、どの曲がいちばん好きか?、と、僕は自問自答する。僕はたぶん、マズルカ全曲をあげるかもしれない。が、なぜか? と問われ

虫明亜呂無

ると、答えにつまってしまう。ショパンのどの曲にも、『秋のソナタ』で語られているような激しさと、暗さがある。意志の断乎とした主張

清流出版

もある。人生のもろもろの体験の重圧にもめげなかった力づよさもある。と、同時に、『秋のソナタ』で母と娘が、それぞれ……………

仮面の女と愛の輪廻

目次

第一章

朽ちぬ冠

第二章——❖

女のエッセンス——日本の女優たち

第三章

女傑の時代

第四章——❖

愛の輪廻について

写真提供／川喜多記念映画文化財団・瀬川昌治・虫明敏子

装丁・本文設計――西山孝司
編集協力――高崎俊夫

第一章

朽ちぬ冠

東邦的感覚のかおり——ボードレールの詩の中に見つけた〝アロム〟

虫明《むしあけ》は土地の名である。

備前虫明焼という焼き物がある。素朴な、無技巧を看板にしたような焼き物である。さりげなく、荒い、というのを売り物にしているようなところがある。素朴なふりをして、気取っている感じもする。が、外観は重い。

虫明で焼いているから、虫明焼というのであろう。

花や茶をやっていらっしゃる方は、すぐ「あそこの生まれですか？」と、いう。

柴田錬三郎先生に、あるとき、

「私の生まれ故郷の、山ひとつ越えたところが虫明だ」

と、教えられたことがある。

が、ぼくはまだ行ったことも、見たこともない。一度、なにかの折りに、訪ねてみたいと思っている。

戦前、昭和十三年ごろベストセラーになった『小島の春』の終わりの方に、著者の小山正子さんが、一生を救ライ事業に捧げようと思いながら、現実に絶望して、雨の降りしきる虫明の港を歩くくだりがある。少年のころ、ぼくはその個所に心うたれた記憶がある。絶望しながらも、目的にむかって歩きつづけなくてはならない、ということを、ぼくは虫明の名にちなんで、感覚的に暗く覚悟したことを覚えている。

祖父までは、岡山県の金光にいた（従って、一族はまだ同地にのこっている。今、仙台の東北大学で電波工学を教えている虫明康人は、ぼくのいとこである。彼に聞くと、仙台では虫明というのは、彼ひとりしかいないそうである）。

父は早くから東京へ出てきて、絵の勉強をした。父の青年時代に絵の仲間だった方に、林武先生、野口弥太郎先生、木下孝則先生がいる。父の師は日本のフォービズムを作った萬《よろず》鉄五郎先生である。父は三十一歳で死んだ。上記の諸先生方と二科から離れて円鳥会を作った直後である。父の死に際して、林先生、野口先生が絵を描いてくださった。ぼくはそれを、今でも大事に、しまってある。

父はぼくが九月に生まれたものだから、アロムという名前をつけた。フランス語で香《かお》り、薫《かお》り、という意味のことばである。萬先生のお嬢さんに、かおるさんという方がいられて（聡明な、美しい方であった）父は先生への尊敬をもふくめて、ぼくの名をこしらえてしまったらしい。

十六、七歳のころだったか、ぼくはボードレールの詩の中に、アロムということばをみつけたとき、なんとなく、「やってくれたぜ、お父ッツァン」といいたかった。ボードレールはぼくの理想の人物であったからである。

しかし、父は九月の菊の香を思ったらしいが、ヨーロッパ人の感じているアロムということばは、それとはまったくニュアンスがちがう。ボードレールの詩で使われているのも、ちょうどドラクロアの中近東の風俗を描いた作品に似かよったなにか東邦的な感覚のつよい香りである。

ウィーンの町はずれで、アロマ・カッフェという小さな看板が、喫茶店の軒先にかかっているのを見たことがある。ウィーンらしい淡黄色の壁に緑の窓の喫茶店で、看板が晩秋の風に揺れていた。

ロンシャン競馬場で買ったロワイヤルというベルギーのたばこの包装紙には、シガレット・アロマティークと書きつらねてあった。紅葉に燃え上がるロンシャンは、高級モードに装った各国の女性が競馬場のミルク色の建築と緑の芝生に似合って美しいが、ぼくはその木かげのベンチに腰かけて焼きグリやあんずをたべながら、ロワイヤルを喫ってみた。

淡い香りが、胸にひろがってゆくのが、いかにも、気持ちの昂揚をおさえて快かった。

父がつけてしまったので仕方ないが、ぼくは名前は、簡潔なほうが、はるかによいと思っている。名前に凝る、と、いう気持ちが、ぼくには理解できない。名前は爽《さわや》かで、響きのよいのを選ぶべきだろう。

そう考えているから、娘たちには敦子、桂子とごく平凡な名前をつけてある。

「東京新聞」昭和四十五年十一月十二日号

母のおもかげ

躾には厳しかった母、虫明操さん(右端)

母は、僕が二歳、弟がまだ母の胎内にいたとき、僕の父に死なれた。大正から昭和になろうとするときだった。

二十代の半ばで未亡人になった母は、そのころ、日夜、自殺のことばかり考えていたそうである。だが、子づれで自殺というわけにはいかない、と心にきめると、子どもの養育に青春の後半から、女ざかりを集中した。知恵と情念のすべてを、「女手一つ」の家庭の運営に全力を注いだ。

現在の経済状態では想像もつかないが、父の死後から僕が中学にはいるころまでに、家を二十軒余り建てて人に貸し、生活の資金とした。

その他、区の教育委員、民生委員、町会委員などを押しつけられ、女だてらに獅子奮迅の働きぶりをつづけた。

当然のことだが、母は僕を甘やかさなかった。学校の成績が悪かったり、いたずらすると、寒中でもバケツの水を頭から浴びせられ、さお竹でビシビシたたかれる。

僕は子ども心に、「人間は甘えられないのだ」ということを知った。僕は甘やかされなかったかわりに、子どものころから、物事を冷静に、客観的に見るすべを身につけていった。

これは考えようによっては、僕の致命的な弱点でもあるが、しかし、それがあるので、現在のように物を書いて生活できるようになれたとも言えるのである。僕はこの点で深く母に感謝しなくてはならない。

そして今では、親となった自分も子どもは突き放して育てたい、親子の間はかわいた関係を保っていきたいと思っている。

小学校に上がるころから、母は僕を知人に託して遠いところへ旅行させた。僕は、うるさくきびしい母から離れられるのがうれしくて、旅となると胸がおどった。母の旅へのすすめは、後年になって、僕に大きなプラスを与えた。

僕は外国生活でも、すぐ向こうの生活に慣れるし、旅行中でも仕事ができるコツを身につけた。それ以上に、現在になっても年齢を忘れさせる風俗や人物への好奇心の維持は、実は幼年時代につちかわれた、脱家庭の心情から発したものなのである。この点でも僕は、母の教育は利するところが大きかった、と思っている。

僕は十八歳のとき、学徒出陣で軍隊へはいった。鉄拳制裁と凍傷がひどくて、部隊は面会禁止となった。そのとき、母は連隊長に直訴して、東京からはるばる岡山へ面会に来た。

僕らは軍隊で例外なしに人間以下のものとして扱われていた。「人間以下の存在でしかない僕を、母はなぜあんなにも深い愛情で育ててくれたのだろうか？」

僕はそう母に言おうと思って、言葉につまった。「死ぬ前に、一度親孝行がしたかった」と、僕はそれだけ言った。母はそれを聞くと、はじめて面会所の土間の上で涙を流した。

戦後四年目の荒廃の中で、母は心臓病で死んだ。

「主婦の友」昭和四十七年五月号

私の心にのこる人——冬の少女

難かしい課題である。編集部からの依頼は「これまでに接してきた人のなかで、もっとも感動を覚えた生きざま」について書けということである。

依頼を受けて、僕は考えこんでしまった。

僕はこれまでに多くの人に会い、その言葉を聞き、行動を見たり、作品に接したりして、感性のゆたかさに触発され、教養の深さに啓示されてきたことはしばしばだが、もっとも感動を覚えた生きざまということになると、実例を上げるのに、いささかためらいを覚えた。生きざまに感動を覚えるほど、僕はそれらの人びとの内面生活に立ちいったことがないからである。むしろ、それらの人びとに尊敬の念を抱けば抱くほど、僕はそれらの人びとに、つねに距離を置いて、接するのをたてまえとしてきたからである。距離が尊敬を維持するからである。現在接している人たちには、特に距離は重要である。

余談だが、生きざまのざまという言葉は、古くは別だが、現在では良い意味に使わないのが、日本語の常識である。ざまという言葉は、ざまをみやがれ、とか、死にざま、などというように、悪い場合にだけ使う。このため、生きざまという新造語には、どうしても、暗くて、陰惨で、醜怪なイメージがつきまとう。恵まれない環境の中で、貧困にさいなめられ、病気に苦しめられ、悪戦苦斗して、悔いと恨みだけの人生を送っている、というのが、しいて云えば、生きざまである（死にざまは国語辞典にのっているが、生きざまがのっていないのは、この言葉がまだ正式な日本語として認められていないからであろう）。生きざまという新造語には、なによりも感動がともなわない。あるのは悲惨だけである。

以上、第一は距離のことから、第二は言葉からくる違和感によって、僕は容易に編集部へ書く解答がひきだせなかった。

僕は自分の今日を作ったのは、少年時代のさまざまな体験だと思っているが、その少年時代に、いちばん、衝撃を受けたことについて書いておくことにする。

皇太子殿下が誕生された時のことである。当時、小学生だった僕は、学校が催した皇太子殿下御誕生の奉祝の旗行列に参加した。冬の、空に一点の雲もない、よく晴れた寒い日であったことを記憶している。僕は行列の市内行進をおえて帰宅した。そして、閑散としたわが家で、卓上に置かれてあった朝刊を拾い読みしているうちに、ひとりの少女が家出した記事に目をとめた。僕は子供心に、皇太子殿下誕生で、国をあげて奉祝行事を催している日に、選りも選って、家出をしている少女がいることに、奇妙な好奇心と、わずかな同情と、なにか不安をよびさます、陶酔に近い胸のときめきを覚えた。家出をした少女にとっては、国家の奉祝行事は、およそ関心外の出来事であったにちがいない。少女は彼女を生活費の捻出源としてこき使う父のもとをはなれるために、母や妹と、ひそかに、家を出て、彼女を理解する人の家に身をよせた、と、新聞記事は報じていた。

僕は後に、この少女を主人公にした里見弴氏と、佐藤春夫氏の二つの小説を読んだことがある。残念ながら、二つの小説はかならずしも、良い出来ではない。主人公が現存している少女だからである。が、ひとりの女性（里見弴氏の場合は、戦前の岩波新書で、少女は少女として描かれている。佐藤春夫氏の場合は、戦後まもない河出書房の「文芸」で、少女はすでに成人した時代だったが、作中の主人公はその少女時代を描かれている）が、まだ二十代だというのに二人の大作家によって、主人公として小説に描かれたということは前代未聞のことである。が、二大作家が小説化したことはまぎれもない事実である。この二大作家が、少女のどこに、創作イメージをかきたてられたかは知るよしもない。つまり、彼女の資質のなにに創作モチーフを啓示されたかは、僕の推測の域を出ないのだが、里見弴、佐藤春夫両氏ともに「若き日の芸術家の肖像画」を書きたかったことにはちがいないと思われる。里見氏の小説は戦後、講談社から単行本として出版されるが、これには志賀直哉氏の序文がついており、志賀氏の序文は「芸術と作家の関係」を強調しているのも、そのためであろうと想像される。

小学生だった僕は、新聞にのった写真をとおして、少女の容貌が僕に与えてくる印象につよく打たれた。少女はいかにも両親の不和の間で育った少女らしく、孤独で、薄幸の翳りを表情にたくまずして漂よわせていた。が、同時に、気性が勝って、黙っていようと思えば、一日中、だれとも口をきかない頑《かたく》なさを身につけ、半面、思ったことは必ず実行してみせる意志のつよさも、したたかに内に秘めているようであった。内に灯をともらせたような透明な頰の皮膚の薄さとか、少女とも思えぬソノリテのきいたアルトの響きとか、どこか成熟している女性だけが持っている枯渇感と飢餓感などを、少女ははっきりと体にあらわしていた。僕はふと、新聞紙をとおして、彼女のなぜか日なたくさい髪の毛のにおいや、手指の冷たさなどを感じて、不意に、僕の体内を熱いものがかけあがってくるのを、羞恥心をともなって感知していた。彼女に近寄ると、僕は彼女の口のあたりから、かすかに、味噌汁のにおいが伝わってくるのではないだろうか、とも、思ったりした。

少女は家出からしばらくして、彼女の後援者の援助によってベルギーに渡った。その頃、朝日新聞がおこなった例の「神風号」の渡欧飛行があり、少女はブリュッセルの空港で「神風」の飯沼操縦士に花束を贈り「こんなに目の美しい人を見たことがない」と飯沼操縦士を絶賛している。僕はかすかに飯沼操縦士に嫉妬を抱いた。太平洋戦争の末期、飯沼氏が戦死された記事を読んだとき僕は飯沼氏も生前、少女にあれだけの賛辞を送られたのだから男としてもって瞑すべしだと思う、と呟いた。

僕は後年、少女がケルンに滞在中、亡くなられた元駐伊大使だった与謝野秀氏（東京オリンピックの時は、日本のオリンピック会長だった。与謝野晶子氏の令息である）から、紹介状を書いてあげるから、行って、会っておいでと云われたことがある。が、それからしばらくして、与謝野氏は急逝され、僕はとうとう紹介状をいただく機会を逸してしまった。

僕が少年時代、自分はきっと、将来世間の一般の道とは別の道を歩んでいくだろうな、と、いう予感を覚えたのは、この少女の家出の記事を読んだためだろうと、今でも思っている。少女はヴァイオリンを弾いていた。僕は音楽を媒介にして、なんとなく、人間の離散、愛憎、男と女の感性のもたらす相互の誤解、幻想の相剋などを、漠然と感じていたのかもしれない。むろん、その相剋のもたらす哀しみや絶望などは知るよしもない。だがしかし、少年なりにその予感めいたものを、肌でさぐりあてていたとも云えるようである。僕は音楽が僕らの感性に訴えてくるものや、感性に問いかけてくる謎の魅力が、人間生活に重要な精神作業を促してくる重要な要素を形成していることをうすうす感づいていたのかも知れない。そしてそれらがそのまま芸術家の不幸、悲運、エゴイズム、奔放に通じていくものであろうことを、僕は感覚で理解しはじめていた。

昭和十六年、日本にコリンヌ・ルュシェールというフランスの女優が映画『格子なき牢獄』で紹介されたとき、作家の佐多稲子さんが、彼女が少女とよく似た雰囲気と容貌を持っていると書かれたことがある。リュシェールは美貌の持主で不幸で短い生涯を終わった。佐多さんも女流作家としての直感で少女とリュシェールのふたりになにか共通したものを感知されたのにちがいない。

「普門」昭和五十六年・NO十四号

遠くに人を

久米正雄の小説『破船』の中で、芥川龍之介とおぼしき人物が、

花火より遠くに人を思いけり

という俳句を作るくだりがある。僕は子供心に美しい句だ、と、思った。東京の下町の屋根瓦《がわら》のつらなりと、水色をふくんだ夜空のひろがりと、その中心にひらいた花火が、音を殺した遠景になって描かれている。

『破船』は夏目漱石の令嬢をめぐる青年たちの失恋小説だが、芥川龍之介だけは、そうした若者特有の熱病やみのような恋愛事件からは一歩遠のいて、はやくから、すべてを冷静に観照する心を身につけていた。それでいて彼は上述のような秀句を作って、周囲の若者たちを羨望させるのである。芥川はこの頃、まだ大学生であったはずである。

僕の生まれ育った家は、本郷湯島の無縁坂（森鷗外の『雁』の舞台になっている坂で、女主人公が住んでいる）を昇りつめたところにあった。それで、戦前、両国の花火は、わが家の二階からもよく見えたものである。夏の幻想のような花火の、あかね色とか、だいだい色が、障子に映る夕焼けのように、夜空ににじんでいたのが思いだされる。僕は芝居の背景を見る感じで、花火を目を細めて見て

いた。花火の周囲に透明な焔《ほのお》が円を描いていた。戦前の東京は空が澄んでいたから、とくに、夏の夜は花火の色感にも、奇妙な奥行きが生じていたせいかもしれない。

失恋したフランス人の女性の面倒をみてやったことがある。二年後、パリで再会したときは、これが同一人物かと思われるほどに、美しく、明るく、はなやかに、生まれかわっていた。女優コリンヌ・リュシエールに似た容貌の持主なのだが、日本で失意のころは、毎日泣いていたせいか、目のふちに紫色のあざが生じ、それが熱と汗ではれ上ってしまった蒼い顔を、ことさら淋しいものにしていたのが、嘘のようだった。

彼女は田舎の夏を見たいという僕の希望をきいてくれて、フランス中部の町の七月十四日の祭につれていってくれた。

夜のロワールの川岸で花火を見た。

川の向うには森があり、森の中央とおぼしきあたりに古い城がたっていた。その城の真上で、花火があがっていた。花火は小さく、短く、しかし、それだけ、色彩が鮮明であった。倉田保雄さんが『セーヌのほとり・巴里祭』の中で書いているとおり、フランス人は、日本式の花火は、華やかすぎてかえって味気なく、退屈なものだと見なしているのである。

僕はそんなむこうの人たちが花火にむかって、日本人式の「タマ屋ーッ、カギ屋ーッ」にあたる言葉は、なんというのだろうと思って、花火より川岸の人びとの口もとを見ていた。答えは簡単で、「ケル・ブルー！　ケル・ルージュ！」（ちょっと翻訳しにくいが、しいて直訳すれば、素敵な青！　みごとな赤！　であろうか）であった。

日本人は、短い生命なら、せめて散るまでは華やかに贅《ぜい》をつくして、潔いまでに美しくあろうとするが、これは日本人式美意識であって、むこうの人は、逆に考える。それほど華やかで、贅をつくすなら、出来るだけ長く、この世に在るべきであり、一方、花火のように短い生命のものなら、それに応じて、簡潔で、明快で、直截《ちょくせつ》な美を誇るべきだと考える。

それでも、花火の終わった夜の川岸は、なぜか淋しく、僕は

「こういう夜は、あなたたちでも淋しく思うか?」と、彼女に質問すると、

「むろん淋しいです」

と、彼女は花火の残影を求めるように、夜空をふり仰いで、微笑していた。

「読売新聞」昭和五十六年七月二十五日号

遮眼帯の思想

遮眼帯という。競馬用語のひとつである。俗称、メガネ。あの馬はメガネをかけている、とつかう。競馬は、もともと、馬の恐怖心を利用したレースである。競馬でもっとも速い馬とは、すぐれて恐怖心のつよい馬の意味である。馬は弱い動物だから、集団をくんで生活をしている。敵が襲ってくると、われさきにと逃げだす。それを応用した。

遮眼帯は、ひたすら、逃走本能をかきたてる役目をしている。よけいなものを見るな、感じるな、と、命じている。他の馬と集団を組んで走るとき、視線の横、とくに、背後（馬の目は前方よりも、後方のほうがよく見える）に、ほかの馬がはいってくると、安心してしまう。仲間がいる、と、ゆとりが生じてくる。それならば、自分だけ先に走る必要はないときめてしまう。しぜん、逃げ足に、あそびがでてくる。賢明な調教師はそれをおそれる。苦心してながい月日を要してやっと体調をしあげ、出走体勢をととのえたのに馬のわずかな心のすきで、勝利をふいにしてしまうのを避ける。

遮眼帯はよけいなものが目にはいって、神経をわずらわされ、走るリズムと体のバランスが失われるのをふせぐ。遮眼帯は馬の感情を統一し、スタートからゴールまでひたすら自分の走るコースの前方だけをみつめさせる、と、思われがちだが、実際は、逃走本能の発揮をできるだけストレートに有効にするために用いられると考えたほうがよい。

人間でいえばわき目もふらず、という状態でもある。ひた走りに走る。他人のいうことに耳をかたむけない。よくいえば、一心不乱である。ガリガリの猛勉。うっかり、はたから、口をきくこともできない。が、これも、裏をかえせば、もしかすると人間の逃走本能のかなしい表現かもしれない。貧乏がおそろしくてならない。このままでは社会の競走から脱落してしまう。ガリ勉とか、今はやりのモーレツ社員もそんな恐怖にかられて、必死になって、われとわが身に鞭あてている姿なのかもしれない。

〝のぞき〟も、また一種の遮眼帯である。

節穴に目をあて、息をつめ一心不乱にのぞきこんでいる。まわりのものはなにも見えない。見えるものは自分がのぞいている対象だけである。ちょうど、暗い舞台に射しこむスポットライトのなかに俳優があらわれる。いっさいのドラマ性がライトの被写体に集中する。のぞきには、そんな舞台を見つめているようなたのしさがある。

現実は大きなドラマである。が、それなのに、あえて「演劇」がある。その演劇がこの世にあらねばならぬ理由が、スポットライトによって、強調される。そこには現実の意味をもとめる探究心が大きく作用している。

ぼくたちは現実を見ている。が、のぞきによってさらに見ることの意味を拡張しようとしている。のぞきを好奇心だけでは片づけられない理由がここにある。

少年時代、ぼくが「見る」たのしさ、おもしろさを知ったのは、祭りの「のぞきからくり」によってであった。昭和十年ごろのことである。それは絵本を見ることよりもっと鮮明に、当然立体的に、おぞましく、酒呑童子や、渡辺綱の鬼退治を見せてくれた。また、ぼくが、見ることの恐怖を知ったのは、上野の博覧会の夜空をよぎってゆくサーチライトのあわただしい原色の交錯であった。色のついた光が線をなして、なにかを捜しもとめて走る、という現実がぼくにはおそろしくてならなかった。夜空になにを捜すのか。それは夜の空をとほうもなく恐ろしいものにするだけであった。今から考えると、サーチライトは暗黒の夜空を舞台とみたてれば、そこになにかの意味を発見しようとする地上からのスポットライトではなかったろうか。

十六歳のとき、のぞきが決定的恐怖をもたらしたことも忘れられない。

秋の夜であった。

月の光がはえる空を、白い雲がはやく流れている。ぼくは上野の図書館から団子坂をぬけ、駒込にむかっている。その夜はラジオで故山城少掾、当時の古靱《こうつぼ》大夫の『壇浦兜軍記』の放送があった。図書館でそれに気づいたが、月が美しいので、電車にのるのも愚かと思われ、ぼくはすでに寝しずまったように、屋根だけが大きくひろがる街をいそぎ足でとおりぬけてゆく。歩いてゆけば、どこかで、放送がきこえるかもしれない。昭和十年代、東京の下町には、まだそんな風情がのこって、街を歩けば、時折り、邦楽の放送が耳にできたものである。

動坂下のしもた屋がつづく裏地をぬけてゆくと、聞きおぼえのある古靱大夫の声がささやかな塀をこしてきこえてくる。

「下向にも参りにも、道は変わらぬ五条坂、互いに顔を見知り合い、いつ近付きになるともなく、羽織の袖の綻びちょっと、時雨のからかさお易いご用、雪の朝の煙草の火、寒夜にせめてお茶一服」のくだりである。阿古屋が景清となれしたしんだ懐古である。

ぼくは足をとめ、塀にもたれて、きく。

あたりは、ひっそりとして、古靫大夫の声と、鶴沢清六の太ザオの音だけが、夜の深さをいっそうのものにする。ぼくの足もとには清冽な月の光がてりかえして、路上のガラスの破片をあきらかにする。

そのうち、塀にかすかに穴があいているのを知る。好奇心ではなく、義太夫の流れ出る箇所はどこか、それを聞いているであろう家の者はどんな人かという淡い気持ちで、ぼくは穴をのぞく。

たちまち、ぼくは全身を熱くする。血が逆流し、激しいけいれんが生じ、胴ぶるいがする。気をしずめようとして、手に力をいれるのだが、膝から上体がくずれおちそうになる。

ラジオは声を消すためである。

あかあかと灯った電燈は、なにもかくすことがない必要を、あきらかにするためである。

かねて、そうしたものがあることは聞き知ってはいたが、ぼくにとっては、まさに生まれてはじめての体験である。

節穴が小さいから、そこからのぞかれる光景は、直截なひろがりを、かえって、力づよく、輪廓をひきしめる。

ぼくは、ぼくと同年齢の少年と三十歳前後の婦人を見る。彼らはたがいにあるがままの姿で相擁しているのである。婦人の宙を浮く手のうごきを、ぼくは執拗に見すえる。

その夜、家へ帰って、ぼくはまんじりともしなかった。ほとんど覚醒と混沌の交錯した意識のなかでは、古靫大夫の声がたゆとう波のように、寄りあってはくずれて、また遠くへひいてゆく。沖は暗く、闇は無限にひろがり、その中をかすかな漁り火のはかなさで、くだんの婦人の手がすべってゆく。

ぼくは、以来、遮眼帯をはめられたことになる。

恐怖といってよい。おこるべくしておこるはずの好奇心とか、本能が、ひたすら見てはならぬものを見たという恐れにとってかわられた。

後年、ぼくが青年期にはいり、ふつうだったら抱くであろう異性への関心も、もしかすると出世欲とか、金銭への欲望も、とみにうすらいでいったのは、案外、このときのことが原因になったのかもしれない。

それは恐れではあったが、異様ではあったが、どこかに窈窕《ようちょう》とでも形容したい、みちたりた充足と、歓喜のほとばしりともいえるが、簡潔さが、少年と婦人のあいだに交応していたことはたしかである。

発表誌不詳

めぐりあい――山内義雄先生の思い出

僕は開成中学の一年のとき、幾本かのフランス映画を見て、フランス語を独学ではじめた。映画の良さも、言葉がわからなくては、話にならない、と、幼な心に思ったからである。ノルマンディや、プロヴァンスの田園風景に惹《ひ》かれて、いつか、それらの土地を訪ねてみたいと願った。

早稲田に入って、山内義雄先生に本格的に手ほどきを受けた。当時、早稲田は戦争下だったのにもかかわらず、一学年わずか十名にもみたない仏文科の学生に対して、外人教師が四人もつくという豪華さだった。純然としたフランス語の授業だけでも、昭和十七年ごろ、週に十八時間あったと記憶している。僕はわからないところは外人教師に教わるという手順をふんで、十代の終わりには、すでに、翻訳で金を稼いでいたし、自分では、いっぱしフランス語ができると思っていた。

恩師・山内義雄先生

山内義雄先生は京大在学中に、アンドレ・ジッドの『狭き門』を訳され、そのころの駐日フランス大使だった詩人で、劇作家のポール・クローデルに「フランスに一度も来たことがないのに、フランス人のようにフランス語を話し、書ける人だ」と、言わさせたほどの語学の達人だった。先般亡くなられた福永武彦氏も、その著『異邦の薫り』のなかで、山内義雄先生を「たぐいまれな才能の持主」と評している。

山内義雄先生は、当時、ロジェ・マルタン・デュ・ガールの『チボー家の人々』を翻訳するために多忙をきわめていられた（と、いっても、後に、官憲によって発行停止を命ぜられた）が、どういうわけか「君に根本的なフランス語の力をつけてあげよう」と、僕に言われた。「フランス文学をやるなら、その前に、フランス人の物の考えかたや、感じかたを理解するために、社会学と宗教歴史学のフランス語をやるといい」と、先生はデュルケームや、レヴィ・ストロース、その他のテキストを与えてくださった。

「これを訳してきたまえ。僕が一字一句、見てあげる」

学校の授業のほかに、さらに、一対一の個人指導であった。先生はそのころ、僕に、フランス語の出来る人として、石川淳、金子光晴、富永太郎の三氏の名前をあげられたことが、今でも僕の記憶に残っている。僕が持参していく訳文は、いつも真っ赤に添削された。

「君は言葉のセンスがわかっていない。それがわからないと、いつかはペルデュ（ダメになってしまうの意味）だ。蕩児《とうじ》帰る、というのはジッドの小説の題名だ。でも、この放蕩《ほうとう》息子の放蕩は日本語とニュアンスがちがう。人生の真実、神の神意、を知らぬままに、あちらこちらさまよい、むなしくエネルギーを使いはたしてしまったというニュアンスをこめている。日本でいう道楽息子や放蕩三昧の快楽至上主義とは内容が異なっている。これは、神を理解できなかったという人間、の意味だ。だから、ジッドが小説の題名にしているのさ」

かと思うと、先生は翻訳中の『チボー家の人々』の一節をとりあげ「君だったら、どう訳す?」と質問され、ある特別の単語の解釈に、三通りも、四通りもの、日本語の表現があることを示してくださった。が、当時浅学な僕には、先生の言葉の内容が把握できなかった。そうしたことが、おぼろげに理解できたのは、それから三十何年後のことである。小説を書きだしてから、わかった。

「フランス人の女性がフランス語で話していることを、フランスの男性はかならずしも理解しているわけではない」と、フランスの女性に教えられたのが、五年前のパリ滞在中だった。以来、一念発起して、僕はあらためてフランス語を、わけても、女性の使うフランス語の勉強をしなおした(このことは、そのまま、日本語の女性感情の表現にも応用できるからである)。が、そのような僕の現在を作ってくださった基礎は、すべて青年時代の山内義雄先生の特訓で培われた。先生は僕のむこうべき人生の方向を指示してくださったわけである。

「毎日新聞」昭和五十五年十一月十二日号

虚無のはての流麗　カミーユ・サン=サーンス

僕は十四、五歳のころ、音楽家になろうと思った。遠因は十歳ごろにうまれた。叔父のひとりが楽器奏者で、演奏会にも出ていたから、僕は小学生のころから、音楽会によくつれていかれた。音のあることを知った。

僕の憧れは諏訪根自子さんであった。僕はよく諏訪さんの演奏をきいた。

今でも覚えているが、皇太子殿下の誕生日に、僕ら小学生は日の丸の旗をふって、街の中を行進させられた。十二月の晴れた日で、冬空が澄んで、冴えていた。午前いっぱいをかけた市中行進を終わって家に帰った僕は、その日の朝の新聞記事のなかに、諏訪根自子さんの家出が書かれているのを読んだ。

僕の人生のなかで「不幸」というものが、おぼろに感覚されたのは、このときからである。世の流れとは別に、なにかがあるという感覚である。冷たく冴えたものであった。

一方では国をあげて祝福する行事があるかと思えば、他方には、どのような事情があるにせよ、ひとりの少女が家出をしなくてはならない家庭環境がある。その明暗の対比に、僕は子供心に世の中のしくみがわかったような気がした。十二月二十三日の空のしみるような高さは、なにかの悲しみを訴えていると思われ、明澄さは、かならずしも、幸福の象徴にならないと記憶された。

僕は昔のソノリテにひかれはじめた。それは、たぶん、音そのものからでなく、冬の乾いた明るい空が、そのようなことを僕に要求していたのかもしれない。しいていえば、ぬけあがった空の青さから、音を教えられたわけである。

朝日新聞の訪欧飛行機「神風」がイギリスのクロイドン飛行場へむかって飛び立った。

当時、ベルギーにいた諏訪さんは、ブリュッセルの飛行場で、飯沼操縦士を迎えている。彼女は飯沼操縦士の印象をつぎのように語った。

「眼がたいへんに美しい人だ、と、思いました」

僕はその眼の美しさは、空の青さだけをみつめているからだ、と、判断した。僕はすでに中学生になっていた。わずかなお小づかいをためて、はじめて、レコードを買った。バッハの『無伴奏ヴァイオリン奏鳴曲』である。この曲集にも透明な空があった。僕はそれにひかれた。昼でも、夜でもない空のしたにひざまずいて、なにかに祈っている気分にひたった。

僕は中学三年のころから、ヴァンサン・ダンディの和声楽と、対位法の本を買ってきて、第一頁から丹念に読みはじめていた。奇妙な子供であった、と、思う。フランス語とドイツ語も独学ではじめていた。

中学三年のころ、しかし、ある疑問がうまれはじめた。

僕は中学の音楽教師の家をたずねたことがある。

教師の家は、上野御徒町のしもたやのならびの中の一軒であった。

ささやかなつくりの家の中央にピアノが一台おいてあって、楽譜台にはバッハのプレリュードがひろげてあった。バッハをおぼえているのは、学校では平凡な歌唱曲しかおしえていない教師が、自宅では、バッハに取りくんでいるということが、僕にある種の「やっぱり、そうだったのか。そうでなくちゃあ」と安心感を与えたからである。

僕は彼のくすんだ暗い家を愛した。

僕はダンディの本の中でむつかしい個所をいくつも赤鉛筆で記しておいて、やつぎばやに、質問をした。教師は、はじめての二、三問には答えてくれたが、突然、声を高め、

「音楽家などになるなよ。苦労する。苦労するだけだよ。前途は不幸しかない……」

と、僕にさとした。目を伏せて頭をうなだれているのは教師のほうであった。

現代では考えられないことだが、僕らの青年時代までは、音楽は、文学や絵画、彫刻などとならんで、男子のやることではなかった。

それらは「人生の脱落者」であることに甘んじてゆかなくてはならぬ職業であった。つまり賎業である（本質的には、現代でも、かわりない）。車夫馬丁のたぐいよりも劣る生きかたであった。

教師は、立ちあがってピアノの横の窓をあけた。

黒くすすけた家々の屋根がつらなり、その遠くに、灰色の雲がひろがっていた。街の表どおりを走る電車の音がきこえ、物売りのラッパが尾をひいていた。風景は光沢を失っていた。

「歌曲を学校で教えて生計をたて、こんなみすぼらしい露地うらで、わずかにバッハをひいて、自分をなぐさめている。が、自分のなにをなぐさめているのか、それすらも、わからなくなってくるんだよ。音楽とは……音楽とは、そういうものさ。レコードをきく。演奏会をきく。それだけならすばらしかったと、言ってすむよ。音楽はそんなものじゃない。わかるだろう？　え？」

僕は返事につまり、なぜか顔を赤らめ、

「申しわけありません」

と、くりかえした。

中学四、五年になると、僕は、団伊玖磨さんの世代のもうひとつ上の世代の作曲家たちの方々に、直接、教えをうけた。戦争がたけなわだった暗い燈火管制のなかで、僕はストラビンスキーや、アルバン・ベルク、ウェーベルンらの楽譜をけんめいに読みふけった。そして、昭和十八年に、例の学徒動員令で、戦場へ送りこまれていった。僕は十八歳にやっとなったところだった。

戦場は荒涼としていた。音楽が聞こえてくるはずがなかった。僕は飛行隊であったが、目は決して澄むことがなかった。だから生きていられた。

戦後、世の中は変った。

人生は皮肉であった。

軍歌と流行歌しかしらなかった僕の従兄弟が、東大を出ると、NHK交響楽団にはいるようになった。僕のほうは、惨憺たる日々の暮しであった。生きている、と、いうことだけが、わずかの実感となっていて、音はすべて鳴りやんでいた。沈黙だけが、ささえであった。僕はそれでも頼まれて、音楽雑誌の編集をしたり、ベルクやレイボウィッツやブーレの翻訳をしていたが、音楽は遠のいていった。

わずかに、小林秀雄氏の『モーツァルト』だけが、僕にほんとうの音楽精神を証しだててくれていた（この本は、現在まで、日本で書かれた、もっともすぐれた音楽の本といってよい。そのほか、僕が読んだかぎりでは、北沢方邦氏のいくつかの音楽論と、最近では山口昌男氏の『本の神話学』などが、音楽について、なにかを啓示してくれている）。

僕の音楽への傾斜は変らなかったが、音楽とは別の方面の生きかたを探さねばならなかった。そのような生活を余儀なくされたからであった。中学の音楽教師が語ったように、音楽で生きるのでなくても、生きてゆくことは暗澹として、不安と貧しさの連続であった。半面、音楽で生きるのではないが、しかし、どこにいてどのような生きかたをしても音楽は身近にあるという考えがうまれてきていた。

そんなある日、僕は団伊玖磨さんから、つぎのような話をきかされ、サン＝サーンスに興味をひかれた。

むかし、日本のある高貴な家柄のかたが、サン＝サーンスをたずねていったときのことである。サン＝サーンスの家の近くで、街をゆく人にそのありかを聞くと、

「あ、あのバラ作りの名人の家ですか」

と、教えられた。

当時、フランスでは、どの家庭でもバラ作りが流行していたそうである。人びとは、家の出窓に、露台に、裏庭にバラを栽培することに熱心だった。フランスが普仏戦争の傷手からようやく恢復してきて、巷には商業勃興の気運がよみがえりはじめていた。貨幣の相場も安定して、人びとは、いわゆる文字通りのブルジョワジー（日本式に言えば、小市民である）の日常性をとりもどしかけていた時である。

カミーユ・サン＝サーンスといえば、そのバラ作りの権威者であった。彼は新種をいくつも作りだし、各地の品評会で優勝し、バラ愛好者の間では、未曾有の天才と評価されていた。彼のファンがいくらでもいた。彼は理想の人であった。それだけではない。サン＝サーンスは、バラ作りの実用書を

書いて、民間に新しい栽培法を教えている。それは、あたかも、モーリス・サイヤンがガストン・ドリースと共に、ブリヤ・サヴァランの後継者にふさわしい『美食の歓び』を書いたのとまったくおなじくらいの普及力で、民間に、ある種の信仰をひろめていったのである。サイアンはこの信仰こそ「旅への誘い」だと言っている。

伝記をまつまでもなく、サン＝サーンスは幼いときから、音楽人として生活をたててはいた。王侯貴顕にバックアップされて、彼は栄耀の道を歩みつづけた、と、いってもよい。

が、一般の民間人にとっては、音楽家サン＝サーンスは、まったく無縁の人であった。彼はバラ作りの名人としてだけしか受けとられていなかった。

カミーユ・サン＝サーンス

日本の高貴な人は、教えられた道をゆき、サン＝サーンスの家の近くで、もう一度念をおすようにして、街ゆく人にたずねた。

「あ、あの天文学者の家ですか」

こんどは、サン＝サーンスはアマチュア天文学者として、人に知られている。彼はバラづくり以外に、天文学のほうでも、かなりの実績をあげているらしいのである。附近の人は毎夜のように、夜空にむかって、望遠鏡をのぞいている彼の姿を見かけている。

やっと教えられたサン＝サーンスの家につくと、正しい服装をした執事があらわれて、

「先生は、毎朝、新聞を一時間かけて読むのが日課になっております。その間は、別室でお待ち願いたい」

と、案内して、奥へさがっていった。

しばらくすると、家の中から、すばらしいピアノの演奏がきこえてくる。

高貴な方は、だれが奏《ひ》いているのだろうと、音のきこえてくるほうへ、忍び足で近づいていった。そして扉をすかして、部屋の奥をのぞいてみると、サン=サーンスが、ピアノにむかい先の執事に頁をめくらせながら、新聞を読みふけっている。その間にも、サン=サーンスの手は鍵盤の上を流麗に走っていた。ショパンのエチュードだった、と、いう。サン=サーンスは、丹念に新聞を読んでいるのだが、彼の手は、サン=サーンスとは別人の手のように、正確に、エチュードをひきつづけていった。

日本の高貴な方は、それで、サン=サーンスのすべてがわかったような気がしたそうである。それから、朝の練習が終わったあとのサン=サーンスと、さまざまなことを語りあったが、音楽のことは、とうとう一度も話題にあがらなかった。サン=サーンスは、地理や、外交や、食べ物や、歴史の話と、話題をかえて、話はつきなかった。

高貴な方は、いつしか、サン=サーンスが音楽家だということを忘れている自分に気がついた。自分は、いったい、なにをしに、この家をたずねてきたのだろうか。が、その疑問は決して、不愉快なものではなかった。むしろ、朝の訪問が、こよなくよろこばしいもので、サン=サーンス家での対話は、ながく記憶にのこった、と、いうのである。

僕はこのエピソードが大すきである。

むこうではピアノひきぐらいはいくらでもいる。すこしばかり、ピアノがうまいといったからとて、だれも、特別の目でみてくれるわけではない。また、作曲家だからといって、別に、尊敬とか考慮をはらってくれるわけではない。が、当のピアニスト、作曲家は、まさに談論風発、教養と学識のかたまりのようで、それも耳学問ではなく、実際の体験と知識をふまえて、さながら人生を特定のルールなしのゲームのように見なして、人生を生きるたのしさとかなしさを、話のなかからひきだしてくる。その「きびしさ」と「おおらかさ」が感じられる話ですね、と、団伊玖磨さんは僕に語った。

僕はコート・ダジュール（紺碧海岸）を愛した。

その岩とも谷ともつかぬ明るい赤褐色の山肌と、緑の樹木と、涯しなく紺碧の海は終日、ながめていてあきなかった。

海は群青から深みどりへ、青から紺へと、深い層をつくって、ひろがっていた。夏の太陽をあびているのに、海はわずかに白い波頭を見せているだけであった。強烈な陽の光は一直線に海に落下し、海を貫いて、海底ふかく没してゆくようであった。そこでは、海の風すら、あかるいみどりに燃えていると思われた。船は沖だけを走っていた。

海をめぐる家々は、丘の上に、坂道にそって白い壁に透明な赤の瓦屋根をしていた。家々の庭には、しゅろや、びんろうじゅや、なつめが植えられ、庭先のほとんどを木影にしていた。そこにはいわば、あきらかに、涼しさが感じられる、と、思われた。庭には古い井戸があったりした。髪の毛を肩までたらして、美しい女たちが、井戸水を汲んでいた。つるべの金属の音が反響した。

僕はマルセイユから出発してツーロン、サン・トロペと、日数をすごした。

どの街も静まりかえって、夜は灯だけがまたたいた。昼は砂浜にヨットがむれあつまった。ヨットは豪華のきわみだった。みどり色や赤のじゅうたんをしきつめた船内はサロンを思わせた。金モールのかざりのついた服を着こんだ給仕たちが、ひやしたシャンペンをぬいて、食卓のまわりをまわった。食卓にむかった男女たちは笑いさざめいて、盃をかかげた。ヨットは、まるで、百貨店のショーウィンドオをみてまわるように、幾そうも、岸壁につながれ、一そうごとに、白、青、その他の色に彩られ、型も、大きさもちがっていた。僕は船尾に飾られた国旗によって、これはフランスのヨット、これはドイツ、あれはギリシャ、イギリス、アメリカと指さした。

僕はサン・トロペのレストランを好んだ。

レストランは赤と白のしまのテントを店のはりだしにはってあった。テントには特殊な光の装置がしてあるらしく、日光を充分に吸収しているのでふつうの肉眼では、目がくらくらして、客はよほど目に自信がある人をのぞいてだれもがサン・グラスをかけなくてはならなかった。

店の前は岸壁で、岸壁につながれたヨットのマストが視野をさえぎり、ヨットとヨットの間から、紺碧海岸のひろがりが望まれた。沖は空だけであった。

金持ちたちは、ヨットで歓をつくし、僕ら庶民は軒をつらねたレストランのひとつひとつに肩をひしめきあって席をおろして、ムール貝やバイ貝の鍋料理を頬ばった。

人びとは、ここでは、だれもが体の中からリズムを発散していた。生活の翳りがきえて、安らぎと、憩いが、泡立つ酒のように湧きあがり、恋人同士も、夫婦ものも、友人も、それから、見しらぬどうしが、海からの微風に髪をなびかせ、頬をよせあい、盃をふれあった。会話はつきず、笑い声が消えなかった。

浜には女たちが、日光浴をしていた。黒や赤のつばの広い帽子をかぶり、乳房と腰の一部だけを布でおった彼女らは、隆起のみごとな腹をもっていた。彼女らが白い浜を歩くと、海のひろさに均衡がとれて、彼女らの脚の線を鋭いものにしていた。

サン・トロペで豪華な店がまえをしているのは、二流の店であった。

一流の、世界的に名のしれたファッション店は、例外なく、テント張りの店がまえをしていた。そこは、客で賑っていた。

レストランも、質のよいものほど、裏まちの、坂道のかたわらに設けられた、さびれた、洞くつのような型の店であった。が、どの店も澄んだ白の壁で作られている明るさを持っていた。

僕は夜になると、それらの裏町のレストランで食事をした。

店内は十人も客がはいると満員になったが、十七世紀ごろのランプや、船具が飾られ、銅版画の表面に卓上のろうそくの灯がまたたいて焔のゆらめきを反射させたりした。

僕のゆく店の料理人は、いかにも南仏系らしい顔だちの若い女性であった。彫のふかい顔をして、小きみよいほうちょうさばきで、僕の知らない赤や緑や紫色の野菜を小きざみに刻みこみ、迅速な手つきでゆたかな魚を料理していった。彼女はショート・パンツに、オープンの半そでシャツを着て、他の男の給仕に、料理のあいまに、言葉みじかくいくつもの指示を与えた。貝と魚と野菜を煮こむシチューのにおいが流れてきていた。

音をしぼったラジオが音楽を流しはじめた。

サン＝サーンスの『ピアノ協奏曲第四番作品四十四』である。

僕はこの曲の第二楽章が、ことのほか、好きである。

むかしNHK交響楽団が、はじめて、この曲を定期公演の演目にのせるにあたって、演奏の参考にするため、アメリカからカサドシュス独奏、バーンスタイン指揮のニューヨーク・フィルハーモニー演奏のコロムビア盤のレコードをとりよせている（このレコードは前述の僕の従兄弟から、現在、僕のところへ来ている）。

なにか大平原のなかで、人びとが遠い土地から集まってきて、その日いちにちの交遊をおえると、また、夕暮れとともに、丘を越えて草原のはてに帰っていってしまう。

夕焼けは、とくに、静かである。だれの顔にも、縁《えにし》とも、契りともつかぬものを求めおえた安堵感がみなぎって、そこに残照があたっている。老いたものも、若いものも、人間の宿命をになって、束のまの生命の燃焼をすませおえている。出逢いとか交りとは、そのようなものの連続ではなかったか。サン＝サーンスの曲は、そのようなことを連想させるのである。

僕は十年もの長いつきあいののち、たった一分の間で、すべてを完結したあるひととの出逢いを想った。簡潔ではあったが、そこには、生命のゆたかさが秘められていた。

「すべては、幻想ね、そう思ってください」

「そうですとも。そうでなくて……」

「十年、かかったわけですね」

「幻想だと、わかっていたからです。おたがいに外からだけ知っていたせいでしょう」

僕はサン・トロペの料理女の無駄のない肉づきや、目の輝きをみつめながら、サン＝サーンスの曲のながれを耳の底で追っていた。

僕らは城砦のはずれからはじまるバロワの森林の中へ入っていった。

鹿が群をなして、樹木の間を走りぬけていた。樹冠はとざされて、わずかに、日の光らしいものが斜めに森の奥へさしこんでいた。

そんな光景も回想された。

音楽のたのしさである。

僕は光景が目にうかんでくる音楽を愛した。少年時代の冬の空が、戦死した飛行士の目の澄みようが連想された。音楽家なのに、バラ作りに専念した男の生きかたが、なぜか、心にしみた。その男の言葉が流れている。

僕はレストランにゆっくり腰をすえて、野菜と魚の料理を心ゆくまでたのしんだ。野菜は新鮮で、歯でかみしめるごとに、僕の血が洗われてゆくようであった。魚には、かすかに、海の響きがのこっていた。料理女は、僕のかたわらで、フォークとナイフを鮮やかに使って、小ぼねをことごとく取りのぞいて、

「サ・イ・エ？（ほら。いいでしょ？）」

と、言って、僕の肩を軽くたたいた。

彼女は、それから、カウンターにもどって頬づえをつきながら、サン＝サーンスに耳かたむけていた。


僕は翌朝サン・トロペをたつと、バロリスからバンスの丘の街へ行った。

バロリスにはピカソのアトリエがあり、バンスにはマチスの教会がある。

マチスの教会は、彼が死の前年までに、二年かけて作製したものである。道のかたわらの丘の影にあるので、うっかりすると通りすぎてしまう。小さな青と白の石で作られてあって、教会の内部はおよそ無駄な飾りを排して、たったひとつの祭壇と、直線の細いろうそくたてだけがおいてある。空気

が澄んで、ミルクのにおいがかすかに感じられる静かさである。白灰色の僧衣を着た女が堂守である。バンスの街は、広場や露地の奥に五百年あまりむかしの建築をのこして、丘陵と丘陵の間に、石づくりの家のならびをひろげている。ここは、フランスの代表的な香水の産地として知られている。崖の下に、いくつも香水工場が並んで、煙突から薄い煙を吐いている。百年むかしから使われている郵便局は、壁がくずれかかって、そのかたわらで、街の女の子たちが、走りまわっていた。これもまたサン=サーンスのピアノ協奏曲の世界であった。

僕はその日の夜は、バンスの森の奥のレストランで食事をした。

そこでは、街のサッカー・クラブの青年たちが、初夏のシーズンの納会をやっていた。

彼らは香水工場の職人であったり、銀行の出納がかりであったり、製材工場の勤め人であったりした。彼らはシーズンをふりかえっての報告に時をすごしたあと、むかしの仲間から来た手紙を中年の監督に朗読させた。手紙が読みおわられると、テーブルのまわりに、一瞬、沈黙がおとずれた。それから、だれかが拍手をすると、すぐ、全員が手紙（の書き手）にむかって、いっせいに拍手をした。拍手が終わって、なにか低い声で囁きがかわされ、それが合図だったかのように、食事がつぎつぎとはこばれてきた。僕はその時もサン=サーンスの音楽を感じた。

僕はなんとなく、自分の少年時代のことから、現在までの、僕自身の足あとのことを考えようとしていた。

僕は音楽家になろうとした。が、中学の音楽教師のまずしい家でバッハの楽譜と、曇った空を見たときに、なんとなく音楽のむなしさを知らされたような気がした。僕がやたらに音楽をきいてまわっていたころの少年時代から青年時代へかけての生活の暗さを思った。

レコードが買いたくて、買いたくて、ある時期、懸命に競馬にかよったこともあった。金額にして、約二百万円のレコード代を、僕は馬券でかせぎだした。レコードはいったん欲しいと思いだすと、泥沼にはまったようにつぎつぎと手にいれたくなるからだった。音楽は常に陰惨であった。音楽は心の傷を残酷にひろげてゆく作用をもっている。

僕はロンドンで、ウィーンで、パリで、音楽ばかりを聞いていた。音楽は破滅と背中あわせになって、僕を誘惑した。文学が、なんらかの意味で毒である以上に、音楽はもっと毒を含んでいた。直接、僕の情念に毒を吹き込んできた。実際、僕は音楽を専門にしている人たちは、よく、健全な頭脳や生理をもっていられるものだと、ふしぎに思えてならない。彼らは、なぜ、狂気に至らぬのであろうか。

僕がもし、あの教師の家でバッハのプレリュードの楽譜をみなかったら、あの家の窓から東京の薄汚れて、濁った空を見なかったら、僕はもしかすると、音楽を職業として、今ごろは、どこで、どのようにしているのかわからない人生を送っていたのではないだろうか。が、一方では、僕は年に一度、レストランで食事をし、サッカーをよろこび、また平凡な生活に帰ってゆく人びとの健康さを祝福したく思った。僕もそのように生きたいと願った。

僕は少年時代の十二月二十三日の悲しく晴れあがった冬の空を今でも覚えている。空は澄みきっていたが、しかし、よく見ると、色の張りに強弱があって、光と翳りがたえず交錯していたように思われる。僕はその空をみながら、一音楽少女の、というより、音楽に生きる者の不幸を予見していたのかもしれない。不幸とはなにか、ということは、全然、理解していなかったが、しかし、不幸のにおいをたしかにかぎつけていたのかもしれない。

僕はだから音楽家でありながらバラ作りに専念し、天文学に精通した男の生きかたに、ある種の共感と憩いと、人生をルールのない競技とみなしえる男のゆとりとを感知する。

僕は以前、ウィーンのベートーヴェン・ハウスや、ベートーヴェン記念館の帰り道で覚えた音楽の恐怖を思いだす。あるいはシューベルトの家で、ブラームスの家で、僕はつねに、音楽の虚無を聞いていたのである。彼らの家のとなりはごく普通の勤め人の家であった。僕はそれに博たれた。サン・トロペのレストランで、バンスの森の街の住人たちの会食で、僕がサン＝サーンスの『ピアノ協奏曲第四番』を聞きながら、おもいだしたのも、おなじたぐいのものである。

「すべては、幻想ですものね。幻想にしてくださいね。私たちは……」

その声を、僕はまさしくあのピアノ協奏曲の空しさのはての流麗さとしか言いようのない響きの中に聞いていたことは確かである。僕らは現実の中にしばられているからこそ幻想を尊重しすぎるほど尊重するのである。

空の青さである。抜けあがった空の青さである。透徹した冷めたさである。それをいつまでも探したいと、僕は思っている。それが僕の小説なのかもしれない。

「芸術生活」昭和四十七年二月号

なぜジムに行くか——三島由紀夫の肖像

アメリカの水泳を世界的に有名にした、サンタクララ・クラブのジョージ・ヘインズが、日本人にアドバイスしている。

「たしかに猛練習をしている。が、水の中で考える習慣がついていない。水の中でも感じ、考えられるようになること。そうならなくては勝てない。日本人に欠けているのはそうした訓練である」

その二日まえ、ぼくは木原美知子に会っている。新宿の街をあるきながら、彼女は云った。

「きのう水の中で感じたことを、今日になると、すっかり忘れてしまっている。全身で思いだそうとするけれど、なんとしても駄目。神経がショートしてるんです。ほんとに、こまっちゃう」

木原はスランプのどん底だった。頬がこけて、眉毛がうすくなっていた。消化器と呼吸器の弱い彼女は、夏の暑さで記憶力が減退してしまう。

秋になれば、肌が水を思いだす。そのときまでに、記憶力をとりもどすんだ。それしかない、と、ぼくは彼女をはげました。

ヘインズの云うとおりである。

水の記憶が、地上にあがると消えてしまう。これがふつうの状態である。なぜなら水泳選手が水の中でつかう筋肉は、地上のそれとは、まったく、ちがう種類のものだからである。選手たちは、そのちがう筋肉で、水を記憶してゆかねばならない。

水の量感、水の重さ、タッチ、水の進行速度、水を腹でおさえる、水がわれる、水がきれる。その感覚によって、泳者は泳ぎのバランスをとり、リズムをつくる。これは筋肉の記憶力がおこなう作業である。

水泳のむつかしさである。

ヘインズの言葉は、だから、つぎのように云いかえてもよいだろう。

「日本人の筋肉は感受性がにぶい。思考力に欠けている。それだけ、鍛えかたが、弱い。筋肉のセンスを磨け！」

十日後、三島由紀夫氏を訪ねた。

氏が現在、熱心に練習をつづけている空手の話がはじまった。氏は椅子から立ちあがって、空手の基本のかまえが、狂言のそれに似ていることを、型でしめした。

狂言の身振りは、膝の関節をおもいきって内側にまげ、それを外にのばすバネをつかって腹筋運動をコントロールする。コントロールの強弱によって、さまざまな身振りの変化がうまれてくる。フランスの心理学者たちは、そのようなコントロールを「身振りの魂」と呼んでいる。狂言の演者に要求されるのは、そのときの筋肉の運動感覚に精通していることである。

しかし、その精通ぶりに意義をさがしたりしてはいけない。そんなのは、精神のよけいなお遊びだ、と、心理学者は、はっきりと警告している。意義をもったとき、運動は芸術ではなくなってしまう。

「肉体には個性はないかね。」
「肉体には類型があるだけだ。神はそれだけ肉体を大事にして、与へるべき自由を節約したんだ。自由といふやつは精神にくれてやつた。こいつが精神の愛用する手ごろの玩具さ……」
（『旅の墓碑銘』）

空手もまた、自由を精神にくれてやる。自由とか、平等とか、エゴにむらがるのは乞食の根性だ。空手には「与えられた自由」がはいりこむすきはひとつもない。空手が自由をたのしむときは、一撃必殺の死を甘んじて受けるときだけである。

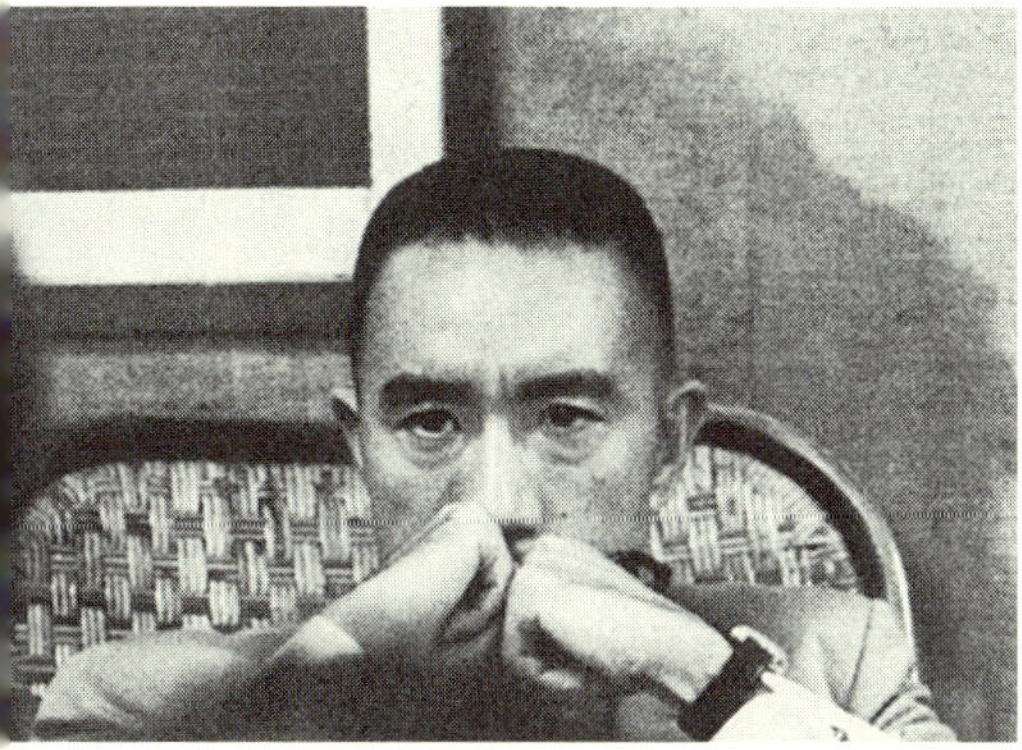
三島由紀夫氏（一九六七年）

狂言はまだよい。身振りの破綻がゆるされる。破綻はつくろえばよい。芸能の幽美さである。型をとおして、現実をなぞる遊びの華やかさといってもよい。破綻もひとつの魅力である。

「武智鉄二の芝居で見てごらんなさい。役者に首の筋肉の動きで、感情表現をさせています。うまい俳優は首の筋肉が表情をだしてみせるでしょう。筋肉に物を云わせるっていうのがあれです。演技のたのしみです。が、空手では演者は、自分の筋肉の運動感覚だけを信ずるよりほかないのです。そのとき、感情や心理の残りかすを、いっさい、かき消してしまう。」

三島氏は、氏の空手をぜひ見てほしい、と、云った。

空手には意義がない。だから、すばらしい。それはちょうど、徒手体操がどんな舞踊よりも音楽的で、はるかに深いところでぼくたちの肉体に結びついているのに似ている。氏の空手は簡潔で、型そのものであった。明瞭で、ごまかしがなかった。媚態がなかった。

三島氏は空手の筋肉から、水泳の筋肉について語った。

「ひとつの筋肉をうごかすことで、人間の思考や、感情がまったくちがうものになってゆく。水泳の場合には、水中で使う筋肉が地上のとちがうので、それが、とくにはっきりとあらわれてくるはずです。ひとつひとつの筋肉のうごきのちがいで、さまざまな感情や、思考が生じてくるのだから、筋肉にも思想があると云ってもよい。」

氏は語っている。

「内面の闇に埋もれたあいまいな形をした思想などよりも、筋肉が思想を代行したはうがはるかにましである。」

（『鏡子の家』）

実際、ぼくたちのまわりには、あいまいな思想が横行しすぎている。それに尾をふって、あいまいな心理や性格が、風俗にまぎれて、我物顔で大手をふるっている。心理小説や、性格描写が、分析や、告白や、記録の体《てい》をかりて、文学の主流をなしている。

フランスの詩人ヴァレリーの言葉であるが、それならば、いっそのこと、なぜ文学は、

「モナリザの神経系統や、ミロのヴィナスの肝臓を云々しようとしないのだろうか？」

インドから帰ってきた三島由紀夫氏は、つぎの計画としてF104ジェット機に搭乗する。音速をこえて、5Gの重量、つまり地球の引力の5倍を機内で体験しようとこころみる。

氏は説明してくれた。

ＬＳＤを飲む。これは一種の失神状態におちいることだ。５Ｇも一瞬、気をうしなうだろう。失神ということでは、ふたつはすこしもちがっていない。

が、ＬＳＤは沈下してゆく失神だ。この失神はちょうど、自意識のどうどうめぐりのはてに、自分を見失ってゆくのに似ている。逃避の失神である。

それに反して、５Ｇは上昇してゆく失神だろう。意識の外へ飛びたってゆく。そのときの感覚を知りたいのだ、と氏は云う。飛翔の失神である。

チェンバー・テスト（気密室テスト）は難なく合格するだろう。

落下傘降下はすでに会得している。高い所から飛びおりるのは、もう幾度も訓練をつんでいるので恐怖はない。人間は筋肉がきたえられてくると、高い所にあがればいつでもそこから飛びおりられるように、自然に筋肉がうごいてゆくものなのである。

筋肉は、さきごろの自衛隊入隊でためしたのだが、隊員のだれよりも、氏の筋肉は強くたくましいものであったそうである。用意はととのい、氏はよく仕上った猟犬のように、いつでも獲物に飛びかかれる状態におかれている。

氏は実際に、マッハ２のジェット機で、高度一万三千、急降下を敢行し、ぎりぎりの点で機首をたてなおす。その時、氏は全意識と全肉体に５Ｇの重量をしたたかに叩きこまれ、それをはねかえすだろう。

「つらつら自分の幼時を思ひめぐらすと、私にとつては、言葉の記憶は肉体の記憶よりもはるかに遠くまで遡る。世のつねの人にとつては、肉体が先に訪れ、それから言葉が訪れるのであらうに、私にとつては、まづ言葉が訪れて、ずつとあとから、甚だ気の進まぬ様子で、そのときすでに観念的な姿をしてゐたところの肉体が訪れたが、その肉体は云ふまでもなく、すでに言葉に蝕まれてゐた。

まず白木の柱があり、それから白蟻が来てこれを蝕む。しかるに私の場合は、まづ白蟻がをり、やがて半ば蝕まれた白木の柱が徐々に姿を現はしたのであつた。」

これは氏が告白と批評との中間形態、いわば、「秘められた批評」とでもいうべき文章と呼んで発表した、『太陽と鉄』の一部である。

現代はおかしな時代である。

心も、肉体も、なにかに蝕まれていないと、世間が信用してくれない。ほんものに扱ってくれない。さすがに、遺伝病や、結核のネウチは下落したが、それでも、病める肉体や精神は、健康な肉体や精神よりは、はるかに良心的なものに見られている傾向はのこっている。

『太陽と鉄』はヴァレリーの『テスト氏』の影響で書かれた。氏の青年時代の愛読書である。『テスト氏』の魅力とはなにか。

それは、きびしく自分を統御する魅力である。ストイックに、自分にさまざまな制限を課して、その制限のなかで、自分の仕事を、規則正しく実行してゆく。

三島由紀夫氏のスケジュールの規律正しさは、いわゆる流行作家の時間に追われたスケジュールとはまるっきりちがう。

氏は時間どおり、剣道をおこない、ボディービルにかよい、空手をならい、自作の芝居の舞台稽古にたちあい、俳優がせりふをつかえると、作者自らが暗誦しきったせりふを渡してやる。それから、作家の集りに、文学賞選考委員として出席し、帰宅して、仕事にとりかかる。

氏にとっては、ボディービルをやり、剣道をやることが、たのしいのではない。

氏のたのしむのはなにか。

時間にすべてが規律正しくしばられていることなのである。休むことなく、果さねばならない仕事がつづいていることである。その時間と仕事によって、氏は自分で自分をがんじがらめにして縛りあげる。それから、その中をくぐりぬけて出てくる、精神の「体操」をたのしむのである。ちょうど、公衆の面前で手に錠前をかけられ体を縄でしばられた奇術師が、掛声ひとつで、錠前も、縄も、あっというまにときはなってみせるように。

氏がジャーナリズムをよろこばせ、一般の市民をあっけにとらせる、一連のさまざまな行動、たとえば自衛隊入隊なども、氏にとっては氏を縛る縄の役目しかはたしていないのである。現代社会では、ストイックな喜びは自衛隊入隊ぐらいしか考えられなくなってしまった。

三島由紀夫氏を保守反動の代表的人物とみる人が多い。そう聞きこんできたドイツの新聞記者が、氏に質問した。氏は逆に記者に問いかえした。

「あなたは、イギリス人をファッショと思うか?」

「イヤ」

「イギリス人は戦争でだれのため、なんのために死ぬか? 彼らは国王のため、国家のため、民族のために死ぬだろう」

「ムロン、ソウダ」

「私の云っていることはそれだ。ただ、日本人はその死ぬための、なにか、さえ持っていないのだ」

氏は「古今集と新古今集」と題する論文のなかで、つぎのような事を云っている。

「私はこの二十年間、文学からいろんなものを一つ一つそぎ落して、今は言葉だけしか信じられない境界へ来たやうな心地がしてゐる。言葉だけしか信じられなくなつた私が、世間の目からは逆に、いよいよ政治的に過激化したやうに見られてゐるのは面白い皮肉である。」

日本浪漫派、ニーチェ哲学、ヴァレリーの明快な「地中海精神」、それからギリシャの精神――形式のあかるさと、ただしさが、あらゆる意味を表現してしまう――という考えかたをへて、三島由紀夫氏は、幻想のほうが現実よりも、はるかに現実的であり、言葉こそが事実を支配する絶対の原動力であるという哲学を表明するにいたった。

氏の一連の最近作『英霊の声』『憂国』『朱雀家の滅亡』の主題は、幻想と言葉こそが事実を越えて、日本人の情念の源であることを証明するものである。

これらの作品の魅力こそが、三島由紀夫氏の魅力なのだ、と、ぼくは考えたい。

「小説新潮」昭和四十三年一月号

深夜のボーリング場から——厳格主義者・伊丹十三

世界バンタム級タイトル・マッチ。ファイティング原田は、ローズに敗けた。原田は気力だけで十五ラウンドを闘った。

あくる日、三島由紀夫氏が、ぼくに、

「肉体は敗れた。あとは何十年もの余生を精神だけで生きてゆく。原田はまだ二十四歳の若さだというのに、これは、ゴウモンですよ」と、言った。

肉体を商売《あきない》にするものは、いつか、こんな刑罰をうける。宿命のようなものだ。

ここに、ひとりの例外がある。

「ぼくは俳優。肉体を使って表現することを職業としている人間です」

テレビの司会者、デザイナー、服装、料理、音楽、絵画、語学、エチケット評論家兼随筆家など、いくつかの肩書きをもつ伊丹十三氏である。深夜の麻布ボーリング・クラブでそう語ってくれた。

表現という言葉にアクセントをこめている。他は処世の方便、といった意味なのである。

「肉体を使って、いつまでも精神を庇《かば》ってやります。精神のひとりあるきなど絶対にさせません」

宿命への挑戦、と、うけとった。

すでに十ヵ月。生活のすべてを集中している。クラブの評価によると、腕は中くらいだが（アベレージ・百七十）、上達はやし。将来性充分とのことである。

三十四歳の青年とは思えぬほど、氏はボーリング場ではしゃぐ。大声で笑い、飛びはね、友人と当ったとは抱擁し、はずれたとは床にがっくり跪《ひざまず》いて、天井を仰ぎみる。演技以上に演技的で、迫真力満点。

恍惚状態になっている。法悦である。ボーリングが、氏にとって、おあそびでないのがわかってくる（この人、料理も、服装も、みんなこのような昂奮状態で勉強したな、と、感じさせる。荒行の魅力だ）。

「これはじめたら、ほかのこと、いっさい興味なくしましたね。女なんて、いてもいなくてもいいッ。昔だったら、考えられもしないンだけど」

レーンの上をボールが遠ざかってゆくスピード感覚と、なにかボーラーの体じゅうのものが一点に集中してゆく爽やかさ。自己集中の快感である。ぐさッ！　と突き刺す。ボールのわずかなひねりぐあい。指をはなすタイミング、体重のかけかたなどのすべてが、男性の内に持っているものの具体的表現になってしまう。単純だが、ドライな味がする。アメリカ風の哀感が、さりげなく、こもっている。

「ボーリングは、おなじことを、ひとつの目的のために、なんども繰返さねばならないんです。バラバラで、思い思いにゆきたいっていう人間の本来のありかたと、まるっきり逆なんですよ。云いかえれば、これは反人間的な、反復行為のもつたのしみなんでしょうね。

なんでもよいから、ひとつにまとまってしまえ。自分をそんなようにボールにたくしてしまえ。そう思って投げるんですが、ボールのほうで云うことをきいてくれない。糞ッ！　と思う。今にみろ。えいッ！　とエキサイトしてくる」

うきうきしている。顔が汗で光る。男くさい汗のにおいだ。スピンのきいたボールが氏の手もとから、レーンの上を疾走してゆく。

「日本の俳優は、ひとつの役のなかで、かならず自分の顔をだすんです。西欧の俳優は逆です。巡査なら巡査そのもの、坊主は坊主に生れかわっちゃう。別の人間に生れかわっちゃう。

ボーリングは誤差をすくなくする遊びです。巡査にだんだんちかづく、坊主になりきろうとする。その瞬間にストライクだ」

伊丹十三氏（一九六八年）

実際、氏のボールは十箇のピンを音たててはじきとばした。とたんに快活。
視覚的にも快感だ。根性がいじけてると、魂の昇天といった感覚である。根性がいじけてると、ボールもいじける。イヤなあそびだネ、と言うが、言う本人は、そうイヤそうでもない。
「よけいなこと考えていても、無駄だとすぐわかるでしょ？　体をのびのびとさせておかないとね。まわりのことを、体がスパッ！　と受けいれるようにしておかないと、いけないの、見ててわかるでしょう」

人なつこそうに唇をゆがめる。これはもう、例のNHKの「ファミリー・ショー」でみなれた表情に、もっと、なまなましい中年の男性の魅力をくわえたものだ。若い娘さんや、奥さん連中だったら、その場で腰おろして、顔をまっかにして、ため息をはくだろう。伊丹氏、フッと、ホォッとをまぜて、顎をひいて、肩ゆすり、奥のふかい目をまばたくのである。男性的な声をしている。それがよく鍛えられた肉体にマッチする。日本人ばなれしている。外国の男が、慕い寄ってくるようなムードだ。

『源氏物語』(テレビドラマ)のとき、市川崑さんに色々のことを教わったです。一頁くらいのせりふに対して、あの人、六十くらいの演技を考えてるンです。その組合せのなかから、ひとつを選ぶ。あとの五十九は捨てる。

市川さんの言う六十の演技が、すぐ表現できる感受性のつよい、感度濃厚の体をつくろうと思って。透明で、頑健で、しなやかで、屈折のバネのきいた、そして、市川さんの言うこと、鏡のように映しだせる体ってわけです。こいつを物にしなくちゃ。『ロード・ジム』のとき、監督のリチャード・ブルックスいわく。ゲーリー・クーパーは最高の俳優だ。ただ画面の中で突っ立ったままでしょう。だから世間は、あれは大根だという。とんでもないことだ。

クーパー。感受性がよかった。役への理解力も人いちばい。澄んだ頭に、澄んだ肉体の持主だった、でしょう。画面の中で突っ立ちっぱなしで、観客のあらゆる感情を、がっちり受けとめられた。そのくせ、人の気づかない所で、実にこまかい肉体の動きをやってたンですわ。ブルックスはそれ、ちゃんと見ていた。ほんとうの名優というのは、そういうのを言うんだって。

ボーリングやってると、それが、わかってくるンだな。自分で体験からドグマみつけてきては、それを実行し、失望し、だんだんくりかえしながら、自分のドグマと肉体の誤差をちぢめてゆく。そんな訓練にはもってこいなんです。
ぼくは色んなことやったし、色んなことを、役に立つことを知っている。そして、その役に立つことを普及もしてるんですけれど、ぼく自身は無内容な、空っぽの容れ物にすぎない。それでいいのだ。いや、そうじゃなくちゃいけないってこと」

つまり誤差に対して敏感なのだ。敏感であろうと努めているのだ。容れ物がいっぱいだったら、容れ物に入ってくるもの、出てゆくものが、まるっきり感知できるはずがない。――つまり、それが人間の誠実さというものだ。ぼくはボーリングをしている伊丹十三氏を、おそろしく、自分にきびしい人間だと見た。誤差を嫌うのである。

山口瞳氏によれば、それが、「伊丹十三の優しさから生れた男らしさであり、厳格主義だ」ということになる。

「そうしてゆくうち、本格的なものと、そうでないものとのちがいが、わかってゆくんですよ。ボーリングはそれを体から教えてくれる。こいつにかかったら、男はもう無我夢中になる。先生だし、恋人だし、自分自身だからですよ」

この人は何をやっても、本格派であり、正統派であり、厳格派でなくては、おさまらない性質《たち》なのである。完全主義者《パーフェクショニスト》ということ。

たとえば、ライターはダンヒル、ハンド・バッグはエルメスかグッチ、婦人靴ではシャルル・ジュールダン。フランス料理ではオテル・ドゥ・ラ・ポストのコース。

オマールのクネール。即ちオマールは「うみざりがに」、ま、伊勢エビだな。それのクレールというのは「はんぺん」です。美味。ステーク・オウ・ポワーブル。結構。うずらにフォワ・グラとコニャックで作ったソースをかけた奴。これまた結構。

——よくわからないが、こちらも、なんとなく結構ですといった気分にされちゃう。——

女はイタリーですよ。素敵にきれいな女の子が、地味な服装で、さも深刻そうに足早に歩いてくる。そういう女の子とすれ違うビルの谷間もいいし……

（『ヨーロッパ退屈日記』から）

「どうせみんな人間の作ったものなら、無理してゲテものや、エセものを愛する必要はない。同じことなら正統派の一級品をエンジョイしたほうがよい。そのほうが、気分的にも安心して身をまかせられる」

ロータス・エランも、M・Gもそうして手にいれた。ただし両車とも、現在、埃をかぶってほうりだしてある。一級品を手にいれることが目的だからである。

深夜のボーリング場は泡のようにたよりなく、移り気で、ばか陽気で、あっけらかんとして、侘しい。そのくせ、ボーリングをたのしむ人たちは、どうみても良家の子女であり、お金持のお坊ちゃんばかりだ。彼らは大声ではしゃぎ、煙草をふかし、コーラを呑み、ボールを投げる。ボーリングというのは、大人の世界では通用しない青年男女の社交場のあそびなのである。

伊丹十三氏はヤング・リッチ・アンド・ハンサムズというチームのメンバーである。ピンクのぺらぺらのユニフォームに、英語でチーム名が染めだしてある。若くて、金持で、美男というのは、オチャラカな名前としてはしゃれているが、実際にメンバーの人たちが若くて、金持そうで、これはまちがいなく美男たちばかりだったのは滑稽だった。

「徹底的にキザか、バカバカしいか、どちらかでないと面白くないでしょう。ボーリングなんてのは、風俗的にいえば、キザとアホラシサの極致みたいなモンでしょ」

そのハンサムズには、これまた豪華に着飾った良家の子女たちがよりそい、午前三時になると、近くの深夜営業のレストランに車をのりつけて食事をともにする。

なんとなく、侘しい光景なのだが、これも伊丹十三氏の好きな表現でいえば、彼らは心にひだの多い青年男女たちなのである。

クラブは入会金一万円。年会費六千円。一ゲーム二百円。諸道具一式で四万円前後する。ま、汗水たらして働く庶民の息子や娘の行くところではなさそうだ。庶民じゃとてもじゃないが、心にひだの生ずる余地はありません。当然のことながら、ここではキザと、バカバカしさが我物顔に大手をふって、遊びまわる仕掛けになっとる。

そして、だからこそ、そこに集まる男も女も若いのに、おしゃれで、いささか不健康で、おたがいにドライのようで、案外、気がねや、思いやりがいっぱいの連中なのかもしれない。人間関係において我慢づよくて、赦すこと、諦めることを充分に知りつくしている男女たちかもしれない。当世では、そうしたことができるというのも、キザで、バカバカしさだけがもつ美徳のひとつなのである。

伊丹十三氏。そうした連中のにぎやかな談話のなかにあって、にこにこ笑い、よく他人の話をきき、豪勢な食事をとっていた。

彼はもしかすると、そうしたキザで、バカバカしさを自認した男女たちのなかでしか、肉体の誤差を修習する必然を認めていないのかもしれない。彼の考えている本格とか、正統は伝わってゆかぬことを知っているのだ。なぜなら、世間はもっと大人で、そのかわり「酷薄で、武装した存在」だから、彼が北京烤鴨《ペキンダッグ》の作りかたをまじめで話せば、たちまち、ふまじめな男とののしったり、軽侮の笑いをなげかけてくるからである。が、ほんとうは、軽薄で、頭がよわく、キザとバカバカしさにかけては天才的な彼ら男女たちこそが、イングリッシュ・ティーのいれかたや、エール・フランスのステュワーデスのアナウンスのたのしさや、たぶんクーパー映画のおもしろさを、ボーリングに結びつけて、まじめに、すなおに本格と正統の価値をかぎわけ、なによりも肉体の誤差の発見について、奇妙な情熱的な共感を伊丹十三氏によせてくるのである。

ぼくにはわかるような気がする。彼らと共にあるかぎり、伊丹十三氏は、ますます容れ物の空っぽさを、はっきりと知り、俳優としての生きてゆく道の遠さときびしさを会得してゆくのであろう。俳優が肉体だけで生きてゆくことは、原田の敗戦ほどには、世間から理解してもらえないのである。

「小説新潮」昭和四十三年五月号

朽ちぬ冠——長距離走者・円谷幸吉の短い生涯

彼らは朽つる冠を得ん為なれど、我らは朽ちぬ冠を得んがために之をなすなり。——新約聖書　コリント前書

昭和四十二年、初冬。

ぼくはあるテレビ局から、日本の五輪候補選手をえらび、彼らの練習状態や、肉体的コンディション、そして、翌年のメキシコ・オリンピックへの抱負などを紹介する一時間番組の構成を頼まれた。撮影にあたって、

「あなたは、メキシコで日の丸をあげられますか?」

と、いう質問を、体協の指導者や、各種目の監督、コーチ、選手にむけてゆく方法が採用された。これは、当時、メキシコへは日本の国力にふさわしい少数精鋭を送ろうとの声があり、制作スタッフはその映像化を試みたわけである。質問に対して、指導層は自信にみちた返答をするであろうが、当の選ばれる選手たちは、どんな反応をみせるか、が、狙いであった。

表面は豊かな肉体的条件にめぐまれ、豪放な性格をそなえたようにみえる運動選手が、衰弱した感情の持主である例は、意外に多い。一瞬のうちに極度の集中力と起爆力を要求される競技にたずさわ

っているからである。彼らは外部のわずかな現象によって、たちまち、生理的痙攣《けいれん》をおこす。はたして、カメラにむかった選手たちは、「メキシコでは?」と聞かれると、例外なしに、頬をひきつらせ、言葉をもつれさせた。

撮影が終わった瞬間、彼らは彼らの実力、才能、素質への内心の危懼《きぐ》や、国を代表することからくる重圧感からの解放を露骨にふきあげた。彼らが運動選手らしくみせようとする動作は、むしろ、ぎこちないことによって、わずかに人間らしい親近感をあらわした。用意した他の一台のカメラは、そんな彼らを捉えた。

北は北海道、南は九州へと飛んだ撮影取材班が現地からフィルムを送ってくる。送られてきたフィルムは現像され、ラッシュにかけられ、編集されていった。制作スタッフたちの狙いは、だいたい、成功だったようである。選手たちの表情は頑《かたく》なに沈痛であることや、装った豪快さによって、たえず心情との乖離《かいり》を告白し、ユーモラスな画面効果をあげた。作品は、総じて、冷酷な明朗さにあふれて、それが、いかにもスポーツ番組の性格にかなうように思われた。

が、そこにひとつ、例外があった。

円谷《つぶらや》幸吉選手である。

彼だけが、他のすべての選手が失っていた微笑を終始つづけていた。カメラにむかって気負うことがなかった。言葉は適当に抑揚がきいて、音声は澄んでいた。良く書かれた戯曲の一節を朗読するような余韻をのこしていた。

「体は絶好調です。練習も快適にすすめられています。勝てますね、勝つこと以外は、考えられません」

彼は謙虚だが、明快に、言葉をはずませた。体は軽く解放され、腕や、上体の動きは自然であることで、観る者に人間の肉体を感じさせ、かえって、逞しく印象づけられた。

撮影は、雪の日であった。

自衛隊体育学校内の渡り廊下の一隅を使った。円谷選手の右背後には廊下の庇《ひさし》がならび、その奥は暗い校舎である。画面の左奥は、雪を被《かぶ》った低い灌木である。

時折、風がふくと、粉雪が足もとから舞いあがる。雪は画面中央の円谷選手を境にして、左右に吹きわれる。一方が明るくなると、他の一方が翳《かげ》った。その濃淡が融和して均衡がとれると、円谷選手像は顔の部分にハレーション現象を生じはじめた。額や、鼻の隆起した部分は見えなくなり、眼や頬のくぼみが、鮮明な影を浮き上らせた。それは、円谷選手でも、だれのでもない、物語の人物の少年時代のネガ写真を見ているような錯覚を与えた。

「ちょっとした心霊写真だな」

ラッシュをくりかえし、フィルム罐《かん》や、メモ・ノートの散乱した映写室のなかで、だれかが呟いた。それまで賑やかだった室内が、このシーンで静まった。明らかに異形《いぎょう》の被写体がスクリーンに現われてきた。という静かさだった。光だけが、さまざまなスピードの変化をつけて、画面をよぎっていた。

「仕方ない。これでゆこう」

と、壁に背をもたせたまま、担当プロデューサーがうめき声をあげた。——撮り直しするには時間がない、という意味がスタッフ全員に了解をもとめていた。

「しかしだね、万事に控え目な円谷が、今度にかぎって、自信満々というのも、珍しいじゃないか。これが放言居士《こじ》の重量挙げやバレーが云うなら、文句なくカットさ……」

プロデューサーの後の言葉は、暗闇のなかで、だれかがコーラの瓶を倒した音響と、その後始末の騒ぎに、かき消えてしまった。

テレビ局の運動部員だから、スタッフは各種目の選手や監督に接し、日頃からその性格についても、かなりの予備知識を持っている。彼らの評価にしたがえば、円谷幸吉は真面目で、謙虚で、礼儀正しく、温厚で、当今の青年としては、できすぎるほどできた運動選手とみられている。アマチュア選手と称しながら、適当なパトロンをみつけて、金銭の援助をうけたり、妻に美容院を経営させ、自分はその収入に頼って選手生活を維持したり、海外遠征のたびに財産その他をふやしてゆく選手が多いなかで、円谷幸吉は東京オリンピック入賞後も、自衛隊員の恵まれない環境におかれたまま、貧しい食生活に甘んじ、選手にふわさしい練習時間も設備も与えられず、走って勝つことだけをむかし以上にきびしく要求されている。彼らの間で円谷幸吉に同情的感情があらかじめ準備されていたこともあるが、それにしても、約八十人にのぼる被取材人物のなかで、円谷幸吉だけが、ごく自然に、街頭の立ち話の気軽さで、

「勝つ」

と云っていることに、ぼくらは画面の奇妙な効果とともに、ある種の驚きを受けたことは否めない。円谷幸吉の顔が、舞う雪にかさなり、背後の壁に溶けてゆく。そのとき、彼は意識せずして、笑いにひそかな流れをつけた、と、ぼくは思う。それらは冬の光景なのに、なぜか早春の午後の柔らかい日射しのなかの出来事を連想させたし、映像のおぼつかなさは、どこかで生命のおとろえたものの、最後の輝きを想いおこさせた。しかも、その輝きは、光よりも力ないことによって、光よりもはるかに熱をおびた無色透明な焔《ほのお》が画面いっぱいに燃えているように映った。

むろん、ぼくはそれから旬日後に、円谷幸吉が自殺するなどとは、すこしも考えなかった。が、画像がおかしい、と思ったことはたしかである。それよりも、勝つ、という彼の言葉の呼吸音の強さに、運動選手にありがちな軽薄な悲壮感がすこしもないのが、もっと不思議に感じられた。しいて言えば、それが不安を誘ったと言えないこともない。

これが、ぼくの見た最後の円谷幸吉である。

円谷幸吉は、昭和十五年五月、父幸七、母ミツノの七人兄妹の末子として、福島県須賀川《すかがわ》市に生れた。

円谷幸吉の人となりについては、父幸七の感化に負うところが大きい。父は辛抱づよく、物を合理的に考える農民の典型であった。

父幸七は、大正八年、若松歩兵六五連隊に入隊、射撃、銃剣術、剣道にすぐれて、下士官適任証を授かった。身体が強健で、人柄が真面目であった証拠である。当時の歩兵連隊に共通した訓練方法であるが、重装備の完全軍装で行軍をつづけ、兵の体力強化をはかるなかで、幸七はとくに健脚で知られた。

除隊後、宇都宮駅で鉄道運送の仕事についた。須賀川商業の前身である補修学校を出ていたから、そろばん、簿記の心得がある。若干の英語の知識もあったので重宝がられたが、むしろ、強い膂力《りょりょく》を買われて、現在の日通の前身である民間の運送会社に引きぬかれた。二〇〇キロのセメント樽を楽にかつぎあげ、貨車から線路横の倉庫へ運べたという。

昭和四年、幸七の兄、菊蔵が事故死する。農耕馬に荷車をひかせて街道を通行していると、馬がすれちがったトラックの警笛に狂奔し、菊蔵を地面に引きずったまま、約二百メートルを走りつづけた。菊蔵は荷車の車軸に胸部を破砕された。胸のポケットに、当時の人気女優栗島すみ子の顔写真をはったマッチが押しひしがれていたのを、幸七は今でも覚えている。菊蔵の死について、その未亡人が土地を無断で売却して出奔《しゅっぽん》する。親族は協議して、幸七夫婦を須賀川に呼びもどして、家の後継者とした。

幸七は、三十四歳で、未経験の農業をはじめてゆかねばならない。受け継いだのは、九反《たん》の田に、七反の畑、ほかに馬一頭、鶏十五羽、山羊二頭などである。そのころ、米一俵の値段が約六円五十銭。豊作ならば九反の田から、六十四、五俵の収穫があった。が、年間収入にすると、種《たね》料、肥料代、労働費の出費がくわわるから、宇都宮の運送会社時代よりはるかに劣る。そのなかで、長男、次男、三男と相ついで成長してゆく。くわえて、日本全体に不況がひろがる。東北地方に凶作がつづき、一家の餓死や、婦女の身売りが日常のこととなる。地は瘦せ、稲は病み、畑は枯れた。

兄の菊蔵は村の模範青年で、野菜づくりの名人といわれた。研究熱心で、この地方のトマト栽培に成功した最初の人である。菊蔵の出荷した野菜は、(菊)といわれ、目をつぶって買ってもよいと評価された。その後を引きついだ幸七が、兄に劣る作品を作ったのでは申し訳ない。兄の人格、兄の勤労のすべてを冒瀆《ぼうとく》するものである。幸七は物事をそのように考える人である。兄ののこした手づるで、農地試験所をおとずれ、種の選別、交配の方法、肥料の案分と、すべてを、零からはじめていった。地の衰弱、天候の不順を、労働だけでおぎなってゆかねばならなかった。

幸七の家は、鍋師橋のかたわらにある。近隣の人は、円谷家を「ナメズバシ」と呼ぶ。幸七の労働を見て、人びとは、「ナメズバシでは、夜っぴて、鍬《くわ》が唸る」と云った。幸七は、野の果てにある月を引き落す勢いで、激しく、やすみなく、鍬をうつ。寒風の吹きすさぶ中で、夜空を走る雲を仰いで、土瓶の水をすすり呑む。体から肉が削《そ》がれ、骨格だけが目立った。

凶作がつづく。須賀川も例外でない。朝、起きると、むかいの家の雨戸がおろされたままになっている。家人が全員で毒薬を仰いでいる。周囲の人たちは、あえて、家の中をのぞかない。昼ごろ、霜どけでぬかる野の道を通って検屍の役人がやってくる。幸七はそんな光景も忘れていない。荒涼とした枯木林をくぐって、葬式の列がすぎてゆくことが、再三くりかえされる。

昭和十年、長男はすでに小学校高学年になった。父の幸七、母ミツノが田畑の労働につくかたわら、子供たちは飯炊き、風呂焚き、庭掃除、家畜の手入れの分担がきまる。幸七は、一カ月あまり水田につかったまま代掻《しろか》きをしているうちに、夜、目が見えなくなる。飛びかうほたるの灯だけが、辛うじて識別できた。稲刈りはカンテラをたよりに、夜もつづけられた。夜でも楽に刈れるように、昼は刈りにくい場所を先に選んだ。夜盲症のおぼつかない視野に、掌でふれる稲の感覚だけが仕事をはかどらせた。下肥えを満載した樽二つを天びん棒にかついで、畑をとおりぬけてゆく。天びんが折れるか、自分が参るか。幸七は肩にくいこむ棒で骨がきしむのを聞く。最後にうなりを生じて棒が折れ、はずみで幸七は下肥えにまみれ、地面を匍《は》いつくばった。が、成果は徐々にあがった。幸七は兄に劣らず、米、野菜づくりの上手と云われるようになる。産物は清冽《せいれつ》な水気をふくんで、簡潔な甘味をたたえていた。不毛の土地条件を克服したうえでのことなので、賞讃はひときわであった。他県から見学に訪れてくる者もいた。彼らは幸七が中年からの農業転向者と聞かされると、あらためて、日に焼けきって、油気のほとんどなくなった、長身、痩軀の幸七を感嘆の目で見なおしたりした。

円谷幸七は近在一の働き者であった。

貧しさを肉体の酷使という代償によって、未経験を勁《つよ》い意志と旺盛な研究心できりぬけて、幸七は長男以下の子どもたちを、上級学校にすすめた。子供たちは父母を援《たす》け、役所の給仕、商店の手伝いその他を厭《いと》わずして進学した。不況のあとに、戦争がやってきた。そのなかで、幸七は堅実に収穫をあげ、地道に田畑を拡げていった。勤勉で、向上心に燃え、夫として、父として、模範農夫の生き方を確実に実践していた。

おなじ意味で、夫に従った妻ミツノは、農婦にふさわしく、黙々と働き、子を産み、子を育てた。その資格において、夫幸七に劣るところは皆無であった。短軀であったが頑健な体をそなえ、不屈の意志を忍耐づよく堅持した。子供への愛情も、言葉や、仕草ではなく、黙ってそそぐ目でもってした。彼女は体に不釣合いと思われるほど大きく、つぶらな目をもっていた。母が目さえむけてくれれば、子供たちは、それを愛情と判断した。彼女の目には、晴れた空をよぎる雲のように、さまざまな感情が映しだされるようであった。

昭和十五年、円谷幸吉がうまれた。

父の体つきと、母の目を受けついだ。

兄妹七人のうち、幸吉が、もっとも、両親に似ていた。父の長い顔、比較的横にはった頬の上部、それから、脚のかたち、とくに足指のならびが父の生れかわりかと思われた。目は母ほど見開かれていなかったが、母とおなじように冴えた瞳をしていた。母とちがうのは、明るい光の部分に視線がゆくと、眉、それも右側のほうがわずかに歪むことであった。それは彼を母以上に口かずのすくない、内気な子供に思わせた。眉の歪みをもとにもどしてから、彼が口をきくからだった。

円谷幸吉に最初に与えられた仕事は、この家のしきたりによって、家畜、秋田犬と山羊の面倒をみることであった。彼は五歳になっていた。朝、犬をひいて、付近の野や丘を走った。犬は少年になつき、彼の足音をきくと鎖をならして駆けよってきた。少年と犬が走る様子は、田畑で激しく働く父母の目をよろこばせた。少年は時に、犬よりも前方を走り、犬の追いつくのを待つことがあった。父は彼の青年時代の健脚が、申し分なく、子供のすべてにゆきわたったのを満足した。そんななかで終戦をむかえた。

幸吉は、その年の夏のある夜、足が痛むと父に訴えた。父は幸吉を裸にして、寝かしてみた。左右の脚の長さが、わずかに、均衡を失っていた。短い脚のほうを足の指先から、掌でなぞりあげてゆくと、股のつけ根のところで、少年は、はっきりと苦痛のうめき声を発した。苦痛を支えるため、少年は、両腕を中に游《およ》がせて、父の手をもとめた。

翌日、父は幸吉を背におい、炎天の道を、須賀川市内の病院につれていった。幸吉は父の背に体をあずけた。幸吉のまだ幼年のにおいをのこす体臭が、汗といっしょになって、父に伝わってきた。病院までは徒歩で約三十分かかる。田舎道の中央に舞う白い砂塵をすかすと、病院の屋根は近くに光っているのだが、距離はちぢまらない。父はそれに苛立って、「我慢せい。もう少しの辛抱ぞ。病院に行けば、すぐ癒《なお》るからのお」とくりかえした。幸吉は無言でうなずいた、幸吉は泣きもせず、わめくことも忘れて、歯をならして痛みに耐えていた。父は聞きわけのよすぎる幸吉に、我が子ながら、なにか不幸な将来を予測した。騒がしく駄々をこねてくれたなら、父はもっと別のことを感じたかもしれない。幸吉の痩せた、肉の乏しい体が、子供らしい放恣《ほうし》さを慎んで控え目に父の肌に伝えてくるものは、素直に耐えることの悲しさである。父は親の直感で、肌から肌へつたわる肉の欠損感によって、もしかすると、この子の一生は忍耐の連続ではなかろうか、と感じた。父は自分の肉体になぞらえて、息子の生涯を想った。それは、なにひとつ具体的なことを考えつかなかったが、それだけに、連続して耐えていることの重圧感だけが、背にへばりついた幸吉の胸のあたりから、父の体内へ音もなく入ってくる。父は背にまわした腕首に力をいれて、ずり落ちそうになる幸吉を、ひきずりあげた。幸吉は熱にうかされて、荒い呼吸を吐いていた。

「股関節がはずれてます。骨に欠陥があるようですね」と、医師は診断した。

「こういうのは、遺伝もあるし、日頃の、とくに幼児時代の栄養も関係しますから……無理な運動はいけません。体がうけつけないですよ」

それから、来る年も、来る年も、炎天がつづいた。田も、土も、道路も埃っぽく匂いを放った。田のはずれで煙があがって、白く横に流れてゆく。その薄れるあたりで、幸七は妻や長男たちと田の労働をつづけた。むせるように強烈な土のにおいが、空の高さを感じさせた。街の家々は静まりかえり、そのはずれの病院が年ごとに設備をひろげ、建築をくりかえしていった。風景は変らなかったが、夏の想いが、年ごとに沈鬱をくわえてゆくなかで、幸吉の股関節脱臼の記憶が父幸七のなかでうすらいでいったころ、幸吉は須賀川第一小学校を卒業、同市立第一中学校から、福島県立須賀川高校へ入学している。

小学校時代の彼は、算数、理科、工材を得意とし、小鳥の生態観察用巣箱を考案し、小学生コンクールで県知事賞を受賞している。一方、国語、作文、唱歌など、情操方面は不得意であった。生来の無口と、内向的な性格によってであろう。むしろ、ひとりで、こつこつ自分相手にする地味な学科を好んだ。その傾向は、中学、高校とすすむにつれ、珠算、速記に上達する。高校卒後の就職にそなえてのことであるが、高校三年になると、第十回中根式速記競技大会に須賀川高校を代表して級友たちと参加し、団体優勝し、彼は個人総合で第七位の成績をあげている。珠算は二級にちかい腕を持っていた。

ちなみに小学校の運動会では、満足すべき成績をあげていない。力や素質がなかったのではない。内気で、穏和で、子供らしい競争心を、子供なりに嫌悪する性格だったのである。そのかわり、蠅取りコンクールなどでは、つねに、抜群の成績をあげ、市から褒状をもらっているのである。眉をしかめながら、蠅叩きをもって、そっと蠅を狙う円谷幸吉の少年時代の姿が想像される。

就職試験は落ちた。

常磐炭坑、松下電器を受けて通らなかった。

高校三年の頃の円谷幸吉

というより、実際には合格したが、採用側がひとしく、不況に災いされて、自宅待機を通告してきた。昭和三十一年の春である。採用側では、好況にもどったとき、新規の社員を高校から募集するためには、学校側と緊密な需要供給のパイプをつないでおくように、はじめから不採用というゆきかたを避ける。が、落ちたことにはかわりない。と云って、浪人は家計上許されない。円谷幸吉は自分で自衛隊員募集の広告に応じて願書を提出する。願書を出したあとで、はじめて、父母や、兄たちは、それを知った。

父や兄は、戦前の軍隊生活を体験している。その体験にしたがえば、軍隊は農家より、楽な生活を送れる場所である。規律に忠実に従い、云われたこと、命じられたことを、そのとおり実行していればよい。とくに、父幸七は、「人に迷惑をかけるのが、一番、良くないことである」という生活信条を持っている。軍隊で忠実な兵士であれば、他人に迷惑を及ぼす必然はひとつもないと考えている。兄はなによりも、農業労働からの解放をよろこび、つぎに軍務の実習は、自己の体験から家にいるよりも肉体的、精神的負担がすくないことを知っている。

幸吉の自衛隊志願は、ほとんどの抵抗なく、家人にむかえいれられた。まして、そこで職業実習の実技を身につければ、社会に再復帰したとき、より有効な効果をあげるであろうと判断した。

幸吉は、昭和三十四年三月、自衛隊八戸《はちのへ》教育隊へ入隊した。もし彼が自衛隊に入っていなかったら……と言ってみてもせんないことではある。

須賀川は明治の末まで、磐城《いわき》と越後を結ぶ商業町であった。が、後に新設された磐越東西線の中継点が郡山になると、急速に、没落した。須賀川は追憶と閑寂の街である。それを象徴するかのように、ここの牡丹《ぼたん》園は古さと、広さで日本一と知られているが、花ざかりの牡丹には、どこかに時流に忘れられた頽廃《たいはい》の俤《おもかげ》が匂っている。張りつめたあとの衰えが漂っている。

戦後、須賀川とその周辺の農村の青少年にとって、唯一の娯楽は走ることであった。昭和二十年代初期、福島県下に、それまでにない現象として、吉成昭二ほか幾人かの長距離選手があらわれて、十キロ、二十キロのロードレースや、クロスカントリーに記録をだして話題になる一時期があった。

走ることは、ひとりでもできる。夜でもできる。金も、場所もいらない。吉成そのほかの出現は、他の青少年のヒロイズムを煽《あお》った。畑仕事を終わった若者たちが、野良着を脱ぎすてると、街道すじや、丘陵を走りまわる。日頃から鬱勃《うっぼつ》とした心情と生理の負担をもてあまし、その捌《は》け口をもとめるに急な青少年にとって、優勝走者であることは功名心を誘うだけでなく、なにかからの遁走《とんそう》と、なにかへの熱い憧憬をかきたててやまない。走ることがこの地方の流行現象になって、青少年の心をとらえた。

円谷幸七の子供たちも例外でない。一日の仕事が終わり、食事がはじまるまでの風呂の時間に、年齢順に家をぬけだし、それぞれが近隣の青少年たちと、呼び出しの暗号に応じあうかのようにつどいよって、街道をよぎり、川にそい、森をぬけ、畦《あぜ》道をつたって走りまわる。彼らにとってそのひと時はまた、農業知識の交換や、人の噂話から、就職時の状況の事や、恋愛のうちあけ相談にまで及ぶ交応の時でもあった。

円谷幸吉は、中学校へ入ると、あたかも、若衆宿に参加するように、兄たちに手をとられて、走る仲間に加えてもらう。それは、一人前として扱ってやる、という青年たちの暗黙の認《しるし》である。農業はもとより生活のすべてを、大人なみに見てくれるということは、この温順で、質朴な農村少年の、きわめて内向的な、つつましい虚栄心をひそかに満足させた。

兄たちが先頭でかわす冗談の言葉尻や、消えてゆく笑い声の余韻を、夕暮れの風の中にうけて、円谷幸吉は走りはじめる。先頭集団は市街地に灯《とも》りはじめた電燈の光を遠くにするあたりで、丘陵になびく野火の煙をかいくぐりながら、だれとなく掛け声をあげて、スピードをあげてゆく。残照と夜の暗黒の境目に砂ほこりがあがる。埃はゆっくりと薄れ、形をくずして、淡く夜にまぎれてゆく。幸吉と先頭集団の差が徐々にひらきはじめる。彼らは郡山と須賀川の境にある雲水嶺《うつみね》山の頂が見えなくなるカーブの箇所で、少年を容赦なく斬って捨てるようにピッチをあげる。道は急坂になる。少年は下行結腸のあたりに、異様な狭窄《きょうさく》と癒着《ゆちゃく》の混合した痛みをおぼえて、歩幅をおとす。こめかみの部分に剃刀《かみそり》で抉《えぐ》られたような空白感がひろがりはじめ、やがて、その空白感だけが全身の感覚をみたす。呼吸がせまり、のどに焼けつくような涸渇《こかつ》感がせまって、痙攣《けいれん》をうながす。彼は下腹部に手をあて、走ることをやめる。肌が熱して、肌が呼吸器にかわって貪欲に夜の冷気を吸いとろうとしている。彼は路上にうずくまる。脱落したという落伍感よりも、いまは、虚脱感をむさぼるように味わうことが、肉体に快いことを、本能で知る。かすかな愉悦が、肉体の深部にうずきをもって、揺曳《ようえい》しているのに少年は純粋な満足をおぼえる。

脱落の試練を幾夜もすごして、二年、三年たつ。やがては、彼も先頭集団に伍したまま、走行を完了する。十キロ、二十キロを、連夜走りぬくだけの力を内蔵するに至る。同時に、身長は伸び、体重は増し、他の兄妹を凌《しの》ぐ。

コーチはいない。理論もなければ、走法、フォームすべてが自己流であった。自分のなにかを後にすててゆく快感、放棄してゆく逸楽が、体内を流れる血に熱気を、筋肉に覇気を与える。ただその感覚しかない。見馴れた街道、踏みしめる土、夜露にかぐわしい野の草は、走ることによって崩壊する寸前にまで追いつめられた肉体を、さらに未知の快楽へといざなうかのように錯覚される。走ることは、自分を破滅の寸前で絶えず堅持しつづけるための陰湿な陶酔を思わせる。その陶酔を適宜《てきぎ》に体内に吸収し、折を見て、払拭《ふっしょく》してゆく。走ることには、どこか、麻薬に似た快楽がある。

不幸で、皮肉なことには、走者は、その麻薬をよりしたたかに吸いこみ、申し分なく心身に浸透させうる度合いが強まってゆくごとに、強く、逞しく、迅《はや》い走者へと成長してゆくことである。円谷幸吉は高校二年のとき、はやくも県横断駅伝大会第五区に出場し、区間最高高校記録をあげる。ついで高校三年、牡丹の花ざかりを記念しておこなわれる須賀川牡丹マラソン大会（二十キロ）に一時間一五分〇四秒の記録で、第二位となる。

昭和三十九年十月二十一日、東京オリンピックの陸上競技最終日、円谷幸吉はマラソンで三位に入賞した。つねに先制を計って先頭集団に属し、哲人アベベを追った。国立競技場のトラックに展開したイギリスのヒートトレーとの最後のデッド・ヒートは激烈であった。しかし結局ゴールを寸前にして円谷はヒートトレーに抜き去られてしまう。が、この大会の陸上競技をつうじてはじめて、彼は日の丸をメインポールにかかげたのだった。不振の日本陸上界にあって、彼はこの大会のひとつの輝ける星であり、国民的熱狂と称讃の的であった。〝よくぞ円谷！　闘志の日の丸〟そんな大きな見出しが翌朝の新聞に見られた。

東京オリンピックで力走する円谷幸吉

オリンピックの活躍により、円谷幸吉は日本の円谷になり、一方では自衛隊を代表する円谷になった。三宅、鶴峰につづいて三人目の一級防衛功労章を彼は受けている。東京大会は第三位であったが、二十三歳という年齢から考えると、つぎのメキシコ大会では、技心とも円熟し、日本人で最初のマラソン優勝者になると期待された。東京大会における円谷を除いた日本マラソン陣の惨敗は、すでにマラソンが持久力、耐久力のレースではなく、スピード一点張りのレースになっていたことを証明していた。マラソンは五千、一万とかわらぬ中距離レースである。その前年、円谷幸吉はニュージーランド国際競技大会で、二万メートルに五九分五一秒四の世界新記録をだしていた。そのスピードに着目して、日本陸上の上層部は彼のマラソン転向を目論《もくろ》んでいた。試走の意味で中日名古屋マラソンを走らせ好成績をあげると、つぎに毎日マラソンを走らせ、そこで第二位の成績をあげると、彼を一挙にマラソン代表に決定したのだった。円谷幸吉は申し分なく東京大会で指導者たちの意図を満足させた。となると、メキシコでは是非、完勝してほしい。そんな声がおのずと、質、量ともに不自然に拡大され、誇大化されて、円谷幸吉に集中した。良い選手を見つけ、育て、強化することに成功すれば、それは、まちがいなく、その発見者、指導者の功績に帰せられるのが、スポーツの世界の鉄則である。

円谷幸吉は、ごく自然のなりゆきで自衛隊に入った。就職試験に落ちたからだった。が、自衛隊に所属し、とくに八戸教育隊から郡山連隊へ配属されて、郡山付近の種々の競技会に出場して勝利を得るにしたがって、走ることは、いつのまにか、彼を連隊の代表者の地位におしあげてゆく。思えば中学から高校にかけて、兄たち、その仲間たちと、日常の時間割のなかのごく一部として、風呂や、夕食の前に、稚《おさな》い運動感覚を満足させるために走っていたのにくらべると、おなじ肉体運動なのに、その心理的内容は、はるかに晦渋《かいじゅう》で負担の重いものに変ってきていた。昭和三十六年七月、それまでの自衛隊員としての競技成績の抜群を認められて（三十五、六年、彼はあらゆる二十キロ、ロードレースに一位を連続して独占した）陸上自衛隊東北方面総監より体育優秀者として表彰されてからは一層、走ることに自覚と責任、ほとんど倫理的圧迫感を意識しながら走らねばならなくなった。競技者としての失墜は、まさに、道義的頽廃を意味する厳しさであった。自分は名誉ある組織の一員であるという自覚が、彼の走ることへの傾倒と没頭を、従来では想像もつかぬほど、過酷な求道的性格のものに変えていった。幼時、蠅取りコンクールに入賞し、珠算、速記に勉励した性格は、しかし、どこかで、その要求を欣《よろこ》んで受けいれる要素を備えていたものと思われる。彼は素直に、上からの命令を服膺《ふくよう》し、忠実に履行することに、人倫の大道を発見する。


郡山の初夏は、まだ寒い。

自衛隊の周囲は菜の花がさかりであるが、冷たい香りは、その上の清澄な大気をふるわすほどに湿りをおびている。遠くには冬の名残りのすすきが銀色の穂をつらね、それを越して、磐梯《ばんだい》を中心とした山々が残雪を陽光に反射させている。円谷幸吉は起床時刻前二十分に寝床からぬけだす。鉄製のベッドが荒いコンクリートの床の上に並んでいる。兵舎内には藁《わら》と男性特有の体臭と寝息がたちこめている。彼はそれをくぐりぬけるようにして、兵舎の周囲四キロの早朝ランニングに飛び出してゆく。一日の課業が終わると、ふたたび、残照に暮れなずむ山々を目標にし、背にし、走りつづける。一日の規定の食事量ではたりずに、時折、路傍の畑に駆けていって、あわただしく、大根や、胡瓜《きゆうり》をもぎとって、頰ばる。生野菜のつゆが彼の口もとからしたたりおちる。

競技会はつぎつぎに待っていた。彼が弱音をはき、挫折するのを、待ち設《もう》けるように、スケジュールが組まれている。そのころの競技成績をみると、彼は一週ごとに、東北陸上競技大会、全国勤労者陸上競技大会に出場し、勝ち、二週後に、日本陸上競技選手権に出たあと、さらに東北方面陸上大会、そして福島県総合体育大会などと、七、八月の炎天の下で、驚嘆すべき強行日程を消化し、しかも勝っている。走って、走りぬいて、これでもか、これでもかと、彼自身の肉体を苛《いじ》めるように寸暇を惜しんでいるかのようだ。

若さにまかせてのことであろうか。それとも、適切な指示を与え、競技による消耗をすみやかに回復する手段を講じられる指導者がいなかったのであろうか。あるいは、彼は信念として、勝つことが、忠誠の表明となると単純に確信していたのであろうか。一時にはかりしれぬエネルギーを放出する長距離レースで、それに比例する休養と、カロリー補充が不充分なまま、彼は走る。すでに、走る職業人といってよい。彼にとって走ることの代償は何だったのか？　専門職なら、金銭が目標となる。あるいは人気でもよい。が、彼の場合には、そのいずれもが、目標の外におかれていた。彼は第十一回、青森・東京駅伝で三つの区間新記録を樹立したのち、埼玉県朝霞の自衛隊体育学校へ入校を命ぜられた。

ここで、円谷幸吉は運命の人と云える教官畠野洋夫氏と知りあう。彼は畠野氏によって、はじめて、走法の理論指導と実技コーチをうけた。大学時代すぐれた走者であった氏は、円谷のスピードを、より効果的に爆発させる走法のみならず、競技における心理的均衡の維持から、肉体管理の処方を円谷に伝えるのに熱心であった。円谷幸吉の素質は、氏によって、ようやく開花し、東京オリンピックで結実した、と、評してよい。この期間の円谷は、氏の指示に従うことで、精神的慰撫《いぶ》と心理的栄養をつぶさに味わった。氏は選手の立場で、選手の心の翳《かげ》りと、肉体の好、不調をたくみに組合せるのにひいでた人であった。

不幸なことに、隊の命令により、畠野氏はやがて北海道千歳自衛隊に転属され、円谷と訣別《けつべつ》しなければならなかった。しかし、顧《かえり》みると、朝霞体育学校時代から東京オリンピックまでに、円谷幸吉はその青春の全エネルギーをすでに完膚《かんぷ》ないまでに発散しつくしてしまった、と思われる。そして、東京オリンピックでの勲功により、時の人となるに及んで、彼はますます、忠実無比の軍人となることを要請された。当時の同僚だった人に聞くと、「真面目の度がつよすぎるので、だれも、後についてゆけなくなってしまった」という。偉すぎて歯がたたなかった、という意味であろう。

昭和四十二年十一月。

円谷幸吉は故郷、須賀川に帰ってきた。その年の秋、椎間板《ついかんばん》ヘルニアとアキレス腱の手術をした。医師は癒《なお》った、と云ったが、円谷は本能的に「だめだ」と思った。脊椎《せきつい》の間に筋肉がねじれてくいこみ、その周囲がくさりかけていた。アキレス腱の切断は、彼の競技生活の放棄を意味した。

故郷は収穫祭であった。街の人々は街のはずれの丘陵で、飾り松明《たいまつ》に火を灯した。油をしませた大松明が幾本も地上におかれ、その火焔が天を焦がした。それから、雲ひとつなく澄んだ晩秋の夜空に花火が打ち上げられた。花火はふっと宙に浮いて、すすきの穂のようにしだれ、いったん闇に没し、ふたたび落下しながら、斜めに幾条もの尾をひらいて消えていった。

円谷幸吉は、父母や兄たちと、父の作った野菜をたべながら、遠くの花火を見た。澄んで乾いた空に、花火の音は、夏以上に冴えてきこえた。父の野菜には野の香りが豊饒《ほうじょう》だった。

翌日、彼はひとりで、近くの母畑《ぼばた》温泉に行った。大川街道をバスに乗り、阿武隈《あぶくま》川をよぎり、紅葉のさかりの山と山の間のせまい道をうねった奥に、温泉は静まりかえっていた。

温泉は筋肉を痛めた者に特効があるというので知られていた。東京の鳶《とび》や、大工などの間でも利用者が多かった。温泉旅館は古風な建築で、内部は暗く、歩くと床も、部屋も、きしった。いざるように老婆が床を匍《は》っていた。

円谷幸吉は幼少のとき、股関節を痛めた後の治療に、父幸七に背負われて、この温泉に来たことを想いだす。

温泉は無色透明であった。硫黄とも、鉄ともつかぬ匂いがしていた。湯船のすぐ横にまで、古い苔むした岩石がせまり、その上は、あかるい紅葉の焰であった。紅葉が風に吹きわれると、はるかに高く空が仰がれた。空は冬の色であった。張りつめた勢いがあった。

円谷幸吉は湯船の中で体をのばす。

窓の外は、降りしきる紅葉で、湯船の中まで明るくなった。

東京オリンピック後も、彼は休むことなく走った。久留米の幹部候補生学校に入ってからは、将校教育を受け、陸上競技ならずいっさいのことに、師表に立つことを要請された。どこに行っても、日本の円谷であることが話題の眼目になった。彼は絶えずそれを意識せねばならなかった。彼はそれは甘受しつづけてきた。

こんなことがあった。一年前、郡山の農家の子女と婚約がまとまったときのことである。自衛隊体育学校校長が、相手の母親に、

「円谷幸吉は、日本の円谷である。娘さんも、そのつもりで、それにふさわしい妻になるようにしてもらいたい」

と、懇請した。校長はむしろ、祝福の意味で述べたのであろうが、それに対して、その母は、娘と共に、

「恐ろし。それは、私どもに到底できることではありませぬ。ごらんの通りの農民でございます」

と、婚約の破棄を申し出た。円谷幸吉が郡山連隊に在隊中、柿を食べに入ったのが縁で知りあった貧

しい農家の母娘であった。母と娘は、この時以来、円谷幸吉の前から姿を消してしまった。

が、それ以上に打撃だったのは、手術を一挙に遂行したのち、まだ回復もおぼつかない時期に、彼は早々と、翌年のメキシコ・オリンピックの候補選手に選ばれたことである。彼は自分の身体から判断し、メキシコは見送り、満身創痍《そうい》で、心的消耗が衰弱の極致に達している現在の状態を根本から回復し、あらためて、競走生活に戻ろうと欲した。それだったならば前途に一縷《いちる》の希望がたくせそうであった。不完全な状態で、不満足な成績をあげるよりは、そのほうが、はるかに望ましいことに思えた。が、上層部は、日本のために、日本陸上のために、自衛隊のために、彼に走れと命じてきている。

彼は理を尽して、おのれの心身衰弱を述べるべきであったろうか。

医師の診断は、走れると云う。

上層部は、走ってほしい、と云う。

円谷幸吉はスポーツの世界に、弁解はいっさい通用しないことを知っている。

倒れてのち止む。

闘魂あるのみ。死して走れ。

彼はそんな世界に、自分が生き、栄光を受け、賛辞のかぎりをつくされてきたことを知る。

午後の温泉は、客がすくない。

円谷幸吉は一度、湯船の中に全身をつからせて、しばらく、湯の中にもぐっていたが、勢いよく底を蹴って立ちあがる。

彼はもう一度、父と母をともなって、冬、この温泉に来ようと思った。それから、定められた部屋にもどって、床を敷いた。

目をつぶると、近くの小学校で、生徒たちの歌う唱歌の声がきこえてくる。声は一度、消えてから、前よりももっと朗々と、紅葉の明るさを歌っている。それから、歌の合間に遠くの山で、山肌を切りくずす爆発の音が聞え、それが山峡をこだまして近づいてくる。そのあとは、深い沈黙がやってきた。次に深い眠りがやって来た。

＊　＊

それから二カ月後の昭和四十三年一月九日の朝、円谷幸吉はカミソリで頸《けい》動脈を切って自殺する……。

（父母と家族あての遺書。原文のママ）

父上さま母上さま三日とろろ、おいしゅうございました。干し柿、もちもおいしゅうございました。

父上さま、母上さま、幸吉はもうすっかりつかれ切ってしまって走れません。なにとぞお許しください。

気がやすまることなく、ごくろうご心配をおかけいたし、申し訳ございません。幸吉は父上　母上のそばで暮しとうございました。

「小説新潮」昭和四十五年一月号

第二章

女のエッセンス

——日本の女優たち

「良い女」の輝き——岩下志麻

さわらの垣根をめぐらした家から、ピアノの音がながれてくる、昼間ならノクターン（夜想曲）がよい。深緑の住宅街に静かさがふかまる。秋は金もくせいの香がながれる、その梢をけぶらせて、しぐれがすぎてゆく。花弁が風に舞って、オレンジ色の雨がにおう。

しぐれの街に、夕暮れがくる。

昭和十年代、東京の山の手や郊外には、そのような住宅街が坂道や林の陰にひろがっていた。文化というものへの、はるかな憧れと、いつくしみが生活の翳りを作っていた。僕らは堀辰雄の一連の作品、わけても『かげろうの日記』、久保栄の『火山灰地』、ジイドの『贋金つくり』を愛した。チェーホフの戯曲の数々、あの『三人姉妹』の幕切れのせりふが祈禱文のように暗誦された。

「もう少ししたら、なんのためにわたしたちが生きているのか、なんのために苦しんでいるのか、わかるような気がするわ。でも、それがわかったら……、わかったらね」

そして、僕らは暗い戦争の時代へはいっていった。僕らは訣れていった。

戦後二十数年、僕はふと、あのピアノをひいていたお嬢さんは、どんな人妻になり、どんな母になっていったか、と、思う。僕らはいつまでもピアノを聞き、演劇を朗読しつづけてゆきたかったのに。

岩下志麻に会っていると、僕には、昭和十年代、東京の山の手の良き家庭の雰囲気がよみがえってくる。良いしつけや教養を身につけた、良い少女の成長した姿に触れた懐かしさを覚えてくる。あのさわらの垣根から流れていたピアノは、このひとが奏いていたのだ、と思われてくる。

彼女の家の食堂や応接間で、たとえば、明るいスカーレット色のセーターを着て、デニムのスラックスをはき、黒皮の椅子にもたれている彼女が、ことに、そう思わせる。

一、二階をぶちぬいた応接間は、上方に飛驒高山の民芸風の櫺子《れんじ》格子を設けて、空間に鋭い直線をきらせている。ゆとりをもってガラスのテーブルが置かれて、壁の古い版画を反射させている。僕らは、夜のふけるまで、バッハの「マタイ受難曲」をきき、武満徹の「ノベンバー・ステップス」をきく。旅の想い出や食事の味が話題にのぼり、ニューヨーカーの短篇小説について感想をのべあったりする。僕らはレミ・マルタンのグラスをふれあう。泡立つような酔いがやってくる。

女がいる。女が、少女から、娘、人妻となって生きてきました。「私はなにを語り、なにを告白しましょうか」と、岩下志麻は微笑みかけてくる。なま身の女の呼吸や、血のながれが、つたわってくる。むかしの、樹々の香りが、よみがえってくる。素顔の彼女は、彫りが深いせいか、円熟期に入ったころのフランスのある新劇女優を連想させる。

女優の時代は終わった、と、僕は思う。

巧い女優、天性の資質を授けられて、舞台やスクリーンをひきしめてゆく、すぐれた演技者としての女優が、高く評価され、君臨した時代は、過去のものである。僕らは幾人かのすぐれた女優をもっている。杉村春子、山田五十鈴……そして新劇の幾人かの女優たち。彼女らは、ある時代の、ある生活者、ある女の典型を演じてみせた。彼女らの一挙手一投足が僕らを興奮させた。残ったのは彼女らへの尊敬であり、讃仰である。

が、今は、ちがう。

女優ではない。なま身の女がいる。

演技ではなく、存在する女が、僕らをとらえる。それが、現代の演技者の魅力である。

つぎのようなエピソードが見いだされる。

ジーン・ハーロー（戦前のマリリン・モンローといってよい女優である）は、自分の大根ぶりをよく自覚して苦しんでいた。性的魅力を一杯に撒き散らすことを要求されたある場面で、彼女は男を誘惑する能力を疑われ、最後までジェームス・ホエイル監督を満足させることができなかった。

「教えてください」と、ハーローはかきくどくようにたのんだ。「どういうふうにしたらよいのか教えてください。そのとおりにしますから」ホエイル監督は、いらだつように言った。「どうすれば女優になれるかということは教えられるよ。しかし、どうすれば女になれるかを教えるのは無理だね」

（アーヴィング・シュルマン著、『ハーロー』より）

僕は女優としての岩下志麻はもとより、女優としてのだれだれには、まったく興味がない。あるのは、ひたすら、彼女らが女であることである。実際、僕は生地《きじ》のカトリーヌ・ドヌーブや、ブリジット・バルドオにフランスでたまたま会ったときの、驚きに似た衝撃を忘れない。彼女らは森や海辺や城の庭で化粧をほどこさず、美しくなかったが、生き生きとしていた。別人かとみまがうほど放肆《ほうし》に、のびのびと振舞っていた。が、それこそが、彼女らがスクリーンで他のどの女優たちにもはっきりと差をつけてみせる魅力の素《もと》にほかならなかった。彼女らは女として語り、朗々と笑い、食事をし、恋を恋した。

『五瓣《べん》の椿』、『雪国』、『心中天網島』そして『沈黙』と、岩下志麻の代表作をあげることはできる。が、彼女が、そこで、どのような演技をしたか、ということは、彼女が岩下志麻であるという魅力に比べれば、ものの数でもない。それは、女優ではなく、女になりきろうとして錯乱のうちに狂死していったジーン・ハーローや、マリリン・モンローの生きかたが、それぞれ彼女の演技以上にドラマチックに僕らをとらえるのと、まったく同じ理由によるものである。

岩下志麻は少女時代の写真をもっていない。ふりかえって過去を顧みるよすがを思いきって捨てさっている。これは彼女の意志でだ。その証拠に、今、彼女の手もとにのこっている写真（学芸会、遠足、その他の）は、黒々と彼女の顔の部分だけスミやインクで塗りつぶしてあるものだけである。荒々しく、意気ごんだスミの走りに、僕はかえって、消滅をひたすら思っていた少女の強烈な願望を知る。

「わたしはこんな形や姿をしては、絶対にいけないんだわ。これはわたしでない」

彼女のそんな心の声が、激しい息づかい

『五瓣の椿』撮影中の岩下志麻

とともに、聞こえてくるようである。僕はそこは、この世ならぬ女になろうとする女の誕生を見るいる。

このひとには、少女時代から徹底した自己否定と自己再生のいささか病的めいた気負いがつらぬいている。

父母は新協劇団の俳優であった。新協劇団は戦前、日本の新劇の母胎の役割をはたした。両親の血をひいて、岩下志麻は幼いころから、眼鼻だちの大きく整った、はなやかな容貌をしていた。当然、人目をひいた。小学校は、湘南白百合である。教師の幾人かが彼女を偏愛した。鵠沼から東京の銀座までよくつれてゆかれた。独身の教師たちは、愛らしい少女にケーキを食べさせたり、人形を買いあたえることに、彼の未来のなにかを夢みていたにちがいない。このことは、クラスの他の少女たちの反感と憎悪と嫉妬を買った。少女たちはいくども絶叫した。

「イワシタ　死ンジマエ、死ンジマエ」

雨の降る教室で、少女たちは机をたたき、声はりあげ合唱した。志麻は顔を伏せて、耐えた。「イワシタ、死ンジマ」のジマのところで少女たちは、むきになって、ことさら声を張った。岩下志麻は、この時の合唱のリズムと調子の女くささを今でも、はっきりと覚えている。

それから、彼女を偏愛した教師たちをも嫌っている自分に気がついていった。教師そのものでなく、執拗に溺愛される、ということを嫌う。愛されることでなく、愛することへの憧れが彼女の中にうまれてくる。そして、もうひとつ、たとえ醜悪な愛情であっても、女は女に対して意地の悪い嫉妬をすることがわかってくる。女を捨てようと思う。世のつねの女になってはならないとひそかに自分に誓う。彼女は愛されることを拒む姿勢をもつようになる。女である自分を消そうと願う。

両親は彼女にピアノとバレエを習わせた。家には新劇の俳優がよく訪れてきた。が、そのころの彼女の意識をはなれなかったのは、愛憎に生きることの波瀾への抵抗である。彼女が自分の像にスミを塗りはじめる。この傾向は、思春期に至ってきわまる。彼女は吉祥寺の武蔵野第三中学へ入学している。彼女は中学から高校一、二年にかけて、ひたすら猛勉強にあけくれた。

「自分でも嫌になるほどのガリ勉やったのですね。女医になろうとしたんです。それも精神科の」

「どうしてかしら?」

「両親が、教育やシツケに、決して口やかましく言わなかったから。だからかえって自分で、すなおに本気になって、自分に忠実になろうと思っていましたもの。私はそんな自分が好きですもの……。それから、私は絶対に一番にならなきゃと思うと、もう二番以下の成績になれない。私は一番になるんだと……ほんとに、嫌ですね。そんな女の子。今、考えると、ゾーッとしてしまいますわ」

皮肉なことは、そうした彼女に、おなじクラスの多くの男の子が集まってくる。美貌だからだったのではなく、気性が、男の子のように、明快であったからだ。しかし、男の子は、ただ、サバサバした、愛らしい女の子と踏んでいたが、彼女の中では、すでに女の醜悪さ、いじましさ、湿りを、なんとかして排除しなくては、という格闘がはじまっている。精神科の女医になりたい、と、いう目標が定まってくる。が、十幾人の男の子にかこまれて、彼女は休日にはよく武蔵野の林や、多摩の丘にサイクリングにゆく。運動のフィーリングが好きだった。

運命は、いたずらを繰返す。

猛勉がたたって、彼女は体をこわした。

両親は「勉強よりも体」を優先する健全な愛情と、強靱な常識を、娘にそそぐ。

「まったく学芸会、あるいは、軽いリクリエーション」の気持で、病気保養を終えた岩下志麻は、

ＮＨＫテレビの『バス通り裏』に顔をだした。両親はもとより、彼女も、「ほんのお遊び」のつもりだった。お遊びだから、彼女は勉強をつづけ、明星学園高校から、成城大学へ進学している。女医の志望は若干かわって、むしろ、ごく平凡だが、演劇や音楽や文学を、教養として身につけた、ふつうの女性に成長してゆくことを考えはじめる。テレビに出るのを、ジムにかようように、健康のためと考える明晰さだけが、次第に身についてゆく。

なによりも、乾くこと、爽やかなこと、合理的であること、自分のペースを守ること、自分は自分でしかないこと、が、実は、もっとも典型的な女の条件であることが、彼女には理解されはじめてくる。あの女の生命とさえ言われている愛情においてすら、同じことが言えるのではないか、と、彼女は考える。

名作、木下恵介の『笛吹川』、同じく小津安二郎の『秋日和』で、彼女の美貌は、多くの人の注目するところとなった。彼女はスターダムへの道をのぼりはじめた。期待の新人と騒がれた。が、彼女には、女優であることは、極端に表現すれば、彼女の仮の姿、いわば、ジムで汗をながし、シャワーを浴び、そのあとでうまい食事を満喫するためのプロセスにしかすぎない。「駈けずのお志麻」と彼女は撮影所で仇名されたが、彼女にとれば、なにをこんなこと（映画撮影）などに、カッカするのかしら、私には、もっと大事なことがいっぱいあるのよ、と、言いたいぐらいだった。映画は、まったく、無縁の社会なのである。

彼女は、はっきりと意識したわけではないが、「良い女優」になろうという気はひとつもなかった。なりたかったのは、漠然とした定義だが、「良い女」である。あのハーローも、モンローも同じように死を賭けて、ぶつかっていった「良い女」の具現化こそが、女が女であることのなにかの証明ではなかったか。彼女は、そうした当時の心理を回顧して、語ってくれる。

「結婚しようという気は、ひとつもありませんでした。私はきっと、一生独身よと自分に言いきかせていました。負けおしみとか、偏った潔癖感でなく、ごく当り前の気分で。ちょっとしたナルシシスムの甘さと、水晶のような冷たさのいりまじった感情で。どちらも私にとって、かけがえのない私らしさ。それを大切にしたかったのですね」

僕は司馬遼太郎氏原作の『暗殺』を撮っている篠田正浩監督に、京都へ招かれた。五月の末で、京都は深緑にけぶっていたが、僕は終日、撮影所のセットの中で、岩下志麻が幕末の策士清河八郎に犯されるシーンを見た。

僕は俳優の表情やせりふを、あまり信用していない。手の動きにすこし注意し、足のくばりと動きに、もっとも注目している。なぜなら、表情やせりふとちがって、足の演技は絶対にごまかしがきかないからだ。このごまかしのきかなさが、俳優の内なるもの、すなわち情念、衝動、意識などを的確に表わしてしまうのである。

僕は自分の前にある岩下志麻の素足だけを見ているうちに（狭い室内シーンで体を動かせなかった）、あッ！　と、激しい電気が体の中を逆流してゆくのを覚えた。直感というのであろうか。僕はそのとき、いわば僕自身の生涯の知恵とか人生体験のすべてを賭けての決定的一瞬を自覚したのだと思う。

「できたッ！」と、いう感じだった。

僕はその夜更け、東山から高台寺、八坂と篠田監督と歩き、彼に岩下志麻との結婚をすすめた。篠田氏にはそのころ複雑な事情があって、彼はいろいろな決断をせまられているときだった。剛毅で冷徹な彼が、夜目にもあきらかに、瞳に光るものをたたえたときの表情が忘れられない。彼は京都駅まで僕を見送ってくれて、列車が動きだしても、ホームに立ちつくしていた。

岩下志麻は、篠田監督と結婚を決意したときの様子をこんなふうに回想する。

「あの人が松竹をやめたとき、どうしてるかと思って、彼の家へ顔をだしたのです。何もない家具。冷えきった夜の部屋に腰をおろして、あの人は、めったに飲まないお酒を、ひとりであおるように飲みつづけていました。それを見た瞬間、私は、この人と結婚するのだ、と、思ったのです。私たちには愛とか、恋愛という言葉はいりませんでした。男がひとりで逆境に耐えている。それを見ている私の中に、少女時代からその時までの私のいろいろな姿が、音もなくフルスピードで走りぬけてゆくと、私には、つぎに私がなにをしたらよいのかが即座にわかったのです。愛されるのではなく、愛することと。女優ではなく、生ま身の女であること。それだけで、私はそれからの辛いことに、すべて耐えてゆけると思ったのですね。それが私の少女時代からの夢だったのですものね。無駄に生きてきたのではなかったという喜びだけが、私にこみあげてきて、無性に泪があふれだすのです」

岩下志麻の代表作は『心中天網島』である。彼女は、おさん、小春の二役を演じた。二役というが、破滅と知っても愛さずにはいられない女、ひたすら愛するゆえに愛にたえている女の、ふたつの面を表現した。これは、女の愛憎のうらみ、つらみ、なげきが死の激情となって噴出したものである。

が、岩下志麻は、こんな心境を語る。

「私は、いつまでも停滞していることが、年とともに、嫌いになってきましたわ。いのちが燃えってのが、ますます、好きになっているのですよ。だから、もしもですよ、もしも、私がひとりになったら、私はなんにんもの若い人と恋をしてゆくにちがいないのです。だってもう、男の人がいなかったら、淋しくって、淋しくって……」

僕の耳に、ふたたび、あのピアノの音がよみがえってきた。少女は、人妻となっても、昔とすこしも変っていなかったからである。「淋しくって……」と、いう言葉に、女の生生《せいせい》流転のすべてがこめられていると、思われたからである。生命は華やぎ、悲しみは日々に深し、である。だから、岩下志麻は激情がこみあげておさえられなくなると、紙ぶくろに身のまわり品をつめて、家を出る。二日、三日、ひとりで冷静になって、自分の恢復をはかる。だれも彼女のゆくえを知らない。

彼女は、たったひとりになって、少女時代の肖像にスミを塗りたくったこと、健康のために女医をあきらめ、その結果、女優になったことをふりかえる。バランスを保つこと、平衡のとれた理性を尊重すること、その中に「女らしさ」が誕生することを、彼女は三十年の人生で知りはじめている。

が、そんな彼女にも、つい昨日（十二月十日）まで、苦手があった。飛行機である。

僕は彼女の家の食堂で、応接間で、なんと四時間にわたって、飛行の原理、浮力、揚力、推進力を説明した。やさしくいえばジェット機が決して落ちないことを理解させるのに、大童だった。

「センターからホームへボールを全力投球で投げるでしょ。そのボールが突然、セカンド・ベースの上で、真逆さまに下へ落ちるかしら。ないでしょ。それと同じ。だからいったん飛び上ったジェット機は絶対に落ちない」

岩下志麻は僕が説明に使ったライターをとりあげると、右手から左手へ、左手から右手へと、くりかえし高くほうりあげる。彼女はいつしか表情に明るさの灯をともす。身体にリズムをひろげる。

「ほんとね。ほんと、落ちない。落ちないわ。どうしましょ？　いやだわ。でも、安心、安心。これで納得して飛行機に乗れます。あッ、だけれど、離陸、着陸はどうなのですか？」

僕は、それは運だ、と答えて、ケガよけにきくオフダを差しあげるから、と、言った。

岩下志麻は『沈黙』公開のためアメリカへ渡るジェット機に乗る前日に、方角と日時を入念にしらべ、僕のオフダを四枚しっかりと身につけて大女優にふさわしい優雅な身のこなしで日本を離れていった。

「婦人公論」昭和四十七年二月号

岸田今日子の気品

涼しい人である。

とくに目が涼しい。さりげない会話のなかで、目に微笑がひろがる。ぬばたまの黒羽蜻蛉《あきつ》は水の上母に見えねば告ぐることなし、というある女流歌人のよんだ短歌が思いだされる。蜻蛉の飛んでいる秋の水の澄んだ静かさが感じられる。告ぐることなし、の沈黙が余韻をのこす。

岸田今日子さんの目をみていると、僕は戦前の軽井沢の風景が、彼女にいちばん似合っていると思う。現在のように、いたずらにあわただしく、けばけばしい軽井沢でなく、たとえば堀辰雄や立原道造がいくつかの小説や詩に書いた軽井沢の落葉松林のなかの道や、水車小屋や、教会のある風景がよみがえってくる。僕は、また、彼女の父君である岸田國士氏の小説『暖流』のなかの、〈波がレースの編もののように海岸に寄せてくる〉、という描写を思いだした。そんな海岸に岸田今日子さんが立って、沖からの風に髪をうたせている。それが、彼女を目の前において、自然に連想させられた。

品《ひん》がある。気品が漂う。生《う》まれが良い、と感じさせる。むかいあって坐ると、こちらの心までが静まりかえってゆく。心の声を聞く、という。あの、落着きと内省の時がよみがえってくる。涼しさが、再びよみがえる。

僕はそれだけで当代、得難い女優だと思う。私は苦労しました。逆境に育ちました、私は薄倖の女です、私は演技派です、個性派ですなどという、なにやら広告文めいた装飾のすべてを削りおとしたすがすがしさが快い。一言でいえば、清潔な色気である。彼女が女優であり、人妻であり、母であるために、この色気はかすかに、人間くささ、女くささを内にしのばせ、それがかえって、彼女の身のまわりの空気を優雅な香気のただようものにしてくれる。

風通しのよい室で、秋の庭をみながら木管楽器のソナタをきく。彼女の声の沈んだ艶ときめのこまかいビブラートが、かすかにエコーをのこして消えてゆく。遠い海の響きがなつかしまれる。岸田さんに会っていると、季節の移ろいに交応するイメージがつきない。

「私は小学校五年生まで、割り算ができませんでしたのよ。どうして、数字を割らなければならないのか。どうして、数字が割れてしまうのかしら？　それがわからなかったんです。それで、ある夜、母が何度もくりかえして教えてくれました。学校で教わるのが、どうしてもわからなかったのに、母のおかげで、やっと、割り算とはどういうことをするのかがわかったんです。こんなこともありました。学校で宿題をだされましてね。私、そのときも、まるっきりわからず、白紙のノートを先生の前にひろげてだしました。そうしたら、真白な紙のうえに、大きな二重丸を、いただいたのです。子供のころの私は、宿題というのは家でやってゆくものなのだと考えることが全然なかったんです」

むろん、少女時代の彼女が怠け者とか、学力不足の児童だった、というわけではない。岸田今日子はふつうの少女よりははるかに豊富な量の本を読み、知恵も感受性も発達していたが、学校で教えられたものを、びっちりと復習し、予習し、宿題を与えられたらすぐ解いてゆくという、いわば、きまりきったルールに縛られるのを好まなかった。これは、大げさな反抗とかスネた心でもなく、むしろ、夢みるように現実からの離脱感にひたっているとき、彼女は生彩を放つ少女だった証明である。人生にルールがなかった。少女は、少女の感ずるままにまわりの世界を見、それに応じて彼女の感受性を繊細に鋭くしてゆくだけでよかった。

他人からみれば、鈍に、才のない、生彩の乏しい、いささか知恵おくれではないかと疑わせるような少女であったかもしれない。が、少女は少女で、はやくも、自分の感受性が集中し、とぎすまされてゆく経過を自分で意識しはじめる。彼女はようやく、自分の「ものごころ」の芽生えを知りはじめる。白紙のままのノートに二重丸をつけてくれた教師のありかたに、少女岸田今日子は、大人の寛容や度量やユーモアへの賞賛でなく、少女が正しいと思ってやったことは、かならず大人も（現実も）理解してくれるということを知りはじめる。

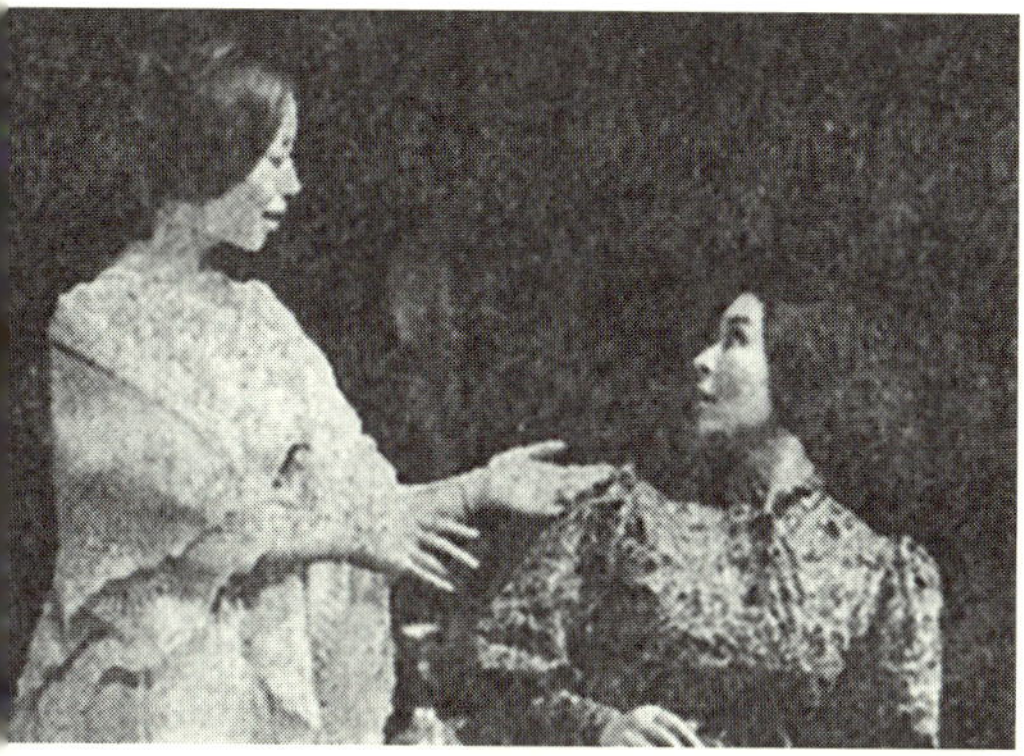

『ワーニャ伯父さん』のエレーナを演じる岸田今日子(左)

やがて二十年にわたろうとしている女優岸田今日子の演劇活動をつうじて、この少女時代のエピソードは、かなり重要なモティーフになると思われる。『キティ台風』初出演から現在の『マクベス』に至るまでの彼女を、もし一言で表すとしたら、僕は、教師の前に立って白紙のノートをさしだした彼女の姿を、彼女のエッセンスだと要約してみたく思う。それに対して、嫌味だという人がいるかもしれない。傲慢と非難する人もいるだろう。思い上り、キザと評する人もいてふしぎではない。が、僕はそれらの声を認めたうえで、彼女の真骨頂はそこにあるのだ、と考えたい。彼女は教師を欺《あざむ》くとか、からかうとか、教師に対して居直ってみせるとか、そんな大それた考えで、ノートを差しだしたのではなかった。ノートをだしなさいといわれたから素直にだしたまでのことである。宿題をやってこなかった、という自責の念はもとより、宿題とはなにか、ということすら考えもしなかった。ちょうど、算数でなぜ割り算が必要なのかが理解できなかったように。彼女の少女時代をよく知る獅子文六氏が「どこかノロマで、ボンヤリしていたが、素直で、ナマイキさのなかった少女だった」（本誌昭和四十三年一月号）と書いているが、僕はそれこそが岸田今日子の魅力のオリジナルだと考える。

僕の言いたいのは、つぎのようなことだ。

彼女の演技の魅力、女優としての魅力、そして、女性としての魅力は、作られたものでなく、苦心惨憺して案出されたものでなく、いわば「白紙のノート」を見るたのしさ、ノートを見る者が勝手にノートの上に想像の翼をひろげられるたぐいの魅力だということである。彼女に指摘できる、このようなたのしさは、もっともっと尊重されてよい。現代の女優、というより女性自身が妙にギスギスして、せつないほど肩ひじ張っている時だけに、僕はそう思う。

不幸に、彼女は少女時代に母秋子に死なれる。父岸田國士は、「距離をおいて、姉衿子、妹今日子のふたりを見ていた」。乾いた父性愛である。父は再婚をしなかった。戦時中の日本文学が、軍や政治の圧力に微力ながらも抵抗できたのは、岸田國士の力によるところが多い。

「父がもし再婚したとしたら、後に入ってくる義母になるかたが苦労したと思います。それほど、私たち父と娘たちは結ばれていました。父は冷静に、一呼吸間をいれて、さり気なく、淡々と、私たち娘をみていてくれましたから」

と、彼女は少女時代を回想する。

戦後、『えり子とともに』というラジオ・ドラマがあった。この内村直哉氏の作品は戦後のラジオ・ドラマの傑作で、当時の荒廃した日本の聴取者に、「明るい家庭」のイメージを強烈にうえつけるのに成功した。母のない家庭に、父とえり子という娘のドラマがはじまる。えり子は金銭的に恵まれているし、世の中の汚れにそまらぬ感受性の持主である。そんな彼女が社会のさまざまな矛盾や、人間の複雑さに直面し、人生や社会に疑問を抱きはじめる。が、彼女にはつねに、バックに父の築いた堅実で明朗な家庭がある。聴衆は、ドラマの背後に、すぐれて健康な戦後女性の、ホーム・ドラマの、青春のエロチシズムを感じた。この作品は、発表当時から、岸田國士父娘をモデルにしていると言われた。えり子は、たとえば、石坂洋次郎の『青い山脈』の主人公たちとおなじように、戦後女性の理想像であった。——僕はそうしたことを踏まえて、岸田さんに質問した。彼女は答えた。

「モデルにされた立場から言うと、私たち父娘の間は、あの作品よりもっと離れていました。離れることによって、親密でしたし、お互いを認めあっていました。私たち父娘はさらっとしていましたね」

余談だが、僕の幾人かの友人が、当時、軽井沢の岸田家の人たちと親しく交わっていた。ロシヤ文学の米川正夫氏の令息たち、そのほか、後にアラゴンやジャック・リヴィエールの翻訳で知られた橋本一明氏の夫人から、僕はよく岸田家の日常をきかされたものである。僕の判断するかぎりにおいても、それは、サロン風であった点では『えり子とともに』の雰囲気に似かよっていたが、実質ははるかに人間臭く、どこか飄々として、しかもユーモラスであったことが記憶にのこっている。断わっておくが、それは決して、内村氏の『えり子』の評価を低くするものでなく、氏の作品が日本のラジオ・ドラマ史に名を残す傑作であろうことには変りない。僕は「父と娘はさらっとして親密でした」という言葉を大事にしたい、と思った。

ミュンヘン・オリンピックを見ていたある演劇の演出家が、「日本の俳優が、これら運動選手のように動いてくれたら」と、僕に言った。僕はそういう意味では、本誌十月号に菅孝行氏が書かれた市原悦子を日本で最高の女優だと思っている。先日、映画監督の熊井啓氏が、『忍ぶ川』で栗原小巻を起用したのは（周知のように多くの女優がこの作品の主人公を演じたがった）、「栗原小巻がだれよりもバレエ（踊り）の素質ですぐれていたからだ。そうした体の持主でないと『忍ぶ川』のヒロインの悲劇は描けない」と、僕に語ってくれた。僕は基本的に、これらの発言に全面的に賛成する。

と、同時に、僕はまた画面の端に立っているだけで、舞台に立っているだけで、ある感慨を催させる女優というのも大好きである。その感慨とは、しいて意味づければ、二十四時間、四六時中、ひたすら「女」でございますと立っている。それが、観客に何かを納得させてしまう。小細工も計算を除外して、悲しくも、なにかを了解させ、安心させてしまう。もういい、もういい、それだけで充分です、と声をかけたくなってしまう。さらっとして、親密な関係が、父と娘の領域をこえて女優と観客の間にもちこまれてくるのである。僕はその代表に岸田今日子、そして若手では宇津宮雅代をあげる。

女優とはふしぎな職業だ。才能だけでもうまくゆかない。まじめな勉強家が必ずしもよい演技者とはならないのである（不勉強家は、明らかにダメだが）。戦前から、演出、舞台監督、装置などを手がけてきた僕の親友が、こんなことを教えてくれた。

「ちょっとクセがあってね、小なまい気な娘だ、と思わせる女の子が、十年、十五年たつと、やっとクセもアクもぬけて闊達自在なよい女優になる。逆にまじめ一方で、肩の力をぬかず、息をつめて演技ひたすらに精進してきた女の子が、ある一定の年齢に達すると、それ以上は伸びなくなる」

彼はそうして不遇に埋もれている幾人かの女優、わけてもIとかMの名前をあげてくれた。彼女らは例外なく、二十歳代で秀才の誉たかく、前途を嘱望された。稽古はもとより日常生活も規則正しく、すべてを演劇に集中してきた。が、結果は必ずしも良くなく、むしろ努力に反して現状は裏目にでている。

ある劇団の事務局長は、こんなことも話してくれた。

「どんなによい素質があっても、女優には図太い神経が必要ですね。地面の上に寝ころんでも平気で眠れるくらいの神経。けろっとしていなくてはね。女っぽくっちゃ、所詮、女優にはなれません」

岸田今日子は、以上の女優として成功するケースに、あらゆる点で合致していた。彼女が女優として成功したのは、演技のうまさというより、むしろ彼女が持って生れた資質に負うところが多い。

前述の獅子文六氏の文章によると、「今日子は母の秋子さんから、母の持っていた純粋さ、非享楽的で、すこしガンコで、不器用さを受けついだ」と、ある。母の純粋さというのは、父國士は複雑な人物だったが、母秋子は童女のように純粋だった、という意味である。母秋子は当時のインテリで頭がよく、大変マジメで、しかも評判の美人だった。今日子は性格的には母の良い素質を充分に受けたが、「容貌の点では、母親の欠点ばかり受けついだ。——（それで彼女はトクをしている）」（原文のまま）そうである。が、僕に言わせてもらえば、欠点ばかり受けついだため、彼女の容貌には独特の個性、とくに舞台受けする華やかさがそなわったと思われる。

クセも多かった。容貌、体つきはもとより、口のききかた、声の質にもクセがあった。はじめて彼女に接する人が、それを小娘に不似合な「なまい気」と受けとりかねなかったのも当然である。そして、そのクセに災されて、彼女の演技はだれからも評価してもらえなかった。若い女優は見よう見まねで小器用な表現力を身につけているものだが、彼女にはそれがひとつもなかった。実際、僕は今、いくら想いだそうとしても、昭和二十年代の岸田今日子の舞台姿が想いだされない。岸田今日子の同期に出た女優には、他劇団に岩崎加根子、渡辺美佐子がいるが、彼女らのほうが岸田今日子よりははるかに高く評価されていたし、文学座そのものの中でも伊藤幸子がホープとみられていた。

そんな彼女が文学座の研究生を思いたったのは、父國士の『善魔』が映画化されるにあたり、当時の新人女優桂木洋子が、軽井沢に岸田國士を訪れてきたからである。

桂木洋子は岸田國士の前で、演技の一部を披露した。「やってみてごらんなさい」と、言われた桂木洋子は、岸田國士が原作者であり、文学座の指導者であることもまるっきり意に介せず、ごく素直な気持で、天真らんまんのあかるさでせりふを言い、演技した。それまで舞台装置を将来の仕事にしようと思っていた岸田今日子は、「あの人にもできるなら、私もやりたい」と思ったという。彼女は桂木洋子の物おじしない、屈託なさこそが演劇の魅力そのものにほかならないと感じた。

僕はこのエピソードを岸田今日子さんからきいたとき、昔、あるとき見た少女時代の桂木洋子の姿を思いだした。彼女の父が、僕の知人の家に職人として出入りしていたのだが、僕は父につれられて来ていた、ズック靴に、黒いブルーマーをはいて真っ黒に日に焼けた顔をした少女のいたいけな憐れさに心ひかれた記憶がある。

少女は父の仕事のすむまで、知人の家の庭でもらった飴玉を握りこぶしの中に握りしめて、じっと父を待っていた。少女のききわけをよくわきまえた物腰に、僕は戦前の職人生活の悲しみを見た。僕は少女の忍耐づよい表情を、ながい間、忘れなかった。この少女は、いつか幸福をつかむにちがいない、と、僕は思った。少女の憂いにつつまれた姿は、どこかで、そんなことを見る人に与えずにはおかなかった。この少女が桂木洋子である。

僕は、岸田今日子さんは、父を訪れてきた女優から、たぶん霊感のように、幸福になってゆく女の将来像を透視したのだろう、と想像する。女の哀れを克服してゆこうとしている女の凛々しさに、彼女はひかれたにちがいあるまい。拍手、フラッシュ・ライト、花束などにかこまれた華やかな女優でなく、もっとそれ以前に、女優であったために幸福（幸運ではない）に近づいてゆく女のグリンプスのいくつかを拾いあつめたにちがいない。

彼女の感受性が、彼女の知性が、敏感に、女のあるべき姿のひとつをかぎあてていた、と、ともに、このように純粋に少女らしい少女が女優への道を歩みはじめた。あるいは女優への道へ足をふみだしてゆきたいという動機が決定的に生れはじめた。むろん、それより以前から岸田今日子には漠然とした芸術――それは必ずしも演劇に決定していたわけでなく――への志向があったにちがいない。それが、父の原作を映画化する女優のなまの姿に接したとき、彼女の胸の琴線が戛然《かつぜん》と鳴りひびいた。人の出会いとは、そういうものである。僕は桂木洋子の少女時代の侘しい姿を知っているだけに、この出会いにドラマチックなものを感じないではいられない。

僕はあるとき、劇団雲の『榎本武揚』について、北陸・上信越をまわったことがある。『榎本武揚』

は安部公房氏の原作である。安部氏の戯曲では特別にすぐれたこの作品は、芥川比呂志氏の演出によって、毎日みてもみあきなかった。芥川氏の演出が、毎日ちょっとずつちがって、それによって舞台が予想もしない成果をあげた。僕は高橋昌也、仲谷昇氏その他出演俳優諸氏らのアンサンブル演技の微妙な変化をみながら、なんと役者冥利につきる公演なのだろう、と思った。演劇というのは、ほんとうのおもしろさは舞台稽古にある。稽古の魅力につかれてしまうと、実際の舞台は、稽古のカスのようなものである。と、同時に、稽古のあるかぎり、俳優は演劇から抜けでられないだろうとも思った。

『榎本武揚』も稽古のつみかさねの中に、公演のたのしさを充分に予約して観客よりもまず俳優たちを魅了していたのである。そのリズム、そのハーモニーが俳優を魔力で劇そのものの中に封じこめてゆくのである。反面、アンサンブルは絶妙なほど気があいすぎて、それが俳優に、ある中和、ある物解りの良さを、半ば強制的に強いてくるのではないか、とも僕は危惧した。

それから僕は、はからずも岸田今日子という女優のことを想った。彼女の怜悧さ、感受性のゆたかさ、理解力の豊富さ、気情の恬淡さ、寛達さ、張りの強さは、「雲」のアンサンブルの中でこそ、独特の光を放っていることに気がついた。「雲」のバックグランドに支えられたときに、彼女の妖しいまでの肉体的魅力すら引きたつのだと感じた。それは彼女がそのように女優として成長した証拠ともとれるし、彼女の肉声、演技、肉体そのものの魅力が「雲」のアンサンブルを俟って、いっそう輝きをくわえてゆくとも受けとれた。

が、僕はこの春、彼女の『ワーニャ伯父さん』を見て、岸田今日子が「雲」のアンサンブルをこえて、もはや、ゆるぎもしない大女優になったのを知った。彼女の演じたエレーナが、高橋昌也のアーストロフに恋情をうちあけてゆく舞台に、僕ははっきりと、なま身の女の感情を見た。それは前にのべたようなにかを安心させ、なにかを了解させる女以上に、さらっとして、さらに親密に愛する者によりそってゆこうとする女の生活のにおいが、感情の余波が、生理の激動がいかにもチェーホフの演劇にふさわしい人物描写の翳りと奥行きと、人生を見る目のひろがりと冴えをもって、観客席につたわってきた。

舞台の岸田今日子は彼女の愛人アーストロフに言った。

「もう決りましたわ。もう発つことに決ったからこそ、こうして大胆に、あなたの顔を見ていられるのよ。このうえ、たった一つのお願いは、このわたしをちゃんと見直していただきたいことだけ」

僕は大胆に顔を、人間を、演劇をみている岸田今日子さんの肉声をたしかに聞いたと思った。それから、突然、この人が人妻であり、母であり、女優であると、あらためて気づいた。

「婦人公論」昭和四十七年十一月号

吉永小百合の反庶民性

僕の青年時代、川田大介というラグビーのレフェリーがいた。東大工学部出身で、名レフェリーの評判だった。厳しく、冷静で、的確な笛を吹いた。ラグビーにおいて、レフェリーのしめる位置は高い。レフェリーの判断ひとつで、試合がもりあがった。選手、試合はもとより観客の情念すらも、レフェリーが支配した。グランドとスタンドの両方から賞賛と尊敬の念がうまれた。川田氏は日本のラグビー史上でも、一、二を争う名レフェリーだったといっても、いいすぎでない。

日本のスポーツで、ラグビーとボートはエリート・コースに直結している。一流大学のラグビー部出身やボート部出身の青年が社会に出て、やがてそれぞれの方面の指導者になってゆくケースは、たいへん多い。これに比べれば、野球人などはせいぜい旅芸人ぐらいにしかみられていない。

名レフェリー川田大介氏は社会の通念にしたがって、エリート・コースをひた走りに走ってゆく。彼は電電公社から、多くの高級官吏がたどる道をとおって、民間の大電気企業の幹部に迎えられた。

僕の青年時代、川田泰代さんというジャーナリストがいた。戦後まもないころの婦人画報社につとめ、当時から才女の評判をとった。彼女は多くの先輩ジャーナリストからかわいがられ、左右両翼の政治家、思想家、作家をはじめ、各方面の名士たちに親しまれた。彼女は、昭和二十四年ごろ、北京からひきあげてきた男性と再婚した。そのせいであろうか、戦後、はじめて東欧の共産圏に入国を許された日本の女性ジャーナリストは彼女だった、というのが伝説になっている。そのほか、身のまわりにいくつもの奇怪な出来事や人物にことかかぬ女性で、常にはなやかな話題が彼女の日常生活から伝わってきた。

僕は神宮でラグビーを見た帰り、千駄ヶ谷駅ちかくのしゃれた洋館づくりの川田邸の前を通りすぎながら、なるほど、「川田の家らしい」と、よく思ったものである。それは、いかにも大正時代の成功者が、産をなし、財をきずいた後にたてた建築の名残りらしく、どこかに成金趣味と教養趣味のおもかげが適当に案配されて、今ふうにいえば、テレビのCMにでてきそうな「ハイカラ」な雰囲気を家全体にただよわせていた。

川田兄妹の父、川田友之は、戦前華やかなりしころの日本郵船の英文出版を一手に引受けていた大観社の経営者である。この社は英文の世界年鑑を発行した。僕も少年時代、この本を読んで、その中に書かれている英語のフレーズや文章表現をノートに書きぬいて暗記したものである。戦後、日本交通公社が発刊している英文による日本文化の紹介を目的とした生花、茶、能などの本とともに、大観社の英文年鑑は学校で教える英語とはけたちがいに上質で、高級な、しかも実用性の豊富な英語を、戦前の青少年に与えてくれた功績はおおきい。

娘、川田泰代さんが昭和三十年代に『婦人公論』に書いた文章によると、「父はたえず日本を留守にしていたし、外国人の使用人などもいて、航空機のない時代でありながら、いつも世界を身近に感じていた。（中略）私たちの家庭は、士族気質の強い、それでいてバタ臭い雰囲気があり、下町式の情緒に欠けていた」とある。僕は川田大介、川田泰代兄妹のことは、昭和二十年代において、すでにかなり知っているつもりだった。つまり彼らは当時の有名人だったのである。僕が知らなかったのは、彼らの姪に吉永小百合という少女がいるということであった。

吉永小百合の母和枝さんは、大介氏の妹、泰代さんの姉にあたる。和枝さんは戦前の仏英和女学校、今の白百合学園を出て、鹿児島出身で七高から東大法学部を卒業した小百合の父、芳之氏と結婚した。芳之氏は外務省から情報局に移り、戦後は出版社を営んだ。映画評論家の飯島正氏、双葉十三郎氏らと映画ファンの雑誌をだしたのが、このころのことである。が、経営はうまくゆかなかった。しかし、このことは、後に娘、小百合を映画界に入れさせるのにあたり、すくなくとも映画界とはどういう世界であるかをあらかじめ知っているのと、知っていないとの差になってあらわれた。また、余談だが小百合のファンクラブ雑誌の編集ぶりにも、いかにも、その道のつぼを心得たものが編集を指示していると思わせるフシがあらわれている。ただし、編集感覚と、書かれている文章は、寄稿文をはじめとしてたいへん古めかしい。僕は戦前の映画ファン雑誌である『松竹蒲田』『日活』『新興キネマ』などを思いだす（これらはいずれも、スターというものが映画と学生野球にしかいなかった時代の本である）。

吉永芳之氏は典型的な大正知識人であった。ゆたかすぎる教養と学識をもちすぎるために、かえって弱肉強食の現世に生きるのに苦痛を覚える人であった。知りすぎた不幸、という言葉がある。古めかしい言葉を使えば氏は戦後の荒廃を生きねばならぬ流竄《りゅうざん》の天使であった。僕の友人の映画評論家の品田雄吉氏が、前述の飯島、双葉氏とともに吉永家に招かれたことがある。吉永小百合が『キューポラのある街』の成功によって、ようやく女優として認められたころのことである。芳之氏としては、むかしの仲間を呼んで——映画雑誌はだめだったが、やっと娘が映画のほうで芽がでてきた——と、せめても喜びを旧友たちとわかちあいたかったのであろう。品田氏によると、そのときの芳之氏の印象が、いかにも温厚で、謙虚このうえもなく、そのために娘の出世を喜ぶ真情がひしひしとつたわり、招かれた客たちの心をうったとのことである。

僕はこの話をきいたとき、なんとなく一流女優の父親に共通したタイプがあることを知った。

善良で、心やさしく、温和であるために、半ば人生を諦めている父親像である。彼らは申し分なく娘を理解し、娘もまたそのような父をこよなく愛している。世間は父をダメな人間と単純に断定しているが、娘には世間からとりのこされている父がいとしくてならぬのである。逆にいえば、父親が世に迎えられた娘は、女優から脱落していってしまう。

映画の世界は荒涼無残の世界である。残忍非情といってもよい。悪くいえば、荒くれ人夫やダメな人間の吹きだまり場で、埃っぽい作業がつづけられる。極端な表現をすれば、「女が女であること」などは到底許されない世界である。その中で、女優が生きてゆけるのには、彼女らの心に「そう言っても、男はどこか私のパパのような人たちなのだわ」という認容がなくてはならない。それがなくては、男たちのなかで、男とともに、死ぬほど辛い（文字どおり、心身ともに傷つく）仕事がつづけられるわけがないのである。ダメな男、ヤクザな男、グズな男、切れすぎるために世の中にむかえられない男たちの、ダメであるためにかえって真情あふれる父親に似た想いを、彼女らは幼女時代から肌で知っている。だからこそ、荒くれ男たちの中で、粗暴きわまりない仕事をくりかえしながら、女優がつづけられるのである。

「自分は男でもない。女でもない。女であったら、他人に迷惑をかけるだけだし、自分自身も落伍してしまう。それが十六、七歳のころから、はっきりと判って、気持の持ちようを覚悟しました」と、吉永小百合も僕に語ってくれた。

ところで、自分の兄妹一族が、はなやかに世にいれられているのに、自分の夫だけが、学識、教養がありすぎるために、世にいれられないときの妻のさびしい心理は、僕が改めて書かなくても、読者諸姉は身をもって理解されるにちがいない。「今に見てなさい。娘たちの時代がきたら……」母親は早くから、娘たちに華やかな情操教育をほどこしてゆく。

「私は子供のころ、落着きのない子だ、と言われました。母はそれを改めなくてはというので、私にピアノを習わせました。母はそのころピアノを人さまの子供に教えていましたから……ピアノで私を落ち着いた女の子に育てたいと思ったのでしょうね」

僕はこれを母親のロマンチシズムだと思いたい。自分の娘は、一千万人にひとりの才能の持主である。だから自分は娘にすべてを賭けるのだという心情のあわれを、娘の才能を見抜く執念に似た眼力やカンに結びつけて考えたい（世にいうステージ・ママには、そのあわれと執念の結びつきが徹底してない。彼女らには虚栄心だけしかない）。

小百合はやがて、時には母のかわりに同年輩の少女たちにピアノを教える。前述の『婦人画報』に少女服のグラビア写真に使われることもある（この時の謝礼が五百円）。八千人の応募者のなかから選ばれて、ラジオ・ドラマ『赤胴鈴之助』のお姫様役を与えられる。小百合が小学校六年生のときである。

僕は目をつむると、今でも、昭和三十一、二年ころの、代々木西原の妙にうらぶれた軒の低い民家のならびや、夕暮れの靄のたたずまいが思いだせる。東京はまだ空気が澄んでいて、隣家のラジオの音がはっきりときこえた。庶民の生活がやっと落ち着きだし、夕餉の煙が巷に流れる頃に『赤胴鈴之助』の「剣を取っては……」の歌がはじまりだす。生きるということが、つましく、ひっそりとした充実感につながっていられた時代。――おそらく、戦後の庶民生活が最後にみせた庶民らしさの残照のようなもの、そして庶民感覚というものが、それ以後まったく異質のものへと脱皮作業をあわただしくくりかさねてゆく端境期の終末――そんな奇蹟のような静かさ、落着き、内向性など生活にからくも求め得られた時に、吉永小百合は世におくりだされていった。

僕はいわゆる吉永小百合の庶民性というものを、そのような質のものだと考えている。しいて定義づければ、それは彼女自身の持味ではなく、むしろ戦後の荒廃を生きぬいた彼女の母親のロマンチックな心情の反映、情緒の結晶が吉永小百合に化身しているというわけである。

時を得た一族に対する、母として、妻として、姉として、妹としての一女性の、時を得なかった嘆きのこだまが、苦節何年、ついに吉永小百合という生ま身の共鳴体を得たというのである。吉永小百合は容貌に、声に、動作に、戦後十年まったく「世にいれられなかった女――つまり庶民女性」の怨みと、悲しみを一身に背負って出現してきた。

吉永家と川田家は袂をわかった（この間の事情については省略する）。ただ、現在サントリーの『サン・アド』の編集長矢口純氏（『婦人画報』の前編集長）が、あるとき、「うちにいた川田泰代さんとご姉妹だそうですね」と、小百合の母和枝さんにきくと「まったく関係がございません」とにべなく答えられたことかあったのを記しておく。

庶民性は、吉永小百合自身の持味ではない、と僕は書いた。

それを立証するのが、『キューポラのある街』である。吉永小百合の演じた石黒ジュンは、川口の鋳物工場の貧しい娘だったが、脚色家今村昌平、演出家浦山桐郎が作品の中で描いたのは、貧しい環境の中で成長してゆく女の生地である。環境が貧しく、服装が粗末だから、庶民的な女を描いたのではなく、環境が貧しく、服装が粗末だったから、女の成長ぶりがよりいっそう率直に、ストレートに少女俳優をとおして表現できた。女の生理や心情が、いっさいの虚装をぬぎすてて、エネルギッシュに、女の存在感そのものになって正面にうちだされていった。思春期に入り、初潮を迎える女主人公の青ぐさいなまなましさが、やがて女の生きるバイタリティに生れかわってゆくことが作品のモチーフなのである。今村昌平と浦山桐郎はその点で早くから吉永小百合の特質を見ぬいていた、といってよい。吉永小百合を庶民的な女優と安易に呼んだのは、映画を知らないジャーナリズムである。

「私はこう動け、ああやれって、言われたとおりにやったのです。作品の主題を理解していたわけでもなく、女主人公の気持を把んでいたのでもありません。ただ、映画がつくられ、ブルーリボン新人賞をもらって、三年くらいたった後に、ああ、『キューポラ』の女主人公は、こういう女だったのか、とやっと思いあたるふしがでてきました」

正直な、そしていかにも女優らしい告白である。時間的にいえば、これは吉永小百合が、「映画の世界では、女でいては、到底やってゆけない」と、自分に覚悟させたころと一致する。

『キューポラのある街』で、脚色の今村昌平や、演出の浦山桐郎が少女俳優吉永小百合の中に見抜いたのは、「女でいては、到底やってゆけない」という女優特有の自覚に裏うちされる「女らしさ」や「女のエッセンス」であろう。女を捨てることによって、かえって強調される「女っぽさ」の萌芽のきざしを、ふたりの有能の映画人は経験と感覚で、吉永小百合の体質にかぎあてていた。それは泥くさく、熱っぽく、ぎらぎらした女くささ、と言いかえてもよい。しいていえば女に特有の血の流れのようなもの、呼吸のリズムのようなもの、発音のアクセントのようなものと呼びかえてもよい。どの女優もこの表現を心がけ、だれもができると思うのだが、じつは容易にできない。要は女の生活の部分をどこまでを犠牲にして、女優という仕事をする女、働く女になりかわれるかという問題がかかっているからである。多くの女優がこの問題に直面して、女優から脱落していった。

女優が演技者として、勝負するのは、その点の表現の成否にかかっているのである。

『キューポラのある街』(浦山桐郎監督)の吉永小百合

こんな例もある。『愛と死の記録』で彼女を演出した蔵原惟繕監督が僕に話してくれた。広島の原爆で入院している渡哲也を、吉永小百合が背におって病院の階段を上り下りするシーンの撮影のときのことである。渡哲也は身長一メートル八十以上、体重は九十キロにちかい大男である。一五七センチ、四十四キロの吉永小百合はそんな渡哲也を背負って、三十回ちかく、階段を上下した。では、監督蔵原は、なぜ三十回も吉永にテストを課したか。

理由はきわめて明快である。普通の女性なら、あれだけ大きくて重い男性を背負って、一、二回、階段を上下したならば、たちまち息がきれ、全身の力がぬけてしまうのだが、吉永小百合は上下の回数が加わるにつれ、一回ごとに眼に光と濡れがゆきわたり、独特な恍惚感と疲労感が表情にも、全身の動きにもでていったからである。監督蔵原は、それを待っていた。ひたすら待った。待ちぬいて、小百合の表情を冷たく撮った。むろん、肉体的には女の体力の限界をとっくにこえた重労働であるが、小百合は最後まで、ネをあげなかった。逆に彼女のすべてに恋する女の陶酔とナルシスムがひろがっていった。

「しんのつよい女だよ、あの子は。彼女の魅力は奥がふかい土の匂いがする」

と、監督蔵原は後に僕に語った。ちなみに、字も満足に読めず、人と充分な会話もできない女性浅丘ルリ子から、カメラにむかわせると、たちまち、「女を表現できる女優らしさ」を抽出し、彼女を女優として成功させたのは蔵原惟繕である。

三十回の廊下の上り下りは女優が「特殊な生理の持主」であることを物語る好箇のエピソードである。

現在の一流女優の一日のスケジュールは超殺人的なプログラムで構成されている。午前六時。すぐ朝食（大女優は例外なく大食漢である。彼女らはダンプの運転手や工事作業員なみの超肉体労働者だから、朝、目がさめると、すぐ丼二杯くらいのゴハンを食べるのがふつうである。紅茶にトーストなどという優雅さでは、肉体が真先にまいってしまう）。入浴、メーキャップ（約一時間かける。重要な仕事である。メーキャップがよくできてゆくと、彼女らの役のなかの人物への感情移入が順調にゆく。最初のメークに失敗すると、その日の仕事は、まずうまくゆかない）、午前八時、都会の交通ラッシュをぬけて撮影所やテレビ局に入る。仕事は早くて夜の八時、遅いと夜中をすぎる。その間、カメラが失敗する。録音がミスをする。かけ持ち俳優（これは、二流、三流の俳優の特権である）が時間にやってこないための時間待ち。さらに週刊誌その他のインタビュー、衣裳あわせ、リハーサル、その他等々で、一日はまったく息つくひまなくすぎさってゆく。やっと仕事から解放され、深夜帰宅して食事、そしてむさぼるような四時間ほどの睡眠。また翌朝の起床、食事のくりかえし。彼女らには厳密な意味でのプライバシーがない。プライバシーを云々できるほどの、自分の時間が皆無なのである。

その合間をぬって、せりふを暗記し、ポスターやグラビアの写真をとられ、次回出演作品のスケジュールをくみ、サイン会にひきずりだされ、挨拶に飛びまわり……僕はこれだけの酷使にたえている女性たちが、内に肉体の疲労と、神経のいらだちと、感情のささくれを常に爆弾のようにかかえながら、起床後わずか十分ぐらいで、たちまち眼が澄み、動作に活気がよみがえってくるのに驚く。彼女らの肌は風化した岩石のようにもろく、くたびれている。が、彼女らは仕事になると、たちまち彼女らの体内に熱いものが走りはじめる。

女優という職業は、だから本質的に、家庭生活と両立できない。できたら奇蹟である。よき妻、よき母である女優がもしこの世にいるとするならば、たぶん、それは女優の脱落者でしかないはずである。いたとしても、それは女優をアルバイトにしている人の話である。女優が恋愛をする。それすらが奇怪な出来事である。それを敢えて結婚にふみきる。が、すぐ離婚する。当然の成行きである。夫がよほど女優という職業のこみいりようを理解していないかぎり、女優との家庭生活はなりたたない。すぐれた女優に独身者が多いのはこのためである。家庭に入った女優は、しだいに、仕事から遠のいてやがて消えてゆく。

吉永小百合という女優の特質を語るには、このような「女優の条件」を考えておかないと、話がなりたたない。彼女が庶民的であるとか、清純である、という神話は、彼女が女優であることとは、まったく関係のないことなのである。サユリストという言葉のあたえるイメージほど女優から遠いものはない。

僕は、そうした奇妙な固定観念から遠のいた女優、女でも、男でもない吉永小百合がだいすきである。彼女は戦後日本の庶民女性の共鳴体として、芸能の世界に送りだされた。日本が荒廃から復活し、ようやく庶民女性に生きている希望が宿りはじめたころ、ある女性像の原質として女優の地位を確保した。やがて、彼女の成長とともに（日本の歩みと同じ歩調で）庶民性をすてて、明確に力づよく、女の肉体と生理をもった「女のオリジン」をスクリーンに表現するに至った。

僕はそんな吉永小百合に、女優としての可能性を発見する。

「婦人公論」昭和四十七年八月号

うつつの軌跡——三田佳子

少女がペンテルで画用紙をうめている。

澄みきった空がモチーフのようである。丘のはてから、少女の息づかいがきこえてくる。色彩が野を走っている。「光がはぜているのよ」と、少女はつぶやく。少女の眼にも、光がゆきわたる。

風景は抜けあがって、明るい。白壁の家にクリムソン・レーキの屋根がまばゆい。画用紙に色のリズムが踊る。少女はそれを思春期にはいった彼女の血のながれや、呼吸のはずみと感じている。少女の肌がにおう。少女は力づよく、ペンテルを塗ってゆく。

あけはなした窓から、街の残響がきこえてくる。少女の母は、少女の夜の食事を用意すると、午後から東京中野の自宅を出て日本橋の店へ通っている。母は夜おそく帰ってくる。仕事につかれて、影のはかなさで玄関にたどりつく。——たぶん、そうだろう、と、少女は想像する。

少女はいつか作文で書いた。

「お母さん、あと八年、待ってください。八年たったら、私がめんどうをみてあげます」

八年たてば、少女は二十歳になる。中野、桃園第三小学校の担任女教師は、「あなたは、将来、作文とか絵できっと成功するにちがいないわ」と、言ってくれた。事実、少女は小学校四年以来、毎年、

「ペンテル賞」の絵画部門の受賞をかさねている。学芸会では自作の作文を朗読した。「足音」という題だった。成績はよかったし、学級委員にえらばれていた。

少女は自分では、絵がうまい、とは思わない。絵が好きなのである。絵をかいていると、気楽に、のびのびと、自分自身にかえれるからだった。落ちついて、自分になっていられる。色ののりぐあいや、ひろがりや、透いた明るさが、そっくり自分の感情を写しとってくれる。それだけで、少女は絵を好んだ。スムーズに手がうごいた。口笛をふきたいほどだった。

そんな絵の世界の空や、海や、野に、母を誘ってみたかった。母の手をとって、草原で風をうけてみたかった。八年たてば、そんな光景が現実のものになりそうである。親孝行とか、恩返しといった悲壮で、メランコリックな感情でなく、透明な色彩の氾濫のなかに母と娘で身をまかせる解放感を味わうには八年の歳月をへねばならないようだった。

少女は知らなかったが、少女の成長とともに、戦後日本のクレヨンやパステル業者のあいだで、目立たない革命がおこなわれていた。ペンテルの出現である。それまでのクレヨンは堅くて、色がのらず、まざらなかった。同一色でもかさねてゆくと表面にパラフィンの粉末が生じた。これが色をにごらせた。絵はつねに暗い澱みをのこした。一方、パステルは繊細すぎて、使いこなすのには、くろうとの熟練した技術を必要とした。そこへ、ペンテルが両方の欠陥をおぎなって登場してくる。児童たちは、これまでとは変わって、思いきって、力まかせに、軽快に、率直に、大胆に色彩を画用紙の上に走らせた。

児童の心のたかぶりや、手の激しく敏捷な動きに答えるように、ペンテルは色の清澄さ、爽やかさ、弾力、翳りを自在に再現した。かつての有名商標だったOクレヨンも、Sパステルも、商標だけをのこして、新製品ペンテルに吸収されていった。市場制覇にのりだしたペンテルは、「ペンテル賞」を設けて、学童相手に自社製品の販売網をひろげていった。ペンテルはたしかに戦後児童の視覚に革命をもたらしたといってよい。

　絵をかくことによって、少女は母ひとり、娘ひとりの孤独をまぎらわした。と、いうより、孤独を、ひねくれたり、いじけたりしたものにしないですんだ。むしろ、ペンテル画をかくときの孤独とは、明るく、乾いて、快く、飾りのないものだと感じるようになっていた。孤独感は蒼空のように目にしみいって、色感のアクセントに支配されていた。

　十幾年かの後、少女はスペインに旅行するが、そのとき彼女は哀しいほど澄みきったアンダルシアの空を仰ぎ、ある新聞社の求めに応じ、「スペインには、ふたつの太陽がある」と、書いた。ひとつは白昼に燃える太陽。もうひとつは彼女の心のなかにある太陽。——ナイーブな感性と生命力との自然。静かな緊張に魅せられてゆく心情の迸り。彼女は、それらを、なぜか太陽と呼びたかった。少女時代、いじましいほど瞳をこらして画用紙に追いつづけた、色彩のハーモニーやアクセントを回想しながら、彼女は後についてくる母をふりかえった。彼女は、十二歳のときの作文を想いだした。

　少女は石を愛した。年ごろの女の子が人形、そのほか、女の子らしいものを好んだのに反して、少女は石を拾って遊んだ。母は娘の養育にかまけて、玩具までは手がとどかなかった。少女は水道の水で石を洗う感触が好きだった。石の強引な粗さと冷たさが、石の重さとなって掌に伝わってくる。その受けように変化があった。

　変化に応じて、少女は母から去っていった父のことや、山梨の疎開先で、空襲下の火焰のなかを、手をとりあって逃げてゆく母と少女の姿をおもいだした。

「荷物を捨てよう。みんな、みんな捨ててゆこう。さ、あそこまで。あそこに行ったら、私たちは助かるのよ」

少女は母にかぶらされた防空頭巾の黒えんじ色の模様をおぼえている。回想にふさわしく、母と娘はスローモーション撮影の映像のように、ゆっくりとした足どりだった。少女は、すべてを捨てさったあとの、虚しいまでの身の軽さと、簡潔さをおぼえている。飄々とした欠落感や、彷徨感に、かえって生きている歓びがひそんでいる。石の重さが、堅さが、そんな回想をとめどなくふきあげてくる。

少女はやがて学校にゆき、女優になるが、常識的な意味での、女っぽい装飾や、執着が生来、欠けているようであった。しかし、そのほうが自分の心に忠実になれた。

小学校から、中学、高校へと進みながら、少女は、身のまわりのものを惜し気なく捨てていった。母が苦心してあつらえたセーターを学校に置いてきて、なくしてしまった。イーゼルを、絵具を、簡単に人にやってしまった。作文も、ペンテル受賞作品も、詩も、金賞をとったお習字も、捨ててしまった。と、いって、自分に未練がないのではなかった。

少女にとっては、それらはなにも苦心惨憺して作ったものではなく、空が青いように、日が翳り、雲が流れてゆくように、少女のその日、その時の感興のおもむくままに、彼女の心情と感受性のなかを迅速にすぎさってゆくものの痕跡にしかすぎなかった。しかも、痕跡が重要なのではなかった。それよりも、迅速に誕生し、過ぎさってゆく、その思い入れのなさや、傾斜の拒絶のほうに意味が置かれた。だから、ペンテルの筆致も、作文の文章も、乾燥して、奔放で、荒々しく、勢いがあった。伸びとひろがりを失っていなかった。

——皮肉なことに女優になって困ったのは、その点であった。演技というものが、もともと肉体によって空間に描く心象風景である以上、演技の蓄積や演技の積みかさねというのは、表現された肉体から逆算するナンセンスな錯覚にしかすぎないのだが、それにしても、彼女は伸びと、ひろがりの出発点を彼女の肉体のなかにさぐりあてるのに、ながい間、苦労した。絵を手で描いていたのに気づかなかったように、演技が肉体で表現されることを知らなかった。実感を知るまでに時間がかかった。肉体なのに実感がともなわなかった。実感を得るのに十年かかった。

母は、女親の直感で、少女の幼少時からみせてきた吹っ切れた明快さに、ある危険を予感した。女のいちばん大事な感情の源泉を失うのではないか、という危惧である。それでいて、この子は「好きな道」をひとりで歩いてゆくだろう、と、思った。好きな道とは、直線的で、遠く、白く光る道である。それは性こそ女であるが、心情は男のような部分の多い女性が辿る道である。母は絵をつづけたいという希望をいれて、少女を女子美の附属中学へ入学させた。

中学に入った少女は、仲のよいクラスメートに誘われて、児童劇団「ちどり」に入った。演劇を特別に志望したというのではなく、ただ、「面白いからいらっしゃいよ」「そうかしら?」といった程度の話のはずみ具合からだった。家で留守番をしているよりは、ずっと気がまぎれて、たのしそうだからだった。だから、誘った友人は、シンデレラとか赤ずきんとか、白雪姫その他の主役だったが、少女はいつも狼にたべられてしまう老婆だったり、魔法使いの女弟子などの脇役ばかりやらされた。時には絵がうまいというので背景を描かされたりもした(少女の学校の先輩にあたる奈良岡朋子〈民芸〉も、しろうと劇団で背景を描いているうちに見込まれて女優に起用された)。そのうち、少女は他の商業演劇団の公演での花束贈呈の役をひきうけさせられた。

「いい子じゃないか。どこの子かね?」

舞台を見に来ている放送局人とか、映画人のあいだで、そんな声が、囁かれはじめた。鼻すじがとおって、目の涼しくはった容貌が人目をひいた。少女はまず、NHKラジオの『おとうさん』で、森繁久彌の娘役を与えられた。女子美の高校にはいるころは、民放テレビの創成時代だった。民放は新しいタレントを躍起になってさがしまわっていた。映画とテレビは交流が禁じられていた。少女は期せずして、その断層を縫うようにして存在をみとめられていった。『茶の間のリズム』(前田武彦がホンを書いた)の司会アシスタント、尾上辰之助(当時、尾上左近)と共演の『天兵童子』、カシミヤタッチ、イイタッチ(野坂昭如作詞)のCMガール等々。そして高校をおえる時までに、日活をのぞき、東映、東宝、松竹、大映の四社から、映画の契約をしてほしいと言ってきた。

三田佳子という女優が、こうして生れていった。しかし、屈託も、気負いもなかったかわりに、女優とはなにかをいうことも知らなかった。演技はもとより映画については全く知るところがなかった。だから、臆せずに入ってゆけた。彼女にとっては、高校で絵を描き、児童劇団の「学芸会」の延長に、テレビやラジオや映画の世界が軒をつらねている感じだった。縁日の夜店とか、百貨店のウィンドーをのぞくのと、それほど異質のものに思えなかった。——十八歳の少女としては、それは当然すぎるなりゆきであった。

ところが彼女がはじめて東映撮影所で撮影に入った日、彼女の相手役の主役の青年(波多伸二)が、オートバイを練習しているうちに運転を誤り即死した。彼女は宙で反転して地上に(ゆっくりと)落下してゆく青年を、遠くから幻想画をあおぐように目撃した。瞬間、恐ろしいとか、痛ましいという気持ちはなく、彼女は人がそのように死んでゆくという事実そのものに衝撃をうけ、衝撃のはげしさがひいたあとで、一気に泪がこみあげてくるのをおぼえた。

自分もまた、今、現実の世界だけで生きてゆこうとしている。そんな荒涼とした悲しさが、青年の死と結びついて、彼女は彼女のおかれた境遇に驚愕した。ここは、もはや学芸会でもなければ絵画教室でもなく、映画という残忍非情の「幻想」の世界である。埃っぽく、あわただしく、乱雑で、エネルギッシュで（東映は、当時、所内の全員が走りまわって仕事をしているという伝説をもつ撮影所だった）それに比例して、幻想度が昇華してゆく仕事場である。ここでは気後れや、ためらいや、内省が許されなかった。いや、内省に内省をかさねても、最後に、目をつぶってでもなにかに突入してゆけねば脱落してしまう世界だった。

『おゝい雲！』（瀬川昌治監督）の三田佳子（右）

一言でいえば、女には到底、生きにくい、難しい仕事場だった。そこで、女優であるとは、いったい、どういうことなのであろうか？　強引な例をひくなら、撮影所は飯場であり、ダム工事の現場である。そこで女であるためには、どうしたらよいのであろうか。しかも、この飯場や工事現場は、一般の観客に、「夢のようなものを」作りだしてやらねばならないのである。そして夢の主体は、十分すぎるほど、その「女」の存在にかかっているのである。

僕は思う。

女優は、以上のような条件のなかに、十年間、耐えてゆけたとき、はじめて、女優になりうるのではないだろうか。「女」のなりたちにくい場にあって、「女」に連綿として執着しえたとき、女優は誕生するのではないだろうか。むろん、そのためには、彼女の中に、男性に対処しうる「男らしさ」の素質がなければならない。それ以上に、僕はつぎのようにも考える。単に美しい女性というならば、ファッション・モデルにも、BGにも、店員の中にも美しい女性はいくらでもいる。が、真の女優が、ふつうの美しい人たちとちがうのは、ある瞬間、瞬間に、彼女らの内なる衝動と心情の昂揚と、感受性の飛翔を、一気に肉体に表現できるからである。

わかりやすい言葉でいえば、野球の長島選手が「燃える」ように、彼女らも演技を軸にして、情念と生理が爆発的に燃焼しうるからなのである。この起爆現象こそ、点火から爆発に、十年の歳月を要するのではないだろうか。可愛い女優、チャーミングな女優、気品のある女優、人なつっこい印象を与える女優、器用な女優はいくらでもいる。が、ほんとうの女優とは、たぶん、彼女が撮影所や劇団や劇場の荒涼さのなかで、「女と男」を併せもつ勁さと、ハイ・オクタン価の可燃性燃料の起爆性を内蔵してゆけたとき、ようやく、出現してくるはずなのである。

これまでに現われたすぐれた女優は、洋の東西をとわず、例外なく、十年選手になったとき、やっと女優としての真価を発揮しはじめたといってよい。そして、彼女らは、これまた例外なく、十年に耐えるだけの「内なるもの」をそれぞれのひとの境遇や、資質に応じて育て、はぐくみつづけてゆく忍耐心、我慢づよさ、気のつよさ——要するに、女の意地——を持っていた。

三田佳子は、けっして器用な俳優ではなかった。ひとつことをやりながら、一方では別のことを、軽く器用にこなせる女優でもなかった。幼いときの環境や、教育から受けたものを、自分のものにとりいれると、それに従って、自分の生きかたを考えてゆく女性であった。ある意味では、思春期時代に感じたことを、そのまま、二十六、七歳ぐらいまで、かたくなに、自分のものとして信じて疑わぬところがあったくらいである。年齢とともに世間を知ったし、仕事も知った。が、心の底では、純一な感情でペンテル画を描きながら、母へ八年後を約束した情感をたもちつづけられる女性であった。

彼女が一連の喜劇に好演をしたのは、彼女の資質に、明るく、からっとしたものへの傾斜があったからである。喜劇というのは、相手の俳優のせりふのタイミングや、せりふの調子の高低にあわせて、こちらの演技とせりふを処理してゆくことに、演技の難しさのすべてが隠されているものであるが、要は演技を音のタイミングと音の調子に明快に識別する能力こそが、演技の質のすべてを決定するといってよい。僕は彼女のある喜劇をみていて、――それはニクソン政治とか、最近の中国を軸とした日米政治を軽くからかったショットの中でだが――きわめて冷酷なつよいセルフ・コントロールの意志を感じたことがあった。反面、ここ三、四年つづいている舞台では、『紅花物語』『春の坂道』と、着実に、女の陰湿な部分と、乾いた部分を表現しうるように成長していっている。

三田佳子は、大阪のテレビ局で『祇園物語』を撮っているとき、生涯に、たった一度の恋をした(それ以外、よく週刊誌にのったゴシップは、売名とか、出世をはかる男たちが、彼女の名を利用して、自らを売りこんだものである。ある男は、彼女を電話で招きよせた場所に、雑誌社のカメラマンを用意しておくほどの入念さだった)。恋愛は、ほとんど成就しかけたかに見えたが、最後のところで彼女の方に、だまって目をつぶっても相手に飛びこんでゆく締めくくりがつかなかった。――自分が惜しかったのかもしれない。

幸か不幸か、芸能という世界に入ってしまったために、女優として身につけてゆかねばならなかったものが、あまりにも多すぎたことにさまたげられて、彼女は長い恋愛を終わった。幼年時代から、あれほど捨てることに馴れ、捨てることにむしろ爽快感を覚えていたはずなのに、生涯の転機で、自分を捨てきれなかった。僕は、彼女からその話をきいたとき、彼女が恋愛に終止符をうった点で、彼女はあらためて、自分を捨てることによって生きのびてゆく、活力を身につけはじめた、と思った。

「女以上の女になってゆきたいと思いました。しなやかで、歯ごたえのある女になりたい。少女のころから、私はそんな女になることを、どこかで願っていたのかもしれませんね」と、彼女は語ってくれた。僕はそれが女優の魅力だと思った。

この三月のはじめ、三田佳子は、秋元松代氏の『北越誌』（ＮＨＫ秋の芸術祭参加テレビ番組）の新潟ロケへ出発していった。出発前夜、彼女は劇中でうたう「絵馬の歌」をきかせてくれた。「仏はつねにいませども、うつつならぬぞ、あわれなる。ひとのおとせぬあかときに、ほのかに夢にみえたまう」

彼女は盲目のごぜに扮して、この歌をうたうのである。僕は、うつつならぬぞ、あわれなるのくだりに、特に、耳をすませた。思えば、ペンテルの絵をかき、演劇をたのしんだのも女のうつつだったのかもしれない。彼女の声は夜の冷気をふるわせ、僕の胸にしみいった。

が、うつつの世を生きてゆかない女優などは、はじめから、この世にいないはずなのである。

「婦人公論」昭和四十七年五月号

女が通り過ぎる——池内淳子

女は三越。

戦前の三越の女店員は、庶民の憧れであった。映画女優よりも身近にいて、生活のにおいを感じさせた。女ならば、だれでも、一度は、「なってみたい」と願った栄光の職業であった。

いまで云えば、万博のコンパニオン、国際線のスチュワーデスにあたるだろうか。が、もっと地味な奥ゆかしさがあった。つつましく、控え目で、かえって、人の心をひきつけた。

戦時中、ぼくの家の家作に、三越の女店員がふたり入っていた。化粧品売場と玩具売場に勤めていた。彼女たちは青白い透明なつやをおびた肌《はだ》のしめり加減や、立居振舞、言葉づかいのはしはしに、庶民の女らしさをゆきわたらせていた。そのゆきわたらせる最後の瞬間に、見る者の呼吸をとめる妖しさがあった。少年のぼくでさえ、身震いをおぼえた。それはもしかすると、女にまとわりつく、なにかの不幸を連想させる妖しさだったのかもしれない。はたして、彼女らは、そろって、不運な短い生涯を終わった。美しすぎた悲しみが全身からたちこめて、あっというまにぼくの眼前から遠のいていってしまった。

三越の女店員だった池内淳子さんにも、そういった印象がたいへんつよい。ぼくは彼女の新東宝時代からのファンだが、彼女が新東宝の女優であるというのではなく、三越の女店員だったという、その理由からぼくは彼女の出る映画を見にかよったものだ。たとえば、『新妻鏡』。目ンない千鳥の高島田という歌で知られている作品である。場末の三流、四流の映画館にふさわしく、映画はお粗末きわまりないものだった。が、かえって、そのことが、映画のなかの彼女をひときわ、ひきたてたからだ。そして画面のなかの彼女の後ろ姿も、ちょっとしたカメラアングルの操作で偶然に映しだされる顔をみていると、たちまち、ぼくの体内を、少年時代に体験した身震いが走りさった。

「この世のものならぬものが、今、彼女の姿をかりて、この世にある」そんな張りつめた感情がぼくをなにかにせきたててやまなかった。

戦前から戦中の東京の片隅、ひっそりしたしもた屋の雨。暮れなずむ街にオレンジ色の灯がともる。あるいは、木洩れ日に焚火の煙がながれる坂道。彼女は都電をおりて、勤めから帰ってきた。うつむいて、くたびれ、食事をすませば、あとは昏々《こんこん》と寝るよりしかたない日々の暮しであった。美しいだけに、疲れが目立った。彼女は、いつ、どんな日に、心から生きていたいと願うのだろうか。淡々と、すべてをさりげなく受けながし、決して自分を主張せず、そのことが、いっそう、彼女をもろく、はなやかな、しなやかさで飾りたてた。

たとえば、高く澄みきった夏の空。油でりの瓦《かわら》屋根。飾り職人のふいごを吹く音だけが聞えてくる昼さがりが背景でもよい。

薄倖《はっこう》の影、あわく額に射して――むかし、「文學界」で読んだ菱山修三氏の作品の一節が、いつも、スクリーンの池内淳子にダブッた。今夜、寝れば、悲しみなんかきれいに忘れちゃうのよ。彼女は画面から、そうつぶやいているようであった。

古風で、ひっそりと息づいて、いつも笑顔で人のいうとおりになったようで、根は片意地で、きりりんしゃんと自分を保ち、それでも結局は、大きな目にみえないものの力に流されてゆく。そのような典型的な日本女性の雰囲気が、彼女から感じられた。そうした女の味をだせた――下劣な表現だが、男がどうしても心を乱さずにはいられなくなるといってもよい――女優は、戦後の日本映画界をつうじて池内淳子ただひとりしかいなかったと断言してもよいくらいだ。演技ではなく、彼女自身の持ち味、人となりとしか思えぬものがそのまま作品の魅力であった。

『花影』（川島雄三監督）の池内淳子

だから奇想天外な作品ばかり作っていた新東宝でも、人気なんか、あんまりなかった。しかし、彼女の狂信的ファンというのも、日本全国に無数に隠れていたと思う。ほんとうのファン。隠れキリシタンの信仰のようなファン心理。それが、このひとの女優生命を永続させた。地下水のように枯れることがなかった。そのとき、はじめて、女のいのちが伝わってきた……。

ぼくはそういう意味で、戦前の大都映画の琴糸路、戦後の池内淳子、それと浅丘ルリ子というのが、日本の三大女優だと、思っている。目立った代表作が一本もない。だからこそ、女優の持ち味だけが魅力で、観客の心をいつもつかんでいられた。代表作がなくて、人気がすたらない女優こそ、ぼくはほんとうの〝映画女優〟だと思っている。

池内淳子には「代表作」がない。つまりこれからも、いつまでもつづく女優と呼んでさしつかえあるまい。作品のイメージにつぶされず、観客が勝手にその人その人のイメージをながしこんでゆくたのしさがこの人にはいっぱいである。

ぼくの女、俺の女。ひとは、その人の過去と現在に応じて、行きずりに会って忘られぬ女、とうとう思いを告白できなかった女、愛していたばかりに別れていった女、ささやかな生活、こぢんまりした暮しを共にする女、気っぷがよくて損ばかりしていた良い女、要するに好みの女のあらゆるタイプをこのひとにあてはめる。ぼくは彼女を今もって〝三越の女店員〟にあてはめるし、それから「女ながらもまさかの時は……」という、むかし落語で聞いた歌のヒロインにあてはめたりする。実際、『天と地と』の舞台で、彼女が松江になって、なぎなたを振うとき、ぼくは突然、桂文楽の歌を口ずさみたくなった。あれは、たしか「よかちょろ」のなかで歌う歌であったはずだ。上杉謙信と、放蕩息子を主人公とした「よかちょろ」とがいっしょになるのではなくて、池内淳子を見ていると前ぶれもなしに落語の悲しき主人公たちの姿が生きかえってくるのだった。愚かな男が、愚かなるままに、ひたすらに、何かを信じて生きている。そんな男こそ、彼女を理想の女として、いつまでも、追いもとめているにちがいなかった。

「二度、勘当されかかったんですよ。一度は三越へ入社のとき。お祖父《じい》ちゃん、お祖母《ばあ》ちゃんの考えでは、女が働きに出るなんて、滅相もない。そんな古風な気質の家だったんです。四代にわたる江戸ッ子が自慢でございます。三越は学校から五十人受けて、二人だけ受かりました。もう一度は新東宝入社。グラビア雑誌のカバーになったのがきっかけでしたが、これも家中、すったもんだの大さわぎになって、恥しらず、出てけーッ……」

「でも、私は折目の正しい母や祖母のもとで育ったおかげで、昔からのしきたりや、感じ方や、信仰を大事にする女の生きかたを、肌でじかに吸いとってきたようですね。それが、気づかないうちに、体にしみこんで栄養になったし、それと、こういう職業でしょう。堅い家の空気のなかだと、いっそ、安心して、心のしこりや、体のつかれをほぐせるのです。

今はやりの家つき、カーつき、婆ぬきは私にはだめ。そういう雰囲気ではとうてい身がもたない。バラバラになってしまう。それから、私、外国がだめ。水が合わないんです」

池内淳子さんは低く、早口でしゃべった。典型的な東京、下町の女の口調だった。強弱がはっきりしていて、小気味よいリズムがあった。五月の風を感じた。

「池内さん、ぼくは昔、あなたを下町の無形文化財にしたらどうだろうってまじめに考えていたことがあるんです。神田囃子《ばやし》とか、火消しとかとならんで、あなたも、古い東京の女の典型って。身長いくら、体重いくら、性格、情操、素行、みんな記録されて、後世につたえる……そのかわり許可なくして、だれもあなたに触ったり、話しかけてはいけないと布告が出て。政府や、都はあなたに一生、年金をだして、健康な生活の保存に責任もつようにする」

「それいつのこと？　あら、その頃だったら、私はまだ二十歳台ですよ。それじゃ、いくらなんでも、かわいそうですよ。それに下町、下町って、皆さんおっしゃるけど、私は、下町と山の手の気質の区別どこでつけるのか……。

でもね、腹がたっても、いつまでもふくれているわけにもゆきませんしネ。にっこり笑って、済ませてゆこうッて。それに、もう、私は取りかえしのつく年齢じゃありませんもの。肚を決めて、仕事しなくちゃならないでしょ。そうすると、もう一度古い感じ方や生きかたが、案外、いつまでもあたらしいもんだなんて気がつきだしました。しいて云えば、そんなことが、私の気質になって……つまり、家風から受けついだものでしょうネ」

スクリーンや、ブラウン管で見る池内さんは、大柄な体つきで、いわゆる女の色気を全身から発散しているように受けとれる。彼女の人気の秘密のひとつもそこにある。東京風の和服が似合って、動作がぴんしゃんして、颯爽《さっそう》とした残り香が襟のあたりから漂ってくる。いなせな気っぷの持主だと想像させる。乾いて、あかるく、まわりを、ほのかな女の味で、料理しあげる腕と才と知恵を身につけている。いわゆる「茶の間」にはもってこいの女性だと思われている。だれもが、こういう女性となら、気さくにつきあえると信じている。

が、実際の池内さんは、びっくりするほど小さい。掌の上に乗るような小づくりだ。「戦中派ですから、栄養とるひまなかった。栄養どころじゃなかったし、小さいのは、どうしたって、大きくなるもんじゃない。そのかわり、表面では笑っていても、陰で我慢する性質が身についたようです。少女時代は神経がほそすぎて、家中の者が、これでやってゆけるのかしらと心配していたようですが……細くて、小さい体つきが、逆に糞《くそ》度胸みたいなものを体につけるのに役に立ちました」。

池内さんは適確な云いまわしで、簡潔に語ってくれた。素顔の彼女では、特に、手指のしっかりした肉づきが印象にのこった。いかにも働き者といった指のしたたかさだった。ぼくは、ラードやバターを扱う女料理人に、こんな手指の持主がいることをおもいだした。

節分の日、池内淳子さんは、長野県の別所温泉に行った。ここの北向《きたむけ》観音の豆まきの年女をひきうけていた。

昔、『次郎物語』のロケに行って世話になった。その温情が忘られずに、余暇をみつけては、ここに来るということだった。北向観音は芸能の神様である。故人の花柳章太郎氏をはじめ多くの芸能人が、この観音を信仰している。池内さんも、神社から、打出の小づちをもらって以来、運がひらけてきたそうである。

いかにも、彼女らしいと、ぼくは思った。

なにもかにも割りきって、三十代の女の分別ですべてを承知したうえで、信仰に帰依し、信仰に自分を託して、さらりと涼しく、自分のゆく道をさばききっている。

ぼくは、そこにも、なつかしい下町を感じずにはいられなかった。

美しいひとであるが、池内さんには女の湿《しめ》った執拗さは、ひとかけらもない。むしろ男の無頓着さと共通した「乾き」が、このひとを一層、美しくしてみせているようである。宿でも、起居動作が透明で、一層なまめかしく、艶にして、妖であった。

「みんなでいっしょに、お風呂にはいりましょうか」

そんな冗談で、座の雰囲気をほぐすことのできる人なのである。

その言葉つきの凛《りん》としているのが、華やかの極みであった。

「小説新潮」昭和四十四年四月号

愛の遍歴と彷徨——『硝子のジョニー　野獣のように見えて』

「私は海へ行って泣いていたの、そしたら、その人ね、そのうち、君を倖せにしてくれるひとがきっと現れるよって、この歌を教えてくれたの。私、ジョニーよどこにってところが一番好きだよ、だけれど、あのひとは海のなかへはいっていっちゃったんだよ、いくら呼んでもどんどん入っていって、私を捨てていっちゃったんだよ……みんなが私を捨てていくんだよ……」

（シーン一〇三）

みふね（芦川いづみ）は人買いの秋本（アイ・ジョージ）が、「硝子のジョニー」をうたったとき、秋本に思慕の情をよせた。函館の場末の病院の一室であった。彼女は稚内のコンブとりの漁村から金で買いとられた女だ。歌手から人買いに、そしてながしのギター弾きにと、秋本は坂道をころがりはじめた石のように、人生の落目をまっしぐらに失墜してゆく男である。が、みふねは女の本能にちかい直感で、この男の荒寥とした心のなかに、彼女をあたたかくうけいれる孤独の匂いをかぎとった。それは、愛とよぶのにはガラスのようにもろく、むしろ愛のかなしさと貞潔に耐えかねる心の渇きと翳りが、ふたりをむすびつけてゆくようにおもえた。

みふねは人買いにかわれてゆく列車のなかで、競輪予想屋のジョー（宍戸錠）にすくわれた。旅館

『硝子のジョニー　野獣のように見えて』
（蔵原惟繕監督）の芦川いづみ（中央）

の一室で、「硝子のジョニー」を彼におしえたとき、みふねは「いいよ、捨てられたって、慣れてるもん。」とつぶやいた。それは、食事のあとのお茶のように、彼女の日常の感情の起伏が習慣となってささやく、ルフランときこえた。なれきった言葉のくりかえしが、この女の孤独をいっそうのものにして、彼女は遠い海鳴りにも似た剛直無惨な生きかたをくりかえす男たちの背後に、野獣の牙の奥に、愛のまぼろしをみいだそうとつとめた。秋本もジョーも、彼女が孤独をいやすために、流転と彷徨の途上で、心ひそかに、この男なら頼れると信じた「硝子の愛」の仮りの姿にほかならなかった。

ジョーは庖丁ひとつで流れあるく渡世職人である。腕に自信はあったが、技芸の上達は彼の心をころした。「なにか、こう、体じゅうの血がカーッと頭にくる」ものをもとめて、若い競輪選手の育成にいのちをかけた。が、選手はジョーを裏切って、呑み屋の女とかけおちしてゆく。ジョーも、秋本も、庖丁・競輪、歌・ギター、と、技芸によって倫理を、（そして山田信夫・蔵原惟繕の作者たちにとっては男たちが、その美をもとめることに失敗した点により多くの比重をかけて、）つまり喪失した倫理と技芸のもつ美へのイメージを、極悪非道な生活の実践で回復し、そこにいのちをかよわせようとする男たちとしてえがかれている。みふねはたえず愛をもとめて傷ついた。男たちは現実に傷つくことによってのみ、愛のよろこびやかなしみや、生命のうつくしさへの幻をかきたててゆく宿命を負わされていた。ここに、この愛の遍歴と彷徨、愛と現実の荒廃した破局の投影図を主題とする作品のモチーフがかくされている。主題は演出の豪宕《ごうとう》で意識的に荒い大胆な描写に高鳴り、共鳴し、秀抜で異色ある愛の映画にと結晶した。

なるほど、図式模様としては、それは平凡な三角関係ともうけとれるかもしれない。男たちは期せずして女をすて、そして、最後には海にのまれてゆく女をおいもとめる。が、この模様が非情残忍な風土を舞台として、人気ない雨あがりの競輪場に、陋屋のつみかさなったはての旅館の一室に、粗野で広大な海辺に織りこまれたとき、愛と孤独と断絶の現実は、僕たちのなま身の感覚に氷と烈風のきびしさでせまってくる。みふねが遠くゆめみるように、競輪場の片隅に人まち顔で腰をおろし、ぬかるみをいとわず男をおったとき、蔵原演出の的確に計算された筆勢の奔放なタッチはするどく心象風景を描きだすのに成功し、そうした映像からくる現実は、僕たちの愛への渇仰に仮借ない重さをもって屈折し、密着してやまない。

これは、絶対にメロドラマではない。風俗すら影をひそめているのである。あるのは、ただ、愛と、そして人生の軌道から意欲的に脱出することによって、第二の人生をつくろうとした男たちの挫折という魂の終わりないさすらいとにかかわりあって、いわば僕たちの外部の日常諸現象が僕たちの内部の心とか、情念とかの反映にすぎないと断定してはばからぬ生きかたが、おそろしい悔恨と絶望の念をこめて、かそけくも愛の風土にかなでる孤独なうたごえだけが朗々とひびきわたっているのである。愛にうえ、愛をもとめてやまぬ心の悶絶と、現実に傷つき、つかれはてた魂の、なお現実にかかりあおうとする汚辱と清澄さの絢《あや》しいハーモニーが、異様なまでにきびしい愛のリアリティを創造しえたあとに、一種、犯しがたいほどに清冽なかなしみとなって、川底の砂金のようなかがやきをはなつのだ。それは厳寒時の川のながれに耳すます時のしずかさに覚える、あの、うつろいやすく、走りさってやまぬかなしみ、と言ってよいものかもしれない。

作者たちの愛をめぐる観念が、これまでの日本映画にはまったくなかった、ひとつの魅力を作りあげた。ひとはこの映画に『道』や『ハスラー』とのつながりを発見するかもしれない。が、そうした発見は何物をもうまない。ひとは、むしろ愛のイデーを映像化したさいの、みふねの、ジョーの、秋本の情念と倫理に、僕たち自身の投影を発見するだろう。ひとに、もし、おのれへの忠実な生きかたをゆるされるいちるののぞみがあるならば、この荒蕪きわまった「情事」のはてに、もとめてかなわぬ愛の純粋な姿態をみいだしてゆくよろこびを発見するにちがいあるまい。大胆で、強引な飛躍と省略とをとおしての人間素描に、一貫として通してゆく愛の現実化への不断の執拗な努力をみいだしてゆくはずである。

山田信夫・蔵原惟繕・間宮義雄のトリオがつくりだした最良の作品である。ヴィヴィッドでありながら繊細な感情にみちあふれた成果を高く評価したい。愛が死滅に瀕してゆくときだけに、この作品の存在価値がおおきく思われてならない。日本映画の収穫の一つだ。

「映画評論」昭和三十七年十二月号

『わが友ヒットラー』——濃密な男の美学

『わが友ヒットラー』を見た。

初演のときよりおもしろかった。僕は劇場のパンフレットに、三島由紀夫とこの作品についての文章を書いているのだが、僕がそこで期待していたことは、演出の石沢秀二氏、俳優の平幹二朗、尾上辰之助、菅野忠彦、町中明夫の四氏、装置の高田一郎氏らによって、みごとに劇化されていた。滔々《とうとう》とながれでるせりふのなかに、一種独特の劇的昂揚があり、それが舞台を見る者にふしぎな陶酔と錯乱と破滅と幻惑をよびさます。ヒトラーという政治的人間が、いつしか政治のわくをはみだして、演劇美学の〝るつぼ〟製造人の立場になっていく。作品の底に、作者・三島由紀夫が表現しようとしていた男の美学、男のエロチシズム、男の肉体と観念の相克などが強烈にうきぼりにされてくる。

ヒトラーの平幹二朗が、突撃隊長レームの尾上辰之助、左派革命家シュトラッサーの菅野忠彦の肩を抱き、手をとって、政治、大衆、権謀を語るくだりなどは、見ていて熱くなるような「男の心情と肉体」の震えを感じた。僕は俳優諸氏のホオ、腕の筋肉のけいれんを、はっきりと意識した。

舞台にかぎらず、映画でも、俳優の演技とは、そうした意識を観客に呼びさますことを表現の基礎においている。それが、演劇や映画の演技である。おいしいステーキをかんで、のどにのみくだす。

あの時のこめかみや、ホオの筋肉のうごき、歯のかみあわせ、舌のうごき、そして〝のど〟を食物が落下するときの、のどの陶酔と、まったくおなじことが、演技にも要求される(先日、映画監督・新藤兼人氏とこのことを話したら、氏も映画演出家はカメラをとおして、俳優の上にあらわれたそれを狙うのだといった。カメラが俳優の筋肉の動きを追うのである)。

僕は『わが友ヒットラー』に、作者好みの、女性的なものを感じた。ほんらい、男が得意とする領野の政治や、闘争は影をひそめ、ここでは女性の得意とする性や、愛情や、皮膚感触や、生理がきらきらと光を放って、作品のつやを作りだしている。まがうことない政治劇の体裁をととのえながら、作品はひたすら男が次にもとめるエロチシズムの核心をめざす感がある。と「私の演説が終わったあとの広場には、かならず雨がふる」などというヒトラーのせりふが、にわかに実感となって、舞台一面に雨のにおいが漂ってくる。これもまた演劇のたのしみだ。

女にもとめるエロチシズムを、男たち四人が男の肉体で表現するから『わが友ヒットラー』には、当然、倒錯の惑溺が妖しい魅力を発散する。余談だが、『わが友ヒットラー』についで上演された『サド侯爵夫人』は女優六人だけの演劇だが、ここでは、サドという男の観念、男の言葉、男の意志、男の生理だけが語られる。初演のときもそうだったが、女優たちにとっては、舞台に姿をあらわさない男の表現は至難の業となってしまう。

彼女らは、どうしても男の観念を実感として理解することができない。思えば、三島由紀夫が女の悲劇や女の知性を、あまり認めていなかった人だったことが、あらためて『サド侯爵』をそのような作品に仕立て、作品そのものを痛烈な女性へのイロニーとさせているのだと気づかせるほどである。

『わが友ヒットラー』には、作者の夢みた男のエロチシズム、男の美学がむせかえるようにみなぎっている。男というものが、いかに、女性的な面を内包しているかというのが作品の主題とすら思わせる。そう考えると六月の新橋演舞場でやっていた坂東玉三郎、市川海老蔵、片岡孝夫たちの『桜姫東文章』（鶴谷南北原作）が、かつて三島由紀夫のアレンジ台本で演じられた作品であったこともくしき因縁である。桜姫という昔のお姫様が、今は悪人の肉体に魅せられて、名も風鈴お姫とかえ、小塚原の下等淫売になりさがっている。高貴な女性が、女の魔性ゆえに、わが身の欲情を抑えかねて、荒廃無残の淫婦へと堕ちていく。玉三郎のええままよと覚悟していく女の妖艶《ようえん》さの演劇的表現の秀抜さ、玉三郎という男の、男でなくてはだせない女のすさまじさに、僕は驚嘆した。今月は『わが友ヒットラー』と『桜姫東文章』のエロチシズム・イメージが、僕の脳裏にこびりついてはなれない。

「スポーツ・ニッポン」昭和五十年七月二日号

劇画『葬流者』考

僕は、最近、雑誌「ユリイカ」に、現在、女性の間でもっとも人気のある作家は赤塚不二夫氏と澁澤龍彦氏だ、と書いた。両氏には熱狂的な女性の支持者が多い。が、最近、女性たちにひそかに愛読されている本を教えられ、一読して賛嘆おくあたわず、失神せんばかりに興奮してしまった経験がある。その本の名は、小池一雄作、ケン月影画の劇画『葬流者』である。同書（全八巻）は女性たちの手から手に回読され、ファンはふえるいっぽうである。

そーるじゃあ、と、読む。過去を葬り、今日を流れる人間墓標。主人公、刑波《おさか》之進は尾張大納言の徳川幕府にかわっての日本制覇をいさめて果たさず、逆に、尾張藩から追われる身となる。彼の同志たちは牢《ろう》死する。彼はからだに同志たちの名を刻んでいる。すなわち、人間墓標。刑を慕う下刈り半次郎は、実は、ききょう、という名の女である。尾張の忍者群が刑を急追する。刑の行く手には、つねに、対忍者群との死闘が展開する。

キャンデス・バーゲンの出世作『ソルジャー・ブルー』から題名をとったものと思われる。このアメリカ映画は正義の名の下に殺される被圧迫民族の悲劇を描いた秀作であった。が、劇画『葬流者』は、むしろ流浪の男と、それを恋する女の心情的エロチシズムに迫力がある。その甘美で、ロマンチックな慕情のかもしだす妖《よう》気は、上村一夫氏の初期作品、つげ義春氏の、これも初期作品の魅力に匹敵する。ケン月影氏の描く独特な風景描写と、人物像の鮮明な性格描写が、作品の骨子である。一読して、巻をおくあたわずの賛美と陶酔は、氏の独特な劇画的表現におうところが多い。作品の密度の濃さは、氏の画の風格と描写のきめのこまかさから生まれた。

ところで、なぜ『葬流者』が女性たちに支持されるのか。

主人公、刑波之進は、武士であったが、今は、故あって世を忍んでいる男である。しかも、彼はむかしの同志たちの犠牲と献身を、かならず、この世で報いるために流浪している（女性たちは、ここにひかれる。現実には、そんな男がいないからである。現実の男たちは他人を犠牲にし、他人の奉仕の上にあぐらをかいて、のうのうと生きている）。

刑波之進は、女を追いかけない（現実の男は、女を追いかけてばかりいる）。彼は女に追いすがられる男である。しかも、そうした女をかならず受けいれてくれる。

刑波之進は寡黙である。彼は沈黙を愛す。だから、神秘的で、高貴なムードを全身から発散する。彼は次の告白に耳をかたむけ、女の心情を理解してくれる（現実の男はおしゃべりで、ミエっぱりで、愚痴ばかり言っている）。

刑波之進は、明日のない命を生きている男である。彼はつかの間に生命を燃焼させる剣士である。日常的、あまりにも日常的感覚に埋没して生きねばならぬ女性たちは、この点で、この世にありえぬ恋の対象として、刑の酷薄な運命と共死する願望をうたいあげる。女性は現実の緩慢さに絶望しすぎているために、明日を知らぬものに自分をたくす。それが恋の対象であれば、この世の願いは万全の状態で実現したことになる。女の恋はつねに激しく、死にさらされていなくてはならない。

さて、下刈り半次郎。実は、ききょう、という女。世の女もまた、現実生活にあっては、ほとんど、男とかわらぬ生存競争の渦中にまきこまれている。彼女たちは、男とおなじように、闘争のなかに生きている（『葬流者』の女性愛読者が仕事をもっている女性やOLに多いのは、このためである）。彼女はかみそり使いの名手で、かみそりを武器に男と闘う。そうした女が、刑によって、はじめて、女として認められる。女は恋人にめぐりあえたときだけ、自分がほんとうの女になるというモチーフは、女性読者のもっとも感激するところである（余談だが、某週刊誌連載の『下刈り半次郎』には、そうした心情をときめかすモチーフが皆無なので、つまらない）。

僕は小池氏の作品では『葬流者』が最高の内容を持っていると確信している。

「スポーツ・ニッポン」昭和五十年十月一日号

サスペンスと女王

競馬の好きな人なら、パーソロンという馬の名前を知っているにちがいない。たくさんの優秀な競走馬を世に送り出した。このパーソロンの父親はミレシアンと呼ばれている。ミレシアンはMilesianと書くが、これはマイリージャンと読むのがふつうである。マイリージャンとは「アイルランドの」という形容詞である。もっとこまかく言うと、アイルランドに住んでいる人たちがマイリージャン民族の人たちであることから、マイリージャンが「アイルランドの」という形容詞になった。

一方、パーソロンの父をミレシアンというのは、アイルランド人たちの先祖は、地中海のミレシウスの後継者たちだという説にもとづいている。ミレシウスの子供がイール。イールの住んだ島だから「エール」それがしだいにアイルランドに変わっていったのである。いずれにしても、パーソロンの父はミレシアンことマイリージャンである。競馬の本の著者や、競馬解説者たちがミレシアンといっているが、マイリージャンが正しい呼び名である。パーソロンはアイルランド産の競争馬である。今週は、そのマイリージャンに関する話である。話題はほかでもない、映画『怒りの日』である。天皇が今ご訪米中だが、警護の人たちはこの映画を見て、天皇警備の参考にしたときいた。

『怒りの日』は、イギリスのエリザベス女王を暗殺する話である。話というより、実話の映画化である。映画は息づまるサスペンスの連続である。

アイルランドで反英運動が起き、軍隊が発砲し、死者がたくさんでたというニュースをよく聞かされる。世間ではあまり知られていないが、イギリスはイングランド、スコットランド、アイルランド、ウェールズの四つの国から成り立っている。が、そのアイルランドもアイルランド共和国と、イギリスに統合された形をとっているアイルランドと、南北に分かれている。そしてそれぞれの国は言語も宗教も風俗もちがっているので、問題が起きやすい。たとえばアメリカが独立戦争を起こして、イギリスと闘うときでも、アメリカとアイルランドは協力態勢をとっていたりする。政治や、外交や、経済のむずかしい問題を書きだすときりがないので省くが、アイルランドで反英運動が起き、発砲と流血がたえないのは、イギリスとアイルランドは昔から血で血をあらう抗争をくりかえしてきたからである。

ドン・シャープ監督『怒りの日』

一九七二年、北アイルランドのベルファストでデモが起きる。映画の主人公ヘネシーは、このとき、妻と子をイギリスの軍隊に殺される。彼は単身、ロンドンに乗りこみ、イギリス議会を爆破し、女王も死の道づれにしようとする。その間に、おなじアイルランド人でありながら、アイルランドの南北統一をはかる運動家たちのグループが、ヘネシーを殺害しようとする。映画は二重、三重のサスペンスをもりあげてゆく。

イギリス映画の伝統的手法であるドキュメンタリー手法がうまく取りいれられて、実写とか、実写を思わすドキュメンタリー場面が、圧倒的な迫力を呼んでくる。ドゴール大統領暗殺を題材にした『ジャッカルの日』（女性観客は本能的に、生理的に、政治やドキュメントに興味をもてないから、こういう映画の良さはわからない）に勝るとも劣らぬ映画のできばえである。ヘネシーは全身にダイナマイトを巻きつけ、自爆覚悟で、女王の臨御する議会に入ってゆく。娯楽映画だが、娯楽ではかたづけられない興奮と恐怖が画面いっぱいにひろがり、僕は息をつめて、映画の進行を追った。

七一年、僕がイギリス滞在中に、女王に向け、しばしば脅迫の手紙が送られているのを新聞で読んでいた。その年の六月、僕はエジンバラに行幸した女王を同地で見た。女王の自動車は防弾ガラスで防備されていた。でも警官の姿は目立たなかった。そんななかで、女王が顔色ひとつ変えぬ姿でいられたことを、僕はある種の感動で見ていたことを、映画をみながら思いだした。

「スポーツ・ニッポン」昭和五十年十月八日号

六本木のマクベス

十月十六日、久しぶりに演劇らしい演劇を見て、心がはずんだ。

見終わったあと、僕はポジョレーのワインを飲み、ブルゴーニュ料理を食べ、ちょっと日本離れしたガス灯の灯とみまがう青い電気の光のゆれるケヤキ並木の通りを歩きながら、シルク・カットのたばこを吸い、深夜の喫茶店でコーヒーを幾杯も飲み、それからまた寝しずまった街を歩きつづけた。演劇のたのしさで、胸ふくらみ、興はつきるところなかった。なにがなくとも、良い演劇があるかぎり、この世はたのし、僕はそんなことをくりかえしてつぶやいていた。

演目は『マクベス12』である。作・演出は串田和美。六〇年以降の世界のすぐれた演劇作品と共通して『マクベス12』には、これといったストーリーはない。『マクベス12』という以上、例のシェークスピアの『マクベス』が取りあげられているが『マクベス』そのものは重要なファクターではない。マクベスが復讐の劇であり、深い霧のなかで森が動くとか、怨霊が人の魂にとりつくことなどを観客は知っていればよい。舞台はマクベスという探偵が登場してくるシカゴの床屋になったり、牢屋に連行されてゆく囚人ふたりの護送車のなかの話になったり、博士と助手の人体改造の実験の話になったりする。

かさねていうが、ここではストーリーは、さのみ問題ではない。僕ら観客が『マクベス12』にひきつけられるのは、舞台に登場してくる俳優たちの新鮮このうえもない人間の肉声を縦横に駆使した「せりふ」である。その光彩陸離とした声の魅力が、劇場に浸透し、反響してくるたのしさである。当意即妙、ウイット、ブラックユーモア、自然な言葉のもつ新鮮な響き。——僕はなぜか、ジュリアン・ブリームが演奏する中世紀のリュート音楽の素朴な、しかし、直截的な、いくつかのガイヤールの音の氾濫を思いだしたほどである。音がきらきら輝きながら、ひとつの主題を、さまざまに変奏してゆく興趣は終わるところがない。『マクベス12』には、純粋な人間の声の反響が反響しあう。六〇年代の演劇は、まぎれもなく、そうした人間そのもの、俳優ではなく、演技者ではなく、なまみの人間の声（つまり僕たちの意識、僕たちの欲望などである）の復活をこころみた。その自然な流路を目ざした。すくなくとも『マクベス12』は、その試みでみごとな成果をあげえている。——既成の商業演劇には、作者の考えた言葉、ストーリーを語る言葉、登場人物の心理を語る言葉しか使用されない欠点がある。

つぎは、肉体である。今さら説明するまでもなく、近代演劇で俳優の肉体に演劇の主体性を復活させたのはアントナン・アルトーである。俳優の演技とは、肉体を使って「トランスフォーメーション」を実現してゆく。そのとき、はじめて、俳優は現在、僕らの目の前にあって演劇をしながら、一方では中世の『マクベス』の登場人物になり、一方では未来の月の世界を彷徨する人物たちにも変貌してゆける。俳優の肉体は、当然、スポーツ選手の肉体を凌駕するものでなければならないだろう。『マクベス12』には、あきらかに、ミーガン・テリーの「オープン・シアター」や、アメリカを追われてヨーロッパで成功した「リビング・シアター」などの肉体による集団行動の美しさが導入されて、めくるめくまでのはなやかさを現出する。

六本木の自由劇場は、観客の座席と舞台が同一平面になっている。僕は目の前、五十センチのところで俳優の汗のにおいをかぎ、口からつばきが飛ぶのを見る。俳優の一瞬の動きで、空気の層が断ち斬られたように落下するのを感知する。俳優たちの表情の変化、息づかいの深浅、体じゅうの筋肉の微妙な変転と隆起などを、霊媒のように肌でうけとめる。

僕のだいすきな吉田日出子が、あいかわらず冴えている。生き生きとした「存在」になって、なにか、こう、魂をゆさぶるように「存在」を意識させてくれる。常田富士男ほか男性俳優たちが異色の才を発揮していた。

「スポーツ・ニッポン」昭和五十年十月二十二日号

男のニヒリズム――『華麗なるヒコーキ野郎』の魅力

『華麗なるヒコーキ野郎』（ジョージ・ロイ・ヒル監督）は、おもしろかった。最近に見た『ジョーズ』とおなじように、映画の楽しさを満喫させてくれた。

『ジョーズ』は、なによりも、人間と、人間の生活がよく描けていて、僕は鮫が出てくるまでの海岸町の、警察署長とその妻、鮫学者、船乗りなどの生活感情や、名も知らぬ一般の人びとの描写に驚嘆した。画面いっぱいに市井の男女のありようが活写されて、あの鮫の映画にふしぎなリアリティを与えていた。

この『華麗なるヒコーキ野郎』にも、それと同じものがあって、僕は感動した。アメリカ中西部の小さな町の男や女の生活の哀歓が透明なる空気をとおして伝わってきた。荒地を吹いてくる風や枯草のにおいのようなものが、僕をとらえて放さなかった。映画の魅力とは、なによりもそのようなことがあるかないかということなのである。第一次大戦以後、ニューディール時代に至るまでの頃のアメリカの男の悲しい憧憬や、女の明るい絶望が映画の奥を深くしていた。それだけで、僕は『華麗なるヒコーキ野郎』をすぐれた作品だ、と、思った。

思えば、この映画の背景となる時代では、まだ、アメリカの男は（すくなくとも物語や、映画の主人公は）健康であった。第一次大戦に従軍し、復員してからは、冒険飛行を生活の糧とする。そんな男の内面は、それはそれなりに、社会への失望や、未来への幻滅はあったろうが、彼の生きかたはともかく健康そのものであった。彼は飛行機いちずに生きてゆく。単純明快で、すっきりして、売名をこころみたり、極端な金銭欲をむきだしにすることはない。彼はただ、大空があり、飛行機があるから、危険をかえりみずに、冒険飛行にのりだしてゆく。彼は空の青さのなかに、くっきりと、自分の姿を浮き彫りにしてみせる。

「春の岬　旅のおわりの浮きがもめ　浮きつつ遠くなりにけるかも」

という三好達治の短歌が、瞬間、画面にダブって僕の脳裏をかすめさったほどである。

主人公のウォルド・ペッパー（ロバート・レッドフォード）をはじめ、映画に登場してくる男たちは例外なしに、この世のいっさいに失望し、最後の生きるよろこびを冒険飛行にもとめようとしている。そのもとめかたが、ひたむきなロマンチシズムになったり、シニックなダンディズムになったりはするが、ともかく、男たちには、空と飛行機が生命の対象となる。そのもとめかたのひたむきさが、いかにも、男ならではの爽やかさをよびさましてくれる。

この映画の時代のすぐ後には例の『怒りの葡萄』の季節がやってくる。アメリカはパニックに見舞われる。ローリング・ストーンの時代が始まろうとしている。ロスト・ジェネレーションといわれた世代の人たちが文壇や、劇壇に登場してくる。

そうしたことを考えに入れると、ウォルド・ペッパーの生き方は、男が男としての美しさを申し分なく、だれに気がねもなく、発揮できた最後の証明にも受け取れるのである（僕は『真夜中のカーボーイ』や『真夜中のパーティ』の男たちや、『バニシング・ポイント』の主人公にはなんともやりきれない退廃が影を曳いていると思わないではいられなかった)。

僕ら男性は、この世に失望してしまうと、まことに明快に、SLや、飛行機や、昆虫採集にクラ替えをしてしまう。ひとによってはスポーツ好きになってゆくケースもある。僕らのSLや、飛行機や、スポーツへの傾倒の背後では、底の深いニヒリズムが僕らの情熱をかきたてている。それが男の情念をつくり出す。ひとことで言えば男の魅力のよってくるところと、ニヒリズムとは断ち難い関連があるのである。

女性の場合には、男性のSLや、飛行機が、服飾とか、流行になる。男性は、飛行機、空、と言っただけで、男の情念についてのイメージが無限にひろがってゆくのだが、女性は服飾や、流行から、女の情念を無限に波うたせてゆくことができる。男性は徹夜で飛行機を語り、女性は服飾を語って終わるところがない。『華麗なる……』は、そんなことを考えさせてくれる映画である。

それにしても男は美しい。男はすっきりとしている。

「スポーツ・ニッポン」昭和五十一年三月三日号

成島柳北——日本のジャーナリストの先駆者

勝海舟と西郷隆盛が会見して、江戸城があけわたされる。が、旧幕臣たちが、上野の山にたてこもって戦争をはじめる。彰義隊が奮戦する。この戦争は、あっけなく、官軍の勝利に終わる。

その戦争がおさまってから間もなく、長刀美服の高官たちが、向両国の料亭で、芸者十数人をよんで浩然の気を養う。高官というのは薩長土肥出身の人たちである。彼らは芸がないから、酒を飲み、芸者をはべらしているのに、大声で詩吟をうたったり、乱暴な剣舞をするよりほか能がない。その芸もつきると、芸者たちに裸になって相撲をとれという。

芸者たちがさすがにためらっていると、高官の一人はにわかに怒り狂って真剣を抜き放ち、柱にきりこんだので、一座は白けきってしまう。

芸者のなかで度胸のよいのが

「為《な》すも辱められ、為さざるも辱めらる」

と、いう。裸相撲をとっても、とらなくても、私たちは辱めを受けているんじゃありませんか。裸にならないというので、刀を抜かれたんじゃ、この料亭の人たちもたまったもんじゃない。そんなら、私が脱ぎます、と、彼女は全裸になって、相撲をとる用意をする。さあ、こうなったら、だれでもいいから、かかっておいでよ。彼女は座の中央に、両手をひろげて、立ちあがる。他の芸者たちも、ことの成り行きから、腹ン中は煮えくりかえりながらも、裸になっていく。

高官たちは、愉快、愉快、と、畳を七、八枚も重ねて、その上に座り、杯をあげて、相撲の勝者に四、五両から、七、八両の金を与えてうち興じていたという。——この客というのが、明治維新の元勲といわれた西郷隆盛、木戸孝允、大久保利通たち。田舎侍だから「遊び」といっても、この程度のことしかできない。そんな人たちが、天下をとるのだから、世の中は暗い。日本のこれからは、しょせん、しれたものと判断して、自分は余計者や無用者の道を生きていく。

この人が成島柳北。柳北は日本のジャーナリストの先駆者である。というより『柳橋新誌』の著者として知られている。かつて江戸落城の直前まで、幕府の外務大臣をつとめ、大蔵副大臣も兼任した人である。柳北の系統をうけついだのが、森鷗外と、永井荷風である。鷗外の滞欧日記とか、その他の初期の作品は、柳北の滞欧日記の文章から多くの影響を受けた。と、いうより、柳北を意識して書いた。

一方、荷風は名作『雨瀟瀟』や『濹東綺譚』に柳北からの感化を記したほか、一時期の柳北の日記を丹念に筆写したりした。荷風の一連の花柳小説も柳北への私淑から生まれた。

旧幕臣だったのが寝返って、明治政府につかえ出世していくのが勝海舟に榎本武揚。おなじ幕臣だったが、政府に抗して、自分の生きかたを開いていったのが福沢諭吉と成島柳北である。

昭和二十年の戦後、いちはやく、柳北復活をとなえたのは、加藤周一、中村真一郎、福永武彦の三氏である。三氏は同人誌「マチネ・ポエティック」で、柳北を僕たちに紹介してくれた。戦後の荒廃と混乱を生きていくのには、柳北のような生きかたもあるというわけである。深い教養と、伝統に培われた美意識をもちながら「遊び」の世界に生きていく。僕はまだ二十歳になったか、ならずだったが「マチネ・ポエティック」から教えられたことは、それからのちの僕の生きかたに多くの示唆を与えられた。『柳橋新誌』はそのころ岩波文庫にもあったのだが、やがて、日本が繁栄の道を歩みだし、高度成長を自画自賛し、海舟をはじめ明治の人たちが復活しはじめると、文庫本からも消えていった。日本はしょせん、国をあげて、芸者に裸相撲をとらせ、金をばらまく、ノーキョーのオッサン的なことをよしとするような文化風土の国なのかもしれない。

前田愛氏がこのたび『成島柳北』(朝日新聞社刊)を出版されて、柳北に光をあてられたことは、まことに慶賀すべきことである。同書が述べる日本のダンディズムは、今日、絶滅の危機にさらされているだけに、僕は前田氏の著作にふかい敬意を払ってやまないものである。

「スポーツ・ニッポン」昭和五十一年六月二十三日号

仮面の女——水森亜土さんのこと

ここのところ、つづけて、李礼仙さん、水森亜土さんと話す機会を得た。彼女たちは共通した演劇活動をもっている。李礼仙さんは京都の下賀茂神社境内で、水森亜土さんは東北の作並で、それぞれ、注目すべき仕事をしていた。東京を離れ、ジャーナリズムの目のとどかぬところで、ひっそりと、地味な仕事をしていた。僕はそのことに好感をおぼえた。良い仕事は、どんなところでも、良い仕事である。李礼仙さんについては、二、三日前に、ある演劇誌に書いたので、ここでは水森さんについて書く。

水森さんは御主人の里吉しげみ氏作・演出の少年・少女ミュージカル『悪魔と王様そして椰子の木』を演じていた。少年・少女用というか、もとより、里吉氏の作品である。例によって、ワサビのきいたせりふをふんだんに使い、レジャーランドを作ったために、緑がうしなわれ、海が汚れるという、きわめて今日的な問題を主題にとりあげている。作品は出だしにスクリーン・アニメーションを使う。これが、詩的なイメージを誘いだす。日本人の船員が南海の孤島をたずね、島の王様にレジャーランドを作らせてほしいという。が、王様は島の自然がそこなわれてはこまると断る。一方、島の大臣は、男・女の悪魔と共謀して、悪だくみをはかる。

舞台は音楽、踊りが、子供相手の水準をはるかにぬきんでている。このため、少年・少女たちも、ひとみをこらして、舞台をみつめている。良い仕事は、だれの目にも、良い仕事と受けとられるという、まことに素朴な命題が、みのりゆたかに実現されている。

余談だが、里吉氏は、こういう芝居は、なかなか、東京では舞台にのせてくれない。かえって、地方でなくては実現できないのだ、と、日本の演劇興行の矛盾を語ってくれた。実際、里吉氏の作品にかぎらず、日本の演劇の注目すべき問題作のほとんどが、例外なく、小劇場でおこなわれているのは、どうしたことなのだろうか。

ところで、水森亜土さんは、若い女優や、声優たちから、慕われている。と、いうより、彼女たちは水森亜土さんのさまざまなアドバイスを感謝の念をもって聞いている。僕はそうした女性たちが、ある尊敬のまなざしで、水森さんを見ていることを知っている。

これは水森さんの才能のゆたかさや、経験の深さとは別に、彼女の人がらが大きな作用をしている、と、僕は思っている。僕の観察したところでは、水森さんは若い女性たちに語りかけるとき、いわゆる女性特有の性格や、心情を、きれいさっぱりと捨て、むしろ、男性の意識、男性の観察眼、男性の判断力などで、若い女優や声優に語りかけているのである。そして彼女がそうした女性にとっては、たいへん、難しい作業ができるのは、実は、水森さんが徹底して、女性の弱点や、欠点や、甘さを熟知しているからなのである。

水森亜土さんは、神経がこまかい。感情の波は繊細このうえもない。一言でいえば、女性の長所と短所をありあまるほど内に秘めている。つまり、女のエッセンスのような本性なのである。だから、思いきって、女性に欠けているものを指摘し、表現できるのである。——そうした美点は、前述の李礼仙さんにも、よくここでとりあげる吉田日出子さんにもふんだんに秘められている。が世間はそうした女優たちの特質を、なかなか認めようとはしない。彼女たちの上っ面だけに幻惑されてしまうのである。

人は、仮面をかぶって生きている。とくに女優が舞台に立ったときは、大なり、小なりに仮面をかぶせている。が、例の三島由紀夫の『仮面の告白』ではないが、人は自分の内面を告白するために、仮面をかぶるのではない。仮面があるから、仮面にあわせて、内なる自分を告白するのである。彼女たちは仮面そのものを、自分の肉体の一部にしてしまう。僕は水森さんの演技を見るたびに、ジェームス・アンソールのいくつかのすばらしい絵画作品を思いだす。アンソールはかずかずの仮面を描き、いつのまにか、仮面を内なる人間の心の声の象徴としてしまった。

若い女優や、声優たちは、女性の直感的な感受性で、仮面の下に女の特性が秘められているのを見つめているのかもしれない。世間の流れがあわただしいので、そうしたことが、とかく忘れられているのを僕は悲しむ。

「スポーツ・ニッポン」昭和五十一年八月四日号

いつも新しい音楽――ベートーベン百五十年祭

先の三月二十六日は、ベートーベンの百五十回目の命日に当たった。いいふるされた表現だが、ベートーベンの音楽はつねに新しい。僕は大阪の厚生年金ホールで来日したエッシェンバッハのベートーベンを聴きながら、例の「熱情」その他を、それこそ、何度も聴いて、楽譜のすみずみまで熟知している曲でありながら、はじめて作品に接するような感動をおぼえた。むろん、それは、エッシェンバッハの抑制のよくきいた、砥《と》ぎすまされた楽想を、きわめて的確にピアノの音に収斂《れん》する演奏のしからしめるわざなのだが、僕は演奏が終わっても、呼吸を整え、体のほてりをさますのに、かなりの時間を必要としたほどだった。

若いころから、悍《かん》馬のように奔放に逸脱する自らの情念の不安定さに悩まされ、健康もおもうにまかせず、音楽的境遇としては、決して恵まれたものとはいえない日常のなかで、さまざまな屈折を余儀なくされていたベートーベンが、中年にはいり、耳疾も回復し、人間観察にも鋭さをますと同時に、それゆえに、抑制がゆきわたり、作品にも奥が深まってゆく。それを証明するかのように「熱情」のでだしの部分など、僕はかつて、ゼルキンの演奏を聴いて、なるほど、このようにながい瞑想のすえに、ふと、ため息のように口をついて言葉がでてくる感じの弾きかたもあるのかと感心したことがあるが、今回のエッシェンバッハのそれは、前述の抑制がきいているがゆえに、かえって、愛するものへの思いがつのってゆく男の思いの指ではじくと、澄んだ金属的反響をはねかえしてくる透徹した充実感をみなぎらせていた。

ベートーベンは、記録によると、ウィーンの夏の朝、公園を散歩する人たちのために「クロイツェル・ソナタ」を作ったという。朝のサマー・コンサートというわけで、おそらくあの街の公園の、いかにも、ばらの花々が咲き乱れ、官能のたたずまいを彷彿させる雰囲気のなかで、クロイツェルのバイオリンの音は、それを聴く人に、情念の昂揚を促してやまなかったろうと思われる。僕は彼が前述の「熱情」とか「クロイツェル」とか「運命」などを作ったころ住んでいた家を実際に訪れたことがあるが、それは一般の住民の家と互いに壁を接した五階建のアパートの中の二部屋であって、影に濃淡のある階段をおりて、表の通りに出ると、近くにウィーン大学があるというところだった。彼はそこでウィーンの庶民の日常の生きざまをイヤというほど見聞きしていて、人間の愚かしさや、哀れさを、つぶさに観察していた。男と女が、なぜ、かくもせつなく互いに求めあうことだけ多く、その稔《みの》りの乏しいことを嘆かねばならぬのか。抑えても、抑えても、湧出してくる思いの激しさだけが、男と女をつなぎとめている絆だとすれば、いったい、音楽の奏でる音とは、その思いを誘惑する人間の肉声がむなしく空間にひびかせる魂の余韻のようなものではないだろうか。僕は彼の中年期の諸作品に共通した主題は、そんなようなものではないかと、想像を楽しんだりした。

周知のように、音楽に対して、極端に敏感だったトルストイは「クロイツェル・ソナタ」を聴いて、例の有名な、同じ題の姦通小説を書いて、ベートーベンに酔った自分に復讐した。ゲーテも、トルストイも、むきになって、ベートーベンを否定した。たぶん、ゲーテにも、トルストイにも、ベートーベンが持っていた熱情、ごく通俗的にいえば「極端な女好き」な情念が生涯つきまとい、彼らを苦しめたのではないだろうか。僕は一分のすきもないエッシェンバッハを聴きながら、そんなことも思った。

また東京できいたジャクソン・ブラウンの「あふれでる涙」に、そしてグラディス・ナイト&ザ・ピップスに感心した。乾いて、全く感傷のない（ここが日本の歌と徹底して違う）肉声が、朗々と、声量ゆたかに、僕らの日常感情をうたうとき、彼にも、彼女にも、びっくりするほどの、なまめかしく、妖艶な魅力がゆきわたった。僕はグラディス・ナイトのクリスマス賛美歌のレコードを愛蔵しているが、彼女の宗教性すら、実は彼女のなまの息吹に感じられるのである。

「スポーツ・ニッポン」昭和五十二年三月三十日号

絵の中の女たち――加山又造の「裸婦習作」、素朴派

ちょっと前に、「アサヒグラフ」が日本画の裸体画を特集していた。そのなかに、加山又造氏の「裸婦習作（四曲一隻）」があった。この特集は東京・日本橋の山種美術館でひらかれている近代日本画の裸婦ばかりをあつめた珍しい展覧会を紹介していた。加山又造氏の作品もその展覧会に展示されているわけである。ちなみに、展覧会は八月十四日までひらかれている。

「裸婦習作」は見あきない作品である。ひとりの現代の女性が四つのポーズをとった姿で描かれている。その体の線、肌の色、肩から胸にかけての体のボリューム感、その他などが、いつまでたっても、現実の女の量感を伝えてくる。よく見ると、顔の造作、首のつなぎぐあい、体の線、手足の長さとその配置、その他は、現実の女とはほど遠いアンバランスぶりなのだが、絵画となると、そのアンバランスぶりが、かえって、現実以上の迫力を生じてくる。

たとえば、石本正氏の有名な京都の祇園の女性を描いた連作は、僕などの目には、妙にナマナマしく映りすぎるので、息をのむような被圧迫感にとらえられてしまうのだが、この「裸婦習作」には、ほっと息をつかせてくれるゆとりがある。まぎれもなく、女性の肌の色感や、肌の弾力や、その色と弾力がうみだす線の走りは、実在の女を思わせてくれているのにもかかわらず、どこかに、これは夢

の女ではないかと思わせてくれる〝ゆとり〟が残されているのである。

奇妙な言いかただが「裸婦習作」をみていると、僕は、日本の女性も、なかなか、よいではないか、と自分にむかってつぶやいてみたりする。このゆとりから生じたつぶやき声が、エロチシズムを誘いだす。それが絵画の女を現実の女に昇華させてくれる。

某日、アベドンの写真展をみて、頭をガーンとなぐられたような衝撃をうけ、人物の描きようの複雑さをあらためて考えさせられたが、山種美術館の裸婦展にも、時代の違い、社会の違いはあっても、おなじような人間への興味がかきたてられた。女のとらえかたには、問題がつきるところがない。

国立近代美術館でひらかれている「素朴な画家たち」は、すでにその作品論、その他が、新聞をはじめテレビにまで紹介されているので、ここでは省略するが、僕はドミニック・ポール・ペイロンネの「横たわる女」は雑誌などで見ていたので、実物を見たとき、なるほど、こういう女の世界もあるのだな、という思いにとらわれた。写真では部屋の装飾のほうが目に入りやすく、その印象も強いのだが、逆に実物は、女のほうが強烈な迫真力をもって描かれている。僕はそのことに、あらためて印刷と写真による女の表現となまの絵画による女の表現との違いを考えさせられたりした。

ペイロンネは多色石版刷りの職工で、フランス各地で働き、六十歳をすぎてから、アンデパンダンに出品し、名を知られる。六十歳をすぎてから、彼は一気呵《か》成の思いで、女によせた若き日の情熱を復元してみせる。むろん、きびしいまでに抑制のきいた色彩感覚と、女を女としてとらえ得た男の自信と歓びのようなものが、作品「横たわる女」には歴然と表現されている。女が自分の過去を回想しているのか、あるいは昨夜の情事の感覚を体のそこからよみがえらせ、さらに、その感覚を拡大してゆくナルシシズムのいとなみに身をまかせているのか。作者がそれを両手で汲《く》みあげている。そんな想像が次々にうまれてくる作品である。絵画の楽しみである。

この「素朴な画家たち」の画家たちは、共通して、百姓をはじめ、さまざまな苦労にみちた職業をへて、いわば人生の悲惨をなめつくした後に絵画の世界に、自分を見いだしたという体験を持っている。素朴な、というのは、ナイーブという言葉の直訳なのだろうが、僕は彼らの作品を見ながら、素朴どころか、むしろその逆のことを想像したくらいだった。人間の生きようの奔放さとか、荒廃さとか、虚しさとか、せつなさみたいなものが、最後には、ごく明確な、直截《せつ》な表現にたどりつく。が、一般社会はその明確さや、直截さを、あまり好んではいないし、また明確さの中にひそんだ感受性の多様さには一顧も与えてはくれないのである。

「スポーツ・ニッポン」昭和五十二年七月二十七日号

神宮の森にシビレた——三宅一生ファッション・ショー

シビレというか、酔いというか、興奮、エクスタシー、オルガスムス、感動、その他、等々。いずれにしても三宅一生ファッション・ショー（七月六日）を見終わったあとの心情のたかまりは激しく、僕はしばらく神宮の夜の森をひとりで歩いて、胸の動悸《どうき》をしずめるのにかなりの時間を要したほどだった。

つい先日『愛よもう一度』という映画を見終わって、劇場内にあかりがともり、あらためて、あと、二度も、三度もおなじ映画を見たいと願うのとまったくおなじ誘惑が、僕をとらえてはなさなかった。帰り道、神宮でひろったタクシーの運転手さんが「今日、昼見て、夕方見て、夜もまた見たいという女の子を乗せましてね」と語ってくれたが、僕もその女の子と同じように、できれば、一日三回、なん日もかよいつめたいと思わないでいられなかった。

もし、ひとことでいえば、きわめて出来のよいミュージカルと演劇の総合を見たあとの感激といえばよいであろうか。鮮明な色彩、セクシーな色彩、そして色彩をささえている女性——わけても黒人女性の強烈な魅力——の体の線の鋭利さ、ゆたかさ、ダイナミズム、力動感、運動量、疾走感、風の透明さ、軽快さ。それらが渾然一体となって、なにか人間の生命力とか、自己主張のはげしさなどを、くっきりと視覚化してみせてくれるのである。

すなわち、すばらしいモデルたちが舞台（と、いっても、神宮室内球技場のグラウンドの上に、たて、よこ、十文字の長く白い舞台がつくられている）にあがり、二人、三人と、横になって、舞台の上を歩みはじめ、踊り（踊りではないのだが、しかし、彼女たちの激烈な動作は踊り以上に踊りらしく映る）はじめると、たちまち、場内には共鳴したリズムをとる観衆たちの手拍子がとどろきわたる。

このファッション・ショーは、たとえば、モロッコあたりの風俗を連想させる、強烈でしかも微妙な原色——たとえば、草色、白、土色、葵《あおい》色など——を基調にしてスタートし、それが、時間の経過とともに、いっそうバイタルな色調をとり、人間の動きに呼応しながら、さらに人間の体の線とか、筋肉のうごきを強烈にアピールすることによって、生命そのものを視覚化してみせてくれるのに成功した。

つまり、服の色や線が、そのまま、外界からなにかを吸収して、直接、人間のうちに潜んでいる力——たぶん、女性特有の魅力、もしかしたら、きわめてセクシュアルなもの——に動きを与えてみせてくれるのである。

当然、場内にながれる音楽はロックになり、それは特に土俗性の濃いアフリカの民族音楽の一節を連想させたりした。奇妙なことに、僕の耳には、突然、グレッグ・オールマンや、ロイ・ブキャナンの音楽がきこえだした。ロックのなかにも、本当に、涙が流れてとまらないほど、神聖で、バイタルで、流麗なロック音楽もあるのである。

そして、黒人女性のまさに磨きぬかれた黒アイボリーを思わす肌や、その肌のきめのこまかい緊張がつくりだした体に、三宅一生の衣装が、典雅に、幻想的に、そして、生き生きと光彩を放ってフィットしていた。

黒アイボリーにぴたりと似合うブルーや、グリーンの衣装のみずみずしい充実感に、僕は息もつけなかった。

衣装は女性の皮膚感覚である。彼女たちにとって、衣装は、そのまま、彼女たちの手であり、肩であり、胸なのである。手が感じ、手が痛むように、衣装も、感じ、ふるえ、緊張し、リラックスする。だから、衣装は、直接、女性の肉体にまつわるさまざまなイメージをかきたててくる。

僕はそうした光景をこのファッション・ショーのいくつかの時間のなかに発見し、衝撃をうけた。それは洋々とひろがる大海原をわたる風を連想させたり、その風に髪や、ホオをなぶらせる僕ら自身の存在を意識させた。熱砂の強烈な陽光の反射もあれば、透徹した青を支えて虚無のかぎりとも仰がれる蒼穹《そうきゅう》の緊迫感も伝わってくる。

演出した石岡瑛子さんの才能にあらためて拍手をおくりたい。僕はいつか彼女から聞いたマラケシの赤い砂漠や、ベンガル奥地の壮大な落日の風景をこの日のショーに十分すぎるほど感じとった。歯切れのよい、力づよい演出に僕は快い心情の昂揚を覚えた。傑作である。

「スポーツ・ニッポン」昭和五十二年七月十三日号

歌は世界を――五輪真弓、李成愛……

人づてに聞いたのだが、五輪真弓のパリ・オランピア劇場での歌は素晴らしいらしい。そのレコードのテスト盤を聞いた僕の友人の女性作詞家が絶賛していた。後見者はアダモで、アダモがオランピアで一週間歌うとすると、その楽団はもとよりゲスト出演歌手も、すべてアダモが彼の好みできめてよいのがむこうのしきたりらしい。だから五輪真弓はアダモに招かれてオランピアで歌ったことになる。五輪真弓がむこうのレコード会社に呼ばれて渡仏していったとき、はたして今度のような作品を発表できるかどうか、と疑う人も多かったが、彼女はみごとに人びとの懸念を払拭したわけである。

彼女は日本に帰ってくると、今度はすぐアメリカへ行き、現地で録音をするとのことだった。そして、彼女が日本へ帰ってくる日に、僕は所用があって日本を離れた。

ソウルの景福宮を訪れ、とくに慶会楼を見るのが旅の目的だった。案内してくれた女性は、かつて僕がこの国を訪れたとき、僕を日本のモノ書きのはしくれと知っていて署名を求めてきた女性である。

――僕は彼女の差しだした色紙に前田夕暮の短歌「木に花咲き君わが妻とならむ日の四月なかなか遠きにあるかな」を書いて贈った。かたわらに韓国が世界に誇る大詩人具常先生がいられた。

先生は故川端康成氏の後をひきついでハワイ大学で東洋文学を長期間にわたって講義され、ついで先年日本をふくめたアジア詩人会議で座長を務められたかたである。先生は彼女に前田夕暮のことや、その作品について解説された。——景福宮拝観の後、僕は彼女の案内で日韓定期戦のサッカー試合を見た(釜本邦茂の最後のプレーであった)。僕はまたその後、李成愛の歌を聴きたく思った。

李成愛は日本でレコードが発売され、一部の人の間では評判になっている女性歌手である。日本の演歌の源流は韓国にあり、それを証明するかのように彼女は日韓両国のいくつかの歌を歌っている。日本の歌では「アカシアの雨がやむとき」がよい。が、説をなす人があって、彼女の歌は韓国の人にはすこし軽く、淡々と、ポップス調に聞こえるとのことである。僕は本紙の小西さん(小西良太郎文化部長)からも、そう聞かされたが、しかし、彼女の歌う「黄色いシャツ」は、なるほど、この歌が、十年前、日本をのぞく全アジア諸国で大ヒットしたのも当然とうなずかせるにたる名歌唱である。

——余談だが、僕は最近「別冊小説新潮」に書いた短編小説の題名に、この曲名を用いたほどだった。歌声は終わっても、余韻が嫋嫋《じょうじょう》と残る風情はなんとも捨てがたく、さまざまなイメージを誘いだすからである。曲は黄色いシャツを着た無口な男、ウォッチャンジー、忘れられない……という歌詞ではじまるのだが、このウォッチャンジーという韓国語は、まことに微妙なニュアンスをふくんで、翻訳不可能である。そのため、後につづく「忘れられない」がたいへん効果的な日本語となって聞こえてくる。ところが、聴きたいと願った李成愛は、ちょっと前に日本へレコード吹きこみのためむかったとのことであった。

僕は、それではパティ・キムは、どうしているのだろうか? と前述の女性にきくと「彼女はアメリカへ行きました」という答えがかえってきた。パティ・キムは東京でひらかれた第三回の世界音楽祭で銅賞受賞に輝いた女性歌手である。彼女の歌った「ソウル讃歌」は、いつ聴いても、乾いた悲しみを伝えてくる。

――恋しいわがひとよ、わたしを離れるな、はじめて会って愛しあった私たちなのだから……明るく、軽快で、光にみちあふれながら、この歌には流行歌に必要な男女の出会いと訣《わか》れの情感がみごとに表現されている。

僕は現代の東京を歌った歌ではザ・ピーナッツの「ウナ・セラ・ディ東京」が最高傑作だと思っているが、ソウルを歌った「ソウル讃歌」もそれに勝るとも劣らぬ傑作である。「黄色いシャツ」も「ソウル讃歌」もともに、すでに古い歌なのだが、良い歌は時代の流れをこえて、常に僕たちにある感動を与えてくれる。日本の演歌の源泉は、韓国の歌にあるのはたしかだが、それは、いわゆる演歌風の歌よりも「アカシアの雨……」とか「ウナ・セラ・ディ東京」のような曲のほうがより適切に韓国の歌と類似性を持っていると僕は判断した。

李成愛もパティ・キムもあきらめた僕らは、アメリカ風のレストランで幾人かの現役の歌手の歌を聴いた。かなり名の通った男性歌手の「朝靄《あさもや》」がよかった。

僕は翌日、レコード店に行って、女性歌手鄭薫姫の歌う「朝靄」を買った。僕はなんとなく、僕の大好きな麻生征子さんのすぐれた一九七七年の油絵展「風」の連作を思いだした。麻生さんは昨年の安井賞受賞の女流画家だが、その画風の、わけても風の描きかたの秀抜さがひときわ目立つ大作「微風」の鮮やかさが連想された。「朝靄」がその風とモヤの微妙な訪れのなかの男と女の心情を歌っていたからだった。

「スポーツ・ニッポン」昭和五十二年六月二十二日号

男と女の成人式

今年も、成人式の日がやってくる。小沢昭一さんがラジオで、警句を吐いていた。

「成人式を、まわりで祝うなんていうのはおかしい。戦前の男なんていうのは、生涯一度も、まわりから祝福されることなんか、なかった。みんなひとりで、自分の悲しみをこらえて、大人になっていったものだ。男の子たちは頼れるのは自分しかないのだ、と、早くから、肝に銘じて寂しい思いをかみしめていた」

僕は車中で小沢さんの声をきいて、良いことを言うと思った。

もっとも、当の二十歳になったばかりの青年男女たちは、別に、祝われている、という意識はひとつも抱いていないだろう、と、思われる。ただ、成人式を祝って、キンキラの和服を親に作ってもらう。女性たちに言わせると、あれはいずれやってくる結婚式の用意のために、早手まわしに作ってもらうのだそうである。

どうせ、作らねばならないのなら、成人式がメドになる。彼女たちに言わせると成人式は、結婚がまぢかになりました、という声明ぐらいの意味しかないようである。

青春の野心は、中年の失意とバランスをとる、と、言ったのは、フランソワーズ・サガンである。

僕はこれも名言のひとつだと思っている。サガンの表現をかりれば、青年に成人式があるならば、中年には失意式というのもあってよいことになる。ある日をもって失意の中年者を、それこそ、国をあげて、慰めてあげる祝日が設けられる。祝祭日にもバランスが必要だ。

小沢さんのラジオの発言をきいてから、あるラジオ局に行き、音楽の放送をした。宇崎竜童が「戦後、戦後というけれど、戦後という言葉にも聞きあきた」と、歌っていた。僕はなるほど、それも、そうだと思った。

同席していた若いシンガー・ソングライターの女性にたずねると、彼女も「そのとおり」と、答えた。こうした考えかたは、例の北山修の「戦争を知らない子供たち」以来、若い人たちの間には定着した。

二十歳で成人するか、しないかは、二十歳に関係のない人たちが勝手にきめていることだし、僕は男も、女も、ほんとうに成人してゆくのは年齢に関係ないことだと考えている。たとえば前述の放送局のスタジオ内でおこった次のようなやりとりが、そのことを物語っている。

「お前が別れを切り出すことは、
初めの時からわかっていたけど、
ひきしまった肌とまだ細い手足……
俺の見つけた蒼い宝石、弓なりにそった放物線の中に、弓なりにそった放物線の中に、俺はかわいいお前を飼った」

この「哀愁のブルー・ノート」（宇崎竜童作曲）という歌をきいて、その歌詞が男性が作った詞か、女性が作った詞かわかるか？　と僕はふたりの女性に質問をした。

前述の二十歳をすこし出た女性歌手（すでに結婚している）は男性が書いたと答え、番組担当のディレクターの女性（未婚、三十歳）は、女性が書いたと答えた。

前者はあまりにもセクシーな歌詞なので、男でなくては、こんな歌詞のように女を想像できないからだというのが、その理由だった。

一方、後者は、お前がわかれを切り出すことは、はじめからわかっていたけど、という発想は男を恋した女性の、あまりにも女性くさい発想だから、当然女性の歌詞だと思った、と、答えた。正解は女性（阿木燿子）が作った歌詞なのである。

この歌をセクシーだと感じた女性は、二十三歳だが、あきらかに、結婚をとおして、性体験を連想しているのである（とくに、ひきしまった肌と細い手足という言葉が女性の性感帯を刺激する）。その意味では、彼女は大人なのだが、しかし、半面、男が、彼女とおなじような感覚で、女を見ているのだと信じている点では、未成年者の感覚しか持っていないことをさらけだしている。つまり、彼女は結婚しても、まだ少女の感覚の持主なのである。

ところが三十歳の女性は、そういう女の心情の点では大人の感覚だが、逆に、独身のせいかここから女の性意識を感じる能力には欠けていた。もっともふたりとも放物線の意味はわかっていなかった点で、僕は興味を抱いた。これは、外陰部を性交中のように前につきだす、いわゆる背反弓（アルカン・セルクル＝ARC-EN-CERCLE）の姿勢なのである（ラットレー・ゴードン・テイラー著『歴史におけるエロス』）。成人というのははたして、どこに基準をおくべきなのだろうか？

「スポーツ・ニッポン」昭和五十二年号数不詳

『遠野物語をゆく』――異色の秀作テレビドラマ

十三日木曜の夜、NHKテレビで放送した『遠野物語をゆく』は、見ごたえのある作品だった。今年になって見たテレビ作品では、超A級の出来ばえだった。

吉田直哉氏は一時、クーデンホフ家の歴史や（吉永小百合主演とでもいうべきであろうか）地中海を舞台にした作品（いずれも失敗作。みごとというよりほかない失敗作）で低迷していたが『遠野物語……』によって、氏がドキュメンタリー作家の第一人者であることを久しぶりに立証してみせてくれた。もっとも、十三日の分は第一部で、きたる二十日に第二部を放送すると予告にでていたから、第一部だけで早断するのは失礼かもしれないが、十三日放送分にかぎっていえば、これはまちがいなく、近来、稀《まれ》にみる異色の秀作であった。

日本のテレビ作品はつねにこの程度の水準をもっていてほしいものである。

『遠野物語』というと、僕はすぐ三島由紀夫の文学論をおもいだす。と、いうのは、三島は『遠野物語』のなかの一文、第二十二話すなわち、ある通夜の晩、ひとりの老女の裾が触れると、炉のかたわらにおいてあった炭取りがくるくるまわりだした、というくだりをとりあげ、この炭取りがくるくるまわりだした、ということを書くのが小説だと定義しているからである。

この論に異説をとなえた人もいるのだが、それはさておき、僕は炭取りがくるくるまわりだした、と、書くことはそれもまた、すくなくとも小説のひとつであると考えている。ただし、三島由紀夫の説にしたがえば、老女の裾に触れた炭取りはすべてくるくるまわりださねばならぬように受けとられてしまうが、しかし、ひとの足が触れた炭取りと、部屋の壁との距離を描いても、また炭取りが部屋のなかで、どんな光を放っていたかと書いても、小説になることは確かである。

いずれにしても、小説になる題材が山積みする『遠野物語』の遠野をとりあげ、テレビは小説的発展の余地を想像させながら、現実の遠野を映像化するという作業にとりくんだ。いうならば、ここで撮られた映像は、すべて通夜の夜に、死んだ老女が甦って、人々の寝しずまった家を訪ねるときのような、物語的展開を約束しているわけである（当然のことながら、現実の一九七七年代の遠野が舞台となっているのは、断るまでもない）。

僕は当夜の『遠野物語をゆく』で、その構成と、カメラとナレーション（奈良岡朋子）に感心した。構成は、同時に、ここでは演出になっているのだが、それはさておき、構成のうまさは、たとえばひとつの風景から他の風景に変わるとき（同時に季節の変化があるわけなのだが）そのつなぎを、原文からとってナレーションにもとづいて奈良岡朋子が朗読をすすめていくと、原文がきれかかるちょっと前に、ナレーターの声の調子をおとさせながら、それを聴視者に意識させずに、風景が変わっていく手法をとっていることにはっきり表れていた。

ではこのことがなぜうまいかというと、現実の遠野に行かれた方なら、おわかりと思うが、一九七七年の遠野では、いくらカメラをまわしても撮れる範囲は限定されているし、被写体になりうる物もすくない。あるいは、物語を外からなぞる程度にしかカメラはまわせない。となると、おのずと、映像は限定され、物語そのものも外へひろがっていかないのである。遠野そのものは絵にすべくもない荒涼とした現実が展開しているわけである（『新遠野物語』を書いた加藤秀俊氏の著作はまた別の意味を持っているのだが）。が、その絵にならぬ現実を絵にしてみせるという難関をみごとに構成と演出が突破していた。僕はそこにうなってしまった。

そうした美点は、落ち着いた老巧なカメラにとくにはっきり表れていた。僕の想像だが、撮影をされた方は、かなり経験をつまれたベテランの方と思った。現実の遠野を追いながら、ふつうだったら見落としてしまうか、撮りこぼしてしまうようなカットがこの作品では逆に随所にみられ、それが、まことに効果的に挿入され、作品の流れに、あるゆとりと、ゆたかさと、風格とを与えていた。路傍の石にさす木の影とか、水面の太陽とかにそれがよく表れていた。ポジとネガを使い、フィルムの選択、フィルターの使いかたのうまさ、それから、最後の御田植えの雪を映すライトのぜいたくさなどに、それが十分に表れていた。

僕は今年の夏、民放作品の審査に立ちあって、三陸の大地震や津波をとりあげた作品のナレーションを語った奈良岡朋子に驚嘆したが、今回の彼女も、それに劣らぬ出来ばえだった。丹念な呼吸の深浅と、その転換の鮮やかさは、映像と相俟《ま》って、僕らを『遠野物語』の世界に誘わずにはおかなかった。

第一部があまりにも完璧なので、二十日の第二部が、はたしてどうなるのか、それがちょっと心配なくらいだが、今年のもっともすぐれたテレビ作品のひとつであることはまちがいない。

「スポーツ・ニッポン」昭和五十二年十月十九日号

『ぼくは12歳』――岡真史君のすばらしい詩集

先日、こどもの日の将棋のこととか、その他、男の魅力について、この欄で書いた。それから数日して、偶然、僕は勝浦修八段と真部一男五段の対局の観戦記を書くことになった。将棋会館で対局がはじまる前、僕らは上述の子供たちの棋力について話しあった。――なるほど、十歳ぐらいで、急激に才能がのびることもあるが、むずかしいのは、むしろ、それからではないだろうか――と両棋士は語った。真部五段は現実に、こどもの日の優勝戦に出場した小学校三年の男の子に二枚落ちで負けているのである。その人の言葉だけに、僕はむずかしいのはそれからだ、という発言に、リアリティを覚えた。

真部五段は現在NHKのテレビで活躍しているし、その美貌はつとに知られているので、一見して、いかにも若手の天才という印象をうける。事実、将棋界の明日をになうホープといえば、真部五段にほかならない。一方、勝浦修八段は、現在、最高級のAクラスの棋士である。失礼な引用のしかたでたいへん申しわけないが、たとえば、マスコミによく登場して知名度の高い内藤国雄九段や大内延介八段の両氏よりはランクが上である。

地味な風貌の中に、かえって、天才のきらめきがゆきわたり、僕は氏も美しい男のひとりだと思っている。勝浦八段は少年時代、そろばんの天才少年としてつとに有名だったし、十五歳で将棋の全国アマ代表となっている。その両氏が、そろって、自分たちの経験にてらしあわせても、男の子の才能は、いつ、どこで、なにを手がかりにして伸びていくかはわからない、と、語ってくれた。両天才の発言だけに、僕はその言葉にかくされた意味の深さを、あらためて、考えなおしたりした。

ところで、今週、ここでとりあげる本は、岡真史詩集『ぼくは12歳』(筑摩書房)である。岡真史少年は一九七五年、七月十七日に自殺した。享年十二歳。岡真史少年の父君が作家の高史明氏である。僕はある時、高氏の、令息をうしなわれた文章をあるところで読み、いたく感動した経験がある。おなじころ、ある雑誌から、父と子供について文章を書いてほしいと言われていたが、たまたま高氏の文章を読んだので、僕は感動のあまり、高史明氏のようなすぐれた文章が世にある以上、とうてい、はずかしくて、僕には父と子についてなど書けないと執筆を辞退したことがある。高史明氏の令息を悼む文章は、世の人をして沈黙させるに十分の気概の激しさと高さをそなえていた。

日韓両国の国籍問題が入ってくるだけに、父の哀しみは僕たちの想像をこえて激烈であった。『ぼくは12歳』は、なるほど、父、高史明氏が、あれだけの令息の死を悲しむ格調高い文章を書けたのも当然と、思わせるほど、すぐれた詩集である。十二歳、小学校六年の男の子が、よくも、これだけ純粋で、透徹した感受性を身につけたと思わせる作品——というより、少年の内心の声——が清冽な発想をみせてくれている。

僕は少年のなまの声を耳にしているような錯覚にとらわれる。なにものにもそこなわれない少年のういういしさ、つまり、男の魅力が強い磁力を発散して、僕たちの情念をひきつけてくるのである。岡少年の母の岡百合子さんの文章もよい。死ぬ二日前、母と息子はビートルズを聞き、息子は図書館で暗記してきた詩を朗読する――便所を美しくする娘は、美しい子供を産むといった母を思いだします。僕は男です。美しい妻に会えるかもしれません――と、岡少年は声をはずませた。

すばらしい男性とは、少年の良さと美しさをいつまでも持っていられる男性である。女性にはこれが、なかなか、むずかしい。

岡百合子さんは、書いている。

「子供とは言いながら、デリケートで複雑だったその感性は、彼を死に至らしめたものでしょうが、しかしこれは同時に、素晴らしい生をもたらす感覚でも、ありえたものでした。そういう意味で、突如として襲ってきた〝成熟〟の嵐の中で自分がバラバラにされていく苦しみにもがいている幼い息子を救うことの出来なかった私たちのくやしさ、かなしさ、申しわけなさは、狂おしい責め苦となって、この身をいためつけます。本当にマースケ、お前はキザで、デリケートで、優しくて、冷たくて、明朗で、横着で、チャメで、空想的で……そして、はげしくて、はかない子供だったよ――」

松下友子さんの「さよならモスクワの小学校」を書いた文章も忘れがたいが、岡真史君のこの本もすばらしい。


「スポーツ・ニッポン」昭和五十二年号数不詳

男性的な女性の〝思慮と想像力〟——ルノー・バロー劇団の『サド侯爵夫人』

先に、この欄で取り上げた「サントリー・クオータリー」に、ロラン・バルトについて、すぐれたエッセーを発表した三浦信孝さんが、今度は、素晴らしい芝居の基礎を作ってくれた。三島由紀夫の『サド侯爵夫人』のフランス語訳である。この翻訳をもとに、ピエール・ド・マンディアルグが、ため息の出るほど美しいフランス語の劇を書いてくれた。その公演が先頃、ルノー・バロー劇団の女優たちによって、日本で行われた。

実をいうと、この公演の期間中、僕は近藤正臣さんと、萩尾みどりさんに演じてもらう放送ドラマを書いており、その本読みや、稽古に立ち会っていた。無事に放送が終わったので、やっと、遅ればせに、上述の『サド侯爵夫人』の最終公演を見ることができた次第である（前宣伝めいて申しわけないが、近藤さんも、萩尾さんも、素晴らしい演技を見せてくれた。放送関係の人々は、ふたりの隠された素質の魅力に、改めて、驚嘆したほどである。台本を書く身にとっては、こんなうれしいことはなかった）。

さて、その『サド侯爵夫人』だが、なによりも、演劇のエッセンスを的確に、豪華に、めくるめくほどに、さしづめ、王宮の間を支配するシャンデリアの光輝にも劣らぬ華麗さで、舞台上に表現していた。舞台装置は黒い幕に、鏡が一つ。俳優たちは、ほとんど、衣装らしい衣装ともいえぬ、単純で、素朴な服を着ている。主役のサド侯爵夫人に至っては、セシール・カットの自分の髪で登場してくる。俳優たちの舞台の上での動きはまったく、皆無といってよい。

が、舞台には緊張と調和がゆきわたり、進行とともに、劇的クライマックスが高まっていく。

劇のテーマは、サディズムも、マゾヒズムも、実は表裏一体のもので、世にいわれる美徳というものは、ちょっと角度を変えてみれば、悪徳にほかならず、しかも、美徳が悪徳にかわる瞬間的な変貌の中に、本当のエロチシズムが生まれるということを提示している。サド侯爵夫人ルネは、夫に対して貞節の限りを尽くすのだが、その貞節の究極には夫とともに淫乱行為をわかちあう。が、彼女にとって、彼女の情念と肉体をエロチシズムの名のもとに昇華させるのは、そのようなプロセスをたどるよりほかないのである。女性として愛の確証をたえず自分に迫ってくるサン・フォン夫人は、愛の不安と懐疑の中に、動揺と崩壊の繰り返しのうちに、もっとも純粋な愛の姿勢をさぐりあてていく。

女優が六人。いずれも、素晴らしい。なによりも女の存在感を舞台いっぱいに充満させてくれる。それが僕ら観客を劇的恍惚に導いていく。静かに、控え目にせりふを語っていくサド侯爵夫人ルネが、次第に、たとえば、バラと蛇が、それぞれの美徳と悪徳のシンボルのようなものでありながら、嵐の夜には、両者が互いに、相手を求めてからみつく、というあたりの劇的昂揚が圧倒的な迫力を発揮してくる。

サド侯爵夫人ルネになるダニエル・ルブランが、せりふを美しい詩を朗読するように語りあげながら、白い肉体に血がゆきわたり真っ赤になっていく。あるいは、サン・フォン夫人になるパスカル・ロベールの女の性の魅力そのものの劇的表現のニュアンスの複雑さが、観客をとりこにする。そうした演劇ならではのコンビネーションが尽きるところなく続いていく。

この芝居を見ながら、僕は女性が外見は、いかにも女性らしく見えながら、その実、女性の心理や感情は、いかにも剛毅で男性的といえるほど思慮と想像力に満ち、決断と実践力にあふれ、しかも、性はまさに、女性そのもののようにセクシュアルなものだと思って心を弾ませた。

本年度に見た演劇作品では最高の質の高さを誇っている。

「スポーツ・ニッポン」昭和五十四年号数不詳

第三章

女傑の時代

アイリス・マードックの魅力

イリナ・イヨネスコという女流写真家がいる。パリで生まれ、ルーマニアで育ち、十六歳の時にまたパリに戻って絵を勉強した。後、写真家となったが、女を撮らさせると、ふしぎに華麗な女の世界をつくりだす。正確にいうと、女の夢の世界である。

たとえば、ペルシャじゅうたんのベッドの上に、女が横たわっている。じゅうたんにはアラベスク模様のししゅうがほどこされている。女は毛皮のショールをまとい、額には中近東の民族手芸のような金属性の飾りをのせている。長い絹の手袋、黄金の靴、紫のアイ・シャドー、バーミリオンの口紅、ばらの花籠、銀の首飾り、古風な髪のかたち。光がどこから射しこんでくるのかわからぬ室にただよう明るさと暗さとの馴れ合いと対比、かすかに残っている香料のにおい——。

彼女の写真から、僕たちはドラクロアの中近東の女性を描いた絵を想いだす。あるいは、クリムトの描いたウィーンの女性を想いだす。が、当然のことだが、現代人のイヨネスコには、ドラクロアの重さはない。すくなくともボードレェルに影響を与え、後のフランス絵画の流れを決定したような筆致の重厚さと、晦渋さはない。時代を見る眼の暗さはない。また、クリムトの持っていた時代への絶望感も、うかがい知るよしはない。時代や社会の動揺と混迷を予知する逼塞した呼吸感覚もない。思いつめたように、女体をモザイク模様に解体し、それをあらためて耽美の眼で再構成してゆこうとする意志もない。

イヨネスコは街であった女性や、カフェーで見かけた女性を、彼女のアトリエに呼ぶ。それから、彼女の「女」をつくりだす。現代のどこにでもいる女性を、女性特有の化粧感覚、装飾感覚で飾りあげてゆく。モデルに選ばれた女性たちは、すなおに喜んで、イヨネスコの指示に従う。と、いうより、モデルのほうで、すすんで、自分を絵の世界の女性になぞらえてゆく。女性たちには、現実の自分と、絵の世界の自分とを識別する手がかりはひとつもない。おそらく、彼女にかぎらず、世の女性たちは、なんの苦労もなしに、現実から絵の世界へ移行してゆくにちがいない。イヨネスコは、そのように、女性の転位が容易に実現にうつせる世界だけを写真に撮るのである。そこでは、女性が風俗によせる関心のふかさとか、彼女たちの装飾にたくしたナルシシズムが、大きく作用して、なんの抵抗もなく写真の世界がつくりだされてゆく。アトリエの中で、撮影をはじめているときの、イヨネスコとモデルたちの会話が聞こえるようだ。

「女体をとりかこむものが、私にとっては女体と同じように重要だ。私は私のモデルたちを実生活の中でのようにはけっして写さない。メーキャップや、コスチュームや、背景の部屋をうまく使って、私の夢の世界をつくり上げる」

と、イヨネスコは語っている。(「週刊新潮」、五月二十七日号、フランス女流作家のロマネスク、より）マンディアルグが、イヨネスコの作品を「詩的隠喩の手法でとらえた華麗なエロチシズム」と絶賛しているそうである。たぶん、マンディアルグには、イヨネスコの作品に、かつて彼がレオノール・フィニィの絵画におぼえたのと同様の女性ならではのエロチシズム感覚を汲みとっているのかもしれない。周知のように、マンディアルグは、フィニィに『子羊の血』という作品を捧げている。白人の少女が、黒人に姦《おか》される話だ。

マンディアルグの少女は『子羊の血』のなかで、一匹の兎を飼っている。「十四になっても、マルスリーヌ・カインは、これまでも、また現在も、なにひとつ、だれひとり、愛したためしはなかった。ただひとつ例外は、一匹の大きな兎だった。毛のふさふさとした橙黄色の雄兎で、両耳は黒く、腹と脚の部分は白かった。それを彼女はスウシー（金盞花《きんせん》）と名づけていた。そのいわれは、それが日なたの青草の上を駆けるときは、金盞花の花束が動くみたいだ、とだれかが言ったのを耳にしたからだろう。マルスリーヌは、父母の膝下で、スウシーといっしょに、スウシーの国に暮らしていた。まるで、その親切な動物が愛のむくいに彼女をはいらせてくれた、私有の王国に住まってでもいるかのように。」（生田耕作氏訳）

これは、すでに、レオノール・フィニィの世界である。マンディアルグは、少女の姿を描くときに、フィニィの作品の女性像を想定していたと思われる。右に引用した文章のなかで、「金盞花の花束が動くみたいだ、と、だれかが言ったのを耳にしたからだろう」と、いうくだりに、とくにマンディアルグの女性像のリアリティがある。少女は兎を飼う。兎の世界に自分もはいろうとする。その世界、その愛の王国、そのイメージの源泉は、ほかでもない、「だれかが言ったのを耳にした」ことなのである。僕はこのなにげない文章に感心した。これは、よほど、女性のエロチシズムに関心を持っていない人でないと書けない文章である。男性作家なら「金盞花の花束が動くようだからだった」と、書いてしまうのではないだろうか。

他人の言葉、とは、実は、他の世界である。

自分とは決定的に、かかわりあいのない世界である。が、女性は、それを強引に自分の世界にとりいれてしまう。

たとえばヘルメスのスカーフがある。マダム・ロシャスの石鹸がある。サン・ローランの服がある。一言でいえば、これは、他人の世界である。自分とはかかわりない人が作った「物」である。が、彼女たちは、容易に、その世界に自分を投入してゆける。彼女たちにとっては、それが自分の存在証明になる。自分の夢の出発点になる。どこにでもある品物。だれにでも手にいれることのできる品物。そして、それを身につけること、自分の手のとどく範囲のなかにおいておくこと、だれもがほしがるヘルメスの品を、マダム・ロシャスの品を、自分が手にして、自分の生活を飾ってゆくこと、そこから、つぎつぎと人生への愛着や、過去へのなつかしい復帰や、こうあってほしかったと願ってかなえられなかったことが、もう一度実現するだろうという希望が生じてくる。女性が日常生活の物にかける思いは、もしかすると、男性には想像を絶して、女性の行きかたに結びついているのかもしれない。それは男性に徹底して欠けた能力といってよい。

ふたつの実例をあげたが、アイリス・マードックの世界も、その意味で、申し分なく、女性特有の世界をくりひろげる。そうした女性特有の世界をつくりだす女性の才覚は、彼女たちが生まれながらの夢想の行動家であることによって身についていったのである。女流作家が描く世界、と、いうより、彼女たちの想像が奔放に翼をひろげられるテリトリーは、前述のように、彼女たちがつねに現実の物に接触し、現実の物を自分の感触のなかに導きいれることのできるテリトリーである。その領域では彼女たちにとっては、たとえばこうもりすらが、興味の対象になる。

「マリアンは夫人にならって床にひざまずいた。こうもりは皮のようなしわだらけの手をぱたぱた動かしながら、敷物の上をゆっくりと這い回っている。やがてこうもりはふと手を休め、顔を上げた。マリアンは犬に似たその小さい奇妙な顔ときらめく黒い目を覗きこんだ。気味が悪いほど存在感に満ちている。一瞬こうもりの目と視線が合った。（中略）「なんて可愛い動物なんでしょう」とクリーン・スミス夫人が言った。「考えてみるとほんとに奇妙ね、これがわたしたちと同じ哺乳動物だなんて。わたし、妙に親近感がもてるのよ。あなたはどう？」夫人は和毛《にこげ》に覆われたこうもりの背中を指で撫ではじめた。」（『ユニコーン』より）

マードックの作中の女性の登場人物たちは、自分たちが、あまりにも現実的な生きものであるため、現実に即してしか事物を考えたり、感じたりするよりほかないために、そして、あまりにも現実に固執している肉体を授けられているために、それに失望し、かえって、現実と非現実や、人間的なものと非人間的なものとの対比などをつよく意識する女性になっていった。彼女たちが、こうもりに愛着をよせるのは、こうもりが哺乳動物なのに、哺乳動物らしくないからである。それは、ちょうど、人形が人間を模していながら、人間の縮小でありながら、結局は、人間ではないことによって女性から愛されるのとおなじ現象なのかもしれない。人形は女性を傷つけないですむからである。一方、こうもりをグロテスクだと感じている作中の他の女性は、こうもりを不快な生物としりぞけながら、彼女は彼女で「しゃくなげが咲き乱れるスロープのはるかはずれに放牧されている、あの神秘的な馬たちを連想させるような」ものを思いうかべているのである。いったい神秘的な馬と、こうもりはどうちがうのであろうか。

こうもりを愛好するのは、囚われの女ともいうべき女性である。彼女はあるとき、年下の青年と姦通して、主人によって城館にとじこめられる。一方、その夫人と親しくなる若い女性の家庭教師がいる。彼女たちはヴェレリイの『海辺の墓地』や、ラファイエット夫人の『クレーヴの奥方』を共に読みあう。夫人のこうもり好きに対して、前述のように、家庭教師の女性は、「スロープのはるかはずれに放牧されている馬たちを連想させるもの」を思う性格を与えられている。彼女は健康で、理知的な女性として描かれている。が、その彼女ですら、実は、城館にすみつくうちに、この世から隔離された夢幻の領域の女性になってゆく。と、いうより、夢幻の領域が現実に在ることを証明するリポーターの役割をはたしてゆく。世評ではマードックを、ゴブラン織りを連想させるゴシック・ロマンの作家だという。が、大なり小なり、ゴシック・ロマンの作家でない女流作家はいない。彼女たちの理知も、感受性も、観察眼も、実はゴシック・ロマンを構成するために、彼女たちに授かったものだった。

アイリス・マードック

　女性作家の小説には、おおかれ、すくなかれ『ジェーン・エア』や、『嵐が丘』の世界がある。一種独特の現実と境に接しながら、現実とはことなったテリトリーが作りだされ、そこには数多い夢幻の人物が登場してくる。が、ブロンテ姉妹の時代には、自然への復帰という命題が、荒々しい野生の生命力の讃歌が、作品の骨格になっている。姑息な生きかたをやめ、風や野草のように、自分で思うままに生きてゆこうとする女性への憧憬がある。が、マードックには、すでに、そのような憧憬はない。むしろ、自然は彼女に内省と比喩と暗示を与えてくれる環境なのである。自然は彼女がいっそう自分の世界に没入してゆける契機を与えてくれる材料である。それは、あたかも、前述のイヨネスコの写真が、街のなかで偶然、写真家に見つけられた女性がかずかずの装飾品を与えられて、夢の人物になりかわってゆくのや、ひとりの少女が一匹の兎に愛の王国の住人を実現させてゆく場合と変らない。マードックの自然の装飾性は、女性の装飾品のようにデコラティーブだし、少女が飼っていた兎のように、金盞花に似ている。そこにだけ、彼女の行動もあれば、生きてゆく意志もある。

そしておそらく自分が傷つきやすい上に、自分をもっとも傷つけることのすくない愛が、よく理解し、理解されていると容易に信じられる愛が、マードックの作品のなかに描かれる。たとえば『鐘』のなかの女主人公は、恣意のおもむくままに少年と性交する。が、彼女はイメージの氾濫を意識するあまりであろうか、その描写は、まことに、簡潔にすすめてゆく。「最初、金色のそのくぼみの中には何もないように見えた。やがて驚きに目を見開いた彼の前で金色の光が一つの形をとりはじめ、輝く枠の中に大きな亡霊が姿をあらわした。」これは、前述のこうもりを愛好する人妻が、彼女を城館の中で看守する役目を負わされた男に犯されてゆく光景の描写だが、金色の光が一つの枠をとり、その輝く枠の中に、という感覚こそ、女性特有のエロチシズムではないだろうか。女性が直接、男性の肌にふれ、われとわが身の肌を男性にゆだねた感覚とは、こういう描写をとってゆくのかもしれない。まことに、誇張した言いかたをするならば、マードックの作品は、そうした女性のエロチシズムを浮き彫りにするために、多種多様の日常的な道具をそろえ、装飾をほどこされ、色彩が与えられ、女性のテリトリーの確認がおこなわれてゆく作業のつみかさねなのである。むろん、マードックがアイルランド生まれのせいであろうが、道具にも、装飾にも、色彩にも、影は濃くしみついて、暗翳と重厚さがゆきわたり、それぞれに根深い存在感を与えられている。教養とか、学識への憧れや、人間そのものへの洞察への愛着、偏愛にちかいと言えるほどの人間への興味はつきるところがない。彼女が近親相姦や、少年愛や、同性愛を描いて、筆がさえるのは、そのせいであろうし、彼女の特質はその部分に凝縮しているのではないだろうか。

僕はおなじイギリスの女流作家では、彼女の対称的位置にいるのがドラブルだと思う。もっとも、そういえばエドナ・オブライエンなども、彼女の逆の立場にいる人だろうと考えている。それぞれの女性としての本質にはかわりないが、その表現のしかたが徹底してちがっていると思う。ドラブルは日常そのものに自分の生活感情の推移をみてゆくし、オブライエンはドラブルほど日常性そのものにかかわらずに、自分の感情の場を確保し、マードックは両者ほど、あるがままの現実を現実としては認容していない。

僕はマードック論というのは、彼女の近親相姦とか、彼女の少年への愛着や、同性愛を中心にとりあげ、そこから彼女の本質が出てくるような筆致ですすめてゆくと、書けるのではないかと思っている。その意味では、彼女はアナイス・ニンとも近い作家だといえるのかもしれない。もとより、ニンのように豪華ではなく、繊細でもないが、しかしはるかに意志的で、強固な感情にささえられた女性の原像をマードックは露呈してくるのではないだろうか。

「すばる」昭和五十五年十一月号

女の野球

今年の四月に依頼された小説を、九月にやっと書きおえた。「オール讀物」に掲載される。わずか五十枚の短篇だが、資料あつめや、取材に苦心した。沢村栄治投手を題材にしたが、沢村栄治その人のことのなると、すでに多くのことが書かれているし、現に、実弟の方たちが現存しているので、モデル問題その他が生じ、紛糾の種になりかねない。それで、沢村栄治と結婚した女性の目から見た沢村栄治の物語りにした。

沢村と夫人は、昭和十一年に知りあい、十六年に結婚した。なぜ、五年の歳月が必要だったかというと、その間に、沢村が日中戦争に応召し、除州、武漢三鎮と転戦し、戦場で負傷しているからである。一方、夫人の方は、沢村との結婚を周囲から反対され、一時日本内地をはなれて大連に移っていた。が、ふたりは結婚すると、五か月後に、栄治の二度目の応召を体験する。栄治はミンダナオ島に行き、米兵と戦い昭和十八年に帰還。が、昭和十九年の秋、三度目の応召を受け、十二月、台湾沖で輸送船が魚雷攻撃をうけて戦死した。戦死の公報が宇治山田市の沢村栄治の実家にもたらされるのは、昭和二十二年である。

モチーフになったのは、僕の周囲に最近、女性の野球ファンがふえたからである。彼女たちは男性が考えられないほどの細心の注意と、絶大な関心をもって、野球を見ている。その見かたが、人によって若干のちがいがあるが、まちがいなく、彼女たちが女であることをあらわしている。僕はそのことに、いたく感動し、興味をそそらせられる。彼女たちは野球に人生のあやうさや、ニヒリズムの極致を感じている。たとえば、投手と打者が対決する。彼女たちは投手と、打者それぞれを愛したり、恋している女の立場を思う。カウントが２－３になる。彼女たちは投手にも、打者にもむかって、「思いきり恋をしなさい」と、絶叫したく思う。独特の緊迫感から、彼女たちはつらい立場をくぐりぬけていく人たちはゲームを終了したあと、人生にいったい、なんの報償を得るのであろうか。せめても、女を恋し、女から愛される以外に、彼らはどのような実質的な生きる証しをかちえるのであろうか。彼女たちは人間は人生を一度しか生きられないことを知っている。夢想はふかく、稔りはすくなく、実践は苦しみをともない、行為は後悔だけをひきずっている。それが、たまたま、野球では一瞬、一瞬に姿をかえて、男と女の現実を、一場のフィクションにしてみせる。そのことに、彼女たちは感動し、野球にひきつけられていくのである。

男には男の野球があるが、女には女の野球がある。僕はそのことに視点をおいた。

野球選手が男である以上、そうした男を恋する女がいる。が、そのような恋は、どのようにして、なりたつのであろうか。

彼女らは颯爽とした男にひかれるのではない。むろん、ヒーローにではない。人気者にでもない。強いというのだけでは、彼女たちは感興を催さない。むろん、いつも敗けているのでも共感を呼ばない。彼女たちはそうしたことが、いかにもろく、はかないことを自分たちの人生体験で知っている。だから彼女たちは、野球選手のひとりひとりに、男の運命を見出す。不幸と悲運と背中あわせになった名誉と栄光、弱さと暗さとにむかいあった男の輝かしさと、凛々しさを発見する。それが、彼女たちの心をかきたてる。つまり、それは、彼女ら自身の心情の投影であり、心理の発するこだまである。彼女はだから野球に目をみはり、耳をすませ、心をときめかし、心の平静を保とうとする。野球はそうした状態を、一刻、一刻、ゲームの変転につれて、グラウンドに現出させてくれる。そこからまぎれもなく、男を愛し、男にひかれ、男に傾倒している女の姿が輪郭をあきらかにしてくる。彼女たちは、野球に自分自身を発見する。

藤本定義さん、水原茂さん、その他、当時の職業野球を生きた方たちを訪れて、さまざまな話をきくのもたのしかった。それらの方たちは例外なく、「野球選手を選手として支えているのは女だ」といわれた。「選手が大成するか、しないかは、すべて女だ」と断定された。僕はそのことに人生の奥の深さを知った。つまり女も簡単に、男に惚れるわけにはいかないということである。女がすこしでも男を知れば、女が日頃から男によせている関心などが、いかにも、もろく、はかないかを知る。彼女たちは女が男によせていたイメージが、錯覚だらけであったことも了解する。女は不運な恋を体験することによって、はじめて、男もつらく、孤独で、荒涼とした人生の場を生きている存在であることを察知していく。それが、野球の場合には、端的に、具体的にあらわれてくる。野球が、この世ではたしている役割は、この点で、評価され、尊重されるべきである。

男で苦労した女だけが、はじめて、やさしさを理解し、やさしさを身につける。野球はそれを残酷に教えてくれる。それが、凄い。

沢村栄治夫人の現在の消息はつかめない。宇治山田市の沢村家のかたにうかがうと、数年まえまでは、沢村栄治と夫人との間にできた娘さんとも連絡がとれたが、今は、出す手紙その他すべて住居人不明で戻ってきてしまうそうである。

沢村夫人は黒い服の似合う、長身の女性であった。昭和十年代、日本が日中戦争に入ろうとして、非常時体制が実施されようとしていたころ、女性が単身、甲子園球場とか、宝塚球場とか、東京の洲崎球場に職業野球を見にいくということは、かなり勇気がいることであったにちがいない。が、夫人は、それが実行できる女性であった。現在でこそ、プロ野球選手は時代の花形だが、昭和十年代当初のころは、どさまわりの旅芸人とおなじくらいの身分の者にしかみなされなかった。合宿もなければ、宿泊の設備もない。球団にはコーチもいなければ、トレーナーもいない。選手たちは、それぞれ、自分の家からバッグをさげて出てきて、球場近くの旅館で服を着がえ、ユニフォーム姿になり、球場に入っていった。

球場は貧弱で、これもよく物の本に書かれているが、洲崎球場などは海ぞいであったせいか、試合中に、満潮になると、東京湾の海水がグラウンドに侵入してきた。選手たちはベンチを移動させ、海水のひくのをまたねばならなかった。ボールも、バットも、今のように材質が改良されていなかったから、外野に打ちあげて、あわや、ホームランになるかと思われる打球が、潮風に煽られて、球場内におしもどされてきた。山口瞳さんも書いているが、洲崎に野球を見に行った日、家に帰ってくると、顔に潮のかさぶたがこびりついているような気がしたものである。体からは磯くさいにおいが発散した。観客用のスタンドは、木の板をならべたもので、足もとからは、たえず、つめたい風が吹きあげてきた。僕らは唇をまっさおにして、震えながら野球を見た。それに、あの頃の野球は、十二月でもおこなわれ、僕の記憶では、もう大晦日が数日後にせまってきているというのに、ゲームがあったりした。オーバーを着ていても、寒気はようしゃなく伝わってきた。

そうした中でも、女がひとり、黙々と野球をみつめていた。彼女は彼女の野球を追って、ながい人生の遍歴に、足をふみいれていった。おそらく、彼女の家庭環境や、彼女自身の性格や、それに、時代の圧迫感などがくわわって、彼女は野球を追うことが、自分にとって、もっとも純粋で、忠実な生きかたなのだという思いをつのらせていったにちがいない。そして、グラウンドで見る男と、家庭で接する男とのちがいを、じかに肌で感ずることによって、男のせつなさや、やりきれなさや、男の鬱屈した感情や、吐け場のない憤懣や、とどまるところを知らぬ凋落感や、挫折感に共鳴し、反撥し、理解し、融和し、さいごに自分自身に、男と女とのありようのすべてを納得させていった。彼女はそうなるべくして、そうなるように男に出会い、男に恋し、最後に死別した。夫の死を聞いたとき、彼女はたぶん、ほっとしたにちがいない。死を悲しむのと同時に、それまで彼女を縛りつづけていた重圧感が徐々に拭いさられていくのを覚えたろうと思われる。

沢村栄治の真価は、やはり、京都商業五年を中退して、東京巨人軍の前身、全日本野球団に加入し、静岡の草薙球場で、ベーブ・ルース、ゲーリックの全米オールスター・チームと対決したときであろう。試合はゲーリックに打たれた一本のホームランで勝敗を決した。1－0であった。沢村栄治は快速球と、垂直におちるドロップを駆使して、全米の強豪たちとわたりあい、一歩もゆずらなかった。この試合に二塁手として出場した水原茂さんの話によると、ルースも、ゲーリックも、緊張から顔面を真っ赤にしてボックスに入ってきたそうである。二番ゲリンジャー、三番ルース、四番ゲーリック、五番フォックスと、沢村は連続三振できってとって、六回まで0－0の均衡はつづき、七回でゲーリックに右翼フェンスぎりぎりのホームランを見舞われた。

沢村栄治は、このとき、現代流でいえば、高校二年生だったのである。

彼は一瞬の光芒のあわただしさで、この世を去っていった。

「競馬ニホン」昭和五十四年号数不詳

女傑の時代

怪物だなと思わせる女性が多くなった。僕はよいことだと思う。

土曜日八日づけの夕刊紙に、マルグリット・ユルスナールが女性として、はじめて、アカデミー・フランセーズの会員に選ばれたことが報じられていた。アカデミー・フランセーズは一六三五年に創立された権威ある会である。定員四〇人。終身制である。欠員ができた場合、選挙によって後任者が選出される。マルグリット・ユルスナールの場合、「遊び」についての世界的に知られた哲学者ロジェ・カイヨワが、一昨年死亡したので今回その空席を埋めることになった。僕らが知っているアカデミー・フランセーズの会員には、アナトール・フランスや、ポール・ヴァレリーなどがいる。

ユルスナールは、日本では『ハドリアヌス帝の回想』や『黒の過程』の作品で知られている。いずれも翻訳が出ている。前者は理想のローマ皇帝といわれたハドリアヌス帝の回想録という形をとって、男の美学や、男の生きかたが描かれている。皇帝像をとおして、女性の歴史観や、男性観が、まことに雄勁で、肉感的な筆致によって叙述されていて、読むほどに、皇帝の名にふさわしい雄大な抱負と自尊心をあわせ持った男の存在感が読者をとらえていく。ハドリアヌス帝は美少年を愛して、生涯、独身でとおした皇帝である。エロチシズムという観点から読んでも、この小説は強烈な魅力を発散してやまない。死んだ三島由紀夫が、『ハドリアヌス帝の回想』の熱心な愛読者だった。作品そのものが内に隠し秘めている美的情念が、三島由紀夫の耽美的趣向にかなったからであろう。実際、皇帝が他の人物たちを見る目には、男性特有の「うるおい」がゆきわたって（正確には、それはユルスナールという女性作家の目であろう）、荘厳でありながら、官能にみちあふれて、ふしぎな妖しさをかもしだす。しかも、この妖しさは、さながら古代ローマの石づくりの建物のような冷酷な非情さを内にふくんでいる。

僕は『ハドリアヌス帝の回想』を読んだとき、筆のきめこまかさと、表現の艶に驚嘆したことをおぼえている。

マルグリット・ユルスナールは今年、七十六歳だそうである。彼女はベルギーにうまれ、フランスで勉強し、後、一九三七年にアメリカにわたり、現在、アメリカ東部のメイン州に住んでいる。アカデミー・フランセーズの会員に迎えられるのにあたっても

「自分が望んでいたことにくらべると、ささいなことにすぎない」

と、インタビューに答えたそうである。

「自分をアカデミー・フランセーズに選んでくれるなら、社会での女性の位置をもっと向上させてしかるべきだろう」

と、彼女はつけくわえたという。そのせいだろうか、アカデミー・フランセーズに迎えられるときの緑のフロック・コートをまとい、剣を持っておこなう入会演説は固辞した。

アカデミー・フランセーズに迎えられるということで、それがそのまま、その人の価値にはならないかもしれない。迎えられなくても偉大な作家や、学者は幾人もいる。が、マルグリット・ユルスナ

ールが三百五十年の伝統を破って、女性としてはじめて、会員に迎えられたということは特筆に価するニュースであろう。

僕はある雑誌のため、近く日本のすぐれた女性、とくに女流作家でないが、文筆をもって世にたち、幾多のすぐれた業績をのこしている女性ジャーナリストたちについて書くことになっている。それらの人たちの文章を読むと、そこには、職業婦人として、主婦として、母としての目が、まことに鋭くゆきわたり、感性もみごとに発揮されていて、僕を畏敬させる。なるほど、物はこのように見ることも可能なのかと教えられるのである。世の中がすこしずつ変わって、そうした女性たちの仕事が世間的にも高く評価されるようになったことは、慶賀にたえない。

『ヌバ』を撮影中のレニ・リーフェンシュタール

僕はまたこの月末までに、パルコのため、レニ・リーフェンシュタールの人生というか、自伝ともいってよいたぐいのものを書くことになっている。

レニ・リーフェンシュタールは、例のオリンピック映画『民族の祭典』や『美の祭典』の監督である。この映画が、いかにすぐれたオリンピック映画であるかは、あらためて、ここに述べる必要はないであろう。おどろくことは、彼女がこの両映画の演出にあたったのは、彼女が三十歳をちょっとこしたという年齢のときである。彼女はたくさんのカメラマンを駆使し、カメラ技巧を考えだし、これらの映画を完成し、それを一人で一年半かかって編集した。もっとも、彼女はそれまでに、『青の光』とか『意志の勝利』（ニュールンベルクのナチ党大会の記録映画）などの傑作をものにしている。それで、ベルリンオリンピックの開催にあたり、ＩＯＣが彼女に映画製作を依頼した（上述の『意志の勝利』はナチス・ドイツがヒトラーの名で彼女に依頼した。たいへんよくできた記録映画であり、カメラの使い方が秀逸である）。彼女は演出専門の女性ではなく、もともとはドイツ映画きっての美貌の女優だった。それもメロドラマ、その他の作品ではなく、山岳映画の女優だった。それが、やがて、自作・自演の映画をつくるようになるのである。

彼女はナチスに協力したというので、第二次大戦でドイツが降伏すると、裁判にかけられ、ながい間、牢屋につながれる。が、彼女はナチスに依頼はされたが、ナチスの党員でもなく、協力者でもなく、ただ、映画をとおして、女性の考えている男の美しさを表現するために映画をとったのにすぎなかった。しかし、彼女の真意は世界から理解されなかった。アメリカの女流作家スーザン・ソンタグは、彼女がユダヤ人のせいか、異様なまでの憎悪をこめて、レニ・リーフェンシュタールを非難し、告発している。牢を出たレニは、ワインの空瓶はこびをやって生計をたてる。彼女は屈辱のさなかを放浪せねばならなかった。が、やがて、持前の才能と意志のたくましさで、彼女はアフリカの現地土人たちの写真を発表して、ふたたび、世界的評価を獲得する。彼女は現在、七十八歳の老齢だが、紅海、その他の海に自ら潜水して、すぐれた海中写真をとっている。かつての美貌のおもかげをのこしたまま、八十歳にちかい老婆が、旺盛な創作活動をつづけているのである。

こうした女性たちの業績は、なんと評価したらよいのであろうか。

あるいは、メキシコの高地にすんでいるタマラ・ド・レンピッカは、現在、九十歳を幾歳かこえながら、画集を発表している。彼女は『死の勝利』や『イノセント』などを書いたイタリアの作家ダヌンツィオの愛人だった亡命ポーランド女性である。若いときは、女優グレタ・ガルボそっくりの美人で、パリなどでは、ガルボとまちがえられてサインをもとめられ、そのままガルボとサインしたという逸話がのこっている。若いときから、アール・ヌーヴォー派に属する画家として名をあげ、やがて、ダヌンツィオに恋されるのである。

ところが、このダヌンツィオが大変な男で、いっぺんに四人もの情婦をかかえ、しかも情婦との性交を、召し使いの女性にのぞき見させるという性癖を持っていた。召し使いの女性は後に、情婦たち、とくに画家として、美貌の持ち主で有名だったタマラとダヌンツィオの性交の様子をことこまかに文章にして発表してしまう。ダヌンツィオとタマラのスキャンダルはたちまち人びとの知るところとなり、タマラはパリにいられなくなってしまう。

が、彼女の画業は、そうしたスキャンダルとは別に、光彩を放っていく。やがて彼女はポーランドの亡命貴族と結婚して、男爵夫人になって、メキシコにのがれていく。余談だが、このタマラの家の前に、今、世界的に知られたパーレビ王の隠れ家があった。

僕の友人の石岡瑛子さんは、去年、このタマラをインタビューしている。石岡さんの話によると、彼女の家では、豪華な晩さん会がひらかれるのだが、そこに呼ばれて集ってくる人は、全部、九十歳以上の老人や老婆で、彼らが、異様に着飾った服を着て、厚化粧で食べたり、飲んだり、話をしているさまは、もう「おそろしい」というよりほかない異様な雰囲気をつくりだすそうである。会が終わり、ひとりにもどると、タマラは自分の描いた画の模写をくりかえしているとのことだった。彼女は自分の出生とか、経歴はすべて忘れさっているようなのだが、自分が作品を描いたときの話になると、俄然、細部のすみずみまで、活発に、生き生きと話しはじめていく。

「なんとも、凄いというか、くたびれさせられるというのか、私なんか、まだまだ十代くらいの小娘としか思っていないようでした。この世にはほんとうに、こわい女性がいるもんですね」

と、石岡さんは語った。

僕は背筋に戦慄が走っていくのを覚えた。

「競馬ニホン」昭和五十五年号数不詳

『マンハッタン』が描く大人の心象風景

朝日放送のABCホールで、ウディ・アレンの『マンハッタン』を見た。この映画はかねてから見たいと思っていたのが、時間のつごうがつかず、なかなか機会に恵まれなかったのだが、たまたま、幸運にめぐりあった。

ウディ・アレンはユダヤ人である。今日までに『アニー・ホール』や、『インテリア』の秀作を発表している。彼は、映画の脚本を書き、演出をし、主演している。そのほか、彼は自伝を書いている。重く、暗い自伝である。が、どうやら、その原因は彼がユダヤ人だということに、主な原因がかくされているらしい。

日本人は、ユダヤ人を白人と考えてしまいがちだが、正確にいえば、ユダヤ人は白人ではない。人種的にいえば、彼らはアラブ人たちとおなじ種族のセム族の人間たちである。ユダヤ人の王がダビデである。ダビデのシンボルマークの、例の星印はユダヤの象徴である。この星印は現在のイスラエル国旗にも復活している。

ユダヤ人が白人ではないのは、たとえば、彼らの顔の白さが、白人（欧米人）のそれとは若干ニュアンスがちがっていることからもわかる。読者にもわかりやすい例であげるならば、歌手であり、俳優のイブ・モンタンの顔や、オリンピックの水泳種目で、七つの金メダルをとったマーク・スピッツの顔を思いうかべられるとよい。彼らのちょっと茶灰色がかった白とか、暗灰色がかった白い顔に気づかれるであろう。あるいは、男優ダスティン・ホフマンの顔を思いうかべられてもよい。一方、フランスの女優のマリー・ラフォレや、ナタリー・ドロンはユダヤ人とアラブ人の混血女性である。歌手であり、女優のバーブラ・ストライサンドなどは、典型的なユダヤ女性の容貌をしている。ピアニストのウラジミール・アシュケナージは、アシュケナージという東欧のユダヤの一族の名を冠することによって、自分がユダヤ人であることを誇っているし、デザイナーのクリスチャン・ディオールのディオールは、それがコーカサスのユダヤの族名をうけついだ名前であることを示している。

いずれにしても、彼らは歴史の記述をするように世界を放浪して、ヨーロッパや、アメリカの各地に流れついた。彼らは、社会的にさまざまな制約を受けることによって、自分の才能や資質だけで生計をいとなむ職業につかねばならなかった。彼らが独力で生活できる医者とか、学者とか、弁護士とか、芸術家や、俳優になったのは、そのためである。彼らの生活が苦難の連続であったのはいうまでもないし、迫害や差別に泣かされることもしばしばであった。

ウディ・アレンの自伝には、ユダヤ人であったために味わされたペシミシズムが暗く尾を曳いている。まして、それが、他民族のたくさん集まるアメリカでは、ことのほかであった。人生についての考えが暗くならざるをえなかったし、また、そうなったからこそ、彼は喜劇の領野に自分の才能を発揮していくようになった（その点ではチャップリンと同じである）。

僕個人の体験では、ユダヤ人には、尊敬に価する善人——気持ちの寛大な、やさしさと、つつましさと、怜悧さと、鋭い感性と、謙虚さを持った人——もいれば、逆にどうにも鼻もちならない、エゴイストで、なにかというと尊大ぶり、傲慢で、人を人とも思わぬ嫌な奴との二種類の人がいる。とくに後者の場合、ユダヤ人が世界の人びとから、鼻つまみにされたり、たとえば、ヒトラーが狂おしいまでにユダヤ人を虐殺したのなども、こういうことをいってはいけないのだが、なにか皮膚感覚でわかるような気がする。

ウディ・アレンは、そうしたユダヤ人の長所も、欠点も知りつくしたうえで、映画の世界にはいっていった。

『マンハッタン』は断るまでもなく、ニューヨークを舞台にしている。が、ここで興味ぶかいのは、ニューヨークの人口の四分の一はユダヤ人だということである。極端にいえば、ニューヨークはユダヤ人のためにあり、ユダヤ人がいるために、アメリカでももっともアクティブで、現代的な都市となり、文学、美術、演劇や、バレー、その他の芸術や文化が活動の根をおろしえたのである。ワシントンとか、フィラデルフィアとか、ボストンでは、こういうことがおこりえなかった。それらの都市は、従来のアメリカの伝統に則した都市であったからである。

『マンハッタン』のウディ・アレンとダイアン・キートン

『マンハッタン』の中で、ウディ・アレンは妻と別れ、十七歳の女子高校生（ヘミングウェイの孫娘、マリエル・ヘミングウェイが魅力いっぱいの女性になっている）と、恋愛のような、恋愛でないような奇妙な関係にはいっている。この女子高校生をのぞくと、主要登場人物の全員がユダヤ人の男女優である。アレンの別れた妻は、レズに走り、アレンとの性生活をばくろした本を書いている。映画の中のこの役は、『ホロコースト』や、『ディア・ハンター』でも日本に知られているメリル・ストリープである。ウディ・アレンはまた親友の愛人である女性と恋愛関係に入っていく。この愛人の役は、『アニー・ホール』や、『ミスター・グッドバーを探して』のダイアン・キートンが演じている。ストリープも、キートンも、断るまでもなくユダヤ人女優である。そのアレンとキートンとのラブ・シーンがよい（僕はつい最近見た『ランニング』という映画が、この『マンハッタン』のラブ・シーンをうまく使っているのを知った。セントラル・パークでふたりが夕立ちに見舞われて、雨宿りをするシーンである）。

アレンとキートンがヘイドン・プラネタリュウムや、メトロポリタン美術館で互いに愛を告白する。そのシーンが素晴らしくよい。なんといっても、せりふが絶妙である。ラブ・シーンのせりふというのは、たいへんにむつかしい。もともと、ラブ・シーンは、せりふを必要としないところなのである。いう必要もないことをせりふにするのだから、苦心がいるわけだ。これは、小説や、戯曲では、とのほかの難所である。そして、もしいうとしたならば、それはやさしい言葉で、しかも、心の中を率直に、明快に、あるニュアンスをふくめていい表すせりふでなくてはならない。ところが、『マンハッタン』の愛の告白のシーンでは、ダイアン・キートンに、かなり高級な、哲学的な言葉に近いせりふをしゃべらせている。観念とか、肉体的とか、感受性などという言葉を、日常会話のなかに平気で使っているのである。そして、文学や、演劇では、ふつう使えぬと思われているせりふ（ただし、こうしたせりふを縦横に駆使して、喜劇のおもしろさを満喫させてくれるのが、つかこうへいさんの演劇である）が、映画だと、カメラの動きや、俳優の動きや、カット割りの長短のリズムの混合などによって、逆に効果をあげて、人物の心理にいきいきとした動きを与えてくる。ウディ・アレンは、そういう技巧がたいへんすぐれている人である。いわゆるラブ・シーンらしい「せりふ」はひとこともいわないで、都会生活の憂鬱さや、重苦しさを、日常生活ではどのように感じているかということを語りあうのが、そのまま、愛の告白になっている。僕はそのことに感心してしまった。もし小説でそのようなせりふを使ったら、たちまち、青くさく、こなれが悪いと、失笑を買ってしまうだろう。が、アレンは、この場合、逆手を使って、みごとな効果をあげていた。

しかも、この箇所が、実はニューヨークの現代人（と、いうより、ユダヤ人男女といいかえたほうがもっと適切であろう）の心情の機微をついたシーンなのである。人生はまことに重く、しかも、軽い、その微妙な推移を男と女が共感したときに、恋はうまれる。それは、いわば、生きることへの諦念でもあり、執着でもあり、幻想であり、実感でもあるといった思いで、男と女の身心両面からのふれあいを促してやまない。仇花にはちがいないが、花には色もあれば、香りもある。結実することは皆無だろうが、花の魅力はまさに現実の花の魅力にほかならない。そんな思いをアレンとキートンが確認しあい、ベッドをともにすることで、恋のむなしさを実感で受けとりあい、それでいて、相手を憎からず思い、愛憎のきずなに身をまかせていき、しかも心憎いほどに男も女も醒めている。屈折と絶望の中に、彼らは生きるよすがをみつけている。

僕は『マンハッタン』を見ながら、アレンのいかにもユダヤ人らしい感性や、想像力の豊富さに、心地よい、しびれを覚えずにはいられなかった。アレンの描きだした男女の世界は形をかえて、他のユダヤ系の作家たちの小説の中にも描かれている。『マンハッタン』はその意味で、いかにも、ニューヨークのユダヤ人の大人の男女の心象風景を的確に把握していた。残念ながら、日本では、こういうたぐいの映画や、テレビ・ドラマはつくられない。たぶん、日本人にはユダヤ人のような生活環境がないからであろう。むろん、日本人も疲れ、倦み、失望し、落胆している点ではかわりない。が、疲れ、倦み、失意にうちひしがれ、挫折感を味わいすぎているために、すぐ、早急に、その裏を考えてしまう。疲れの反対は、意気ごむことであり、倦みあきたの逆は意欲であり、積極的関心であるとみなしてしまう。病んだ人、傷ついた人に、すぐ効く、即効薬をあてがうことを考えてしまう。が、『マンハッタン』は、そんな単純な様式にははめこめられないアメリカのユダヤ人の複雑で、反撥力のしたたかな生きかたをとりあげている。

僕は『マンハッタン』を見ながら、同時にドイツ映画『マリア・ブラウンの結婚』を思った。この映画は、西ドイツのひとりの女性が、結婚をどう考えたかということを主題にしている。題名は結婚だが、作品の描いたのはひとりの女性の結婚の生態でもなければ、結婚しながら恋の遍歴をかさねた女の生きる姿でもない。映画がとりあげたのは、女にとって結婚とは、どのような人生の見かたを教えるかということである。映画の中で女主人公はいう。「人生は軽い。が、重い」。僕は『マンハッタン』のラブ・シーンから、人生は軽いが重いという『マリア・ブラウンの結婚』のせりふを思いださずにはいられなかった。いずれも、したたかで、強靭で、悲しみの極みであった。

「競馬ニホン」昭和五十五年号数不詳

名古屋の雨

阪神が終わった。あっというまに、今年も、半ばをすぎているのである。つい先日まで、かげろうが燃えて、草いきれが心地よかった阪神競馬場が、めっきりと、夏の化粧をはじめだすと、七月になっていた。

先週の火曜日、僕は名古屋に居た。推理小説作家の夏樹静子さんに会うのと、僕の少年時代からの友人Mと名古屋で久しぶりに会うためであった。夏樹さんのお宅を辞した後、僕は毎年、中京競馬場に来たとき、朝食をとることになっている名古屋観光ホテルにチェック・インした。Mはその前日、ニッサン自動車の重役に昇進していた。彼の昇進祝いをかねて、僕らはちょっと遅い夕食をとった。

Mは例のニッサン・ルーチェ、その他、いくつかの車を設計した。が、なによりも、彼の仕事では、天皇陛下の使われている自動車の設計が生涯の大仕事であったと思われる。と、いうと、彼はいかにも生まれつきの技術ばたけの人のように思われるが、実際は僕の友人になるように、幼い時から音楽少年であり、文学少年であり、美術少年であった。彼の一族には、例のタカヂアスターゼを発明した高峰譲吉博士をはじめ、アミエルの翻訳者として知られている河野与一博士——ここの兄弟は、二郎、三郎と、六郎までつづき、兄弟全員がそろって、東大教授になったので有名である——さらに、西欧史で有名な堀米庸三博士などがいる。戦後、駅弁大学がたくさんできて、大学教授の値うちは、とみに、さがってしまったが、戦前の大学教授というのは、それぞれ、誇るべき業績もあり、学識といい、識見といい、立派な権威をそなえていた。僕は少年時代、Mの家に招かれるごとに、そうした学者たちが身につけていた威厳にみちた雰囲気に、ある畏敬を覚えたものである。

僕はMの家で、当時としては、なかなか手にはいらなかった洋楽のレコードを聞き、楽譜をみせてもらった。オイレンブルクの楽譜は、今では、比較的楽に手にはいるが、戦前は、いちいち、海のむこうへ注文せねばならなかった。そして、ゼロックスがない時代だったから、僕はよく、その海を渡って送られてきたオイレンブルクを写譜させてもらった。このことは、後に、僕が戦後、生活のためにドデカフォニー（十二音階音楽）で書かれた海外作品の解説の翻訳をするときに、たいへん、役立った。彼は少年時代からN響の団員についてヴァイオリンを習っていた（当然、現在でも弾ける。彼の令息は早稲田の理化科を出て、今はある建築事務所につとめているが、セロを弾く。このため、彼のヴァイオリン、彼の夫人のピアノ、令息のセロで、僕はよく彼の家のピアノ三重奏をきかせてもらった。余談だが、彼の夫人は神戸の出身で、彼女の生家には、戦前来日したフランスの詩人ジャン・コクトーが訪れて、美しい詩を書きのこしている。また、おなじく、イギリスの詩人エドマンド・ブランデンも訪れて、詩を書いている）。

僕らは少年時代、毎日のように音楽をきき、絵画を語り、フランス詩の朗読をくりかえした。Mと僕との決定的なちがいは、彼がずばぬけて数学ができ（誇張でなしに全校でいちばん出来た）、僕が自分でいうのはおこがましいが、年齢に比して、語学に才能があったことであろう。僕が当時、彼に教えたフランス語が、後年、彼がイギリスのロールスロイス社に招待されて、ヨーロッパに渡ったとき、その帰途に寄ったフランスでたいへん役立ったと、彼は帰国してから話してくれたことがある。

Mのほかに、僕らには共通して、SとNという友人がいた。Sの父君は棟方志功氏が画壇にデビューするきっかけとなった「S賞」の設定者である。と、いうより、Sの父君は、僕らが同じ年齢だった中学一年のとき、すなわち、昭和十一年の春に自殺した画家として名を知られている。この自殺は、当時の新聞に大きく報道された。また、Nは幕末の外務大臣であり、大蔵大臣だった小栗上野介の血をひいている。Nの父君は明治二十年代にフランスに留学し、帰国後東大法学部のフランス法の教授をつとめるかたわら、韓国の李王家の法律顧問をし、同時に国際赤十字の日本副代表をつとめた。Nの母君は故吉田茂首相のいとこにあたる。Sは今、慶応大学のフランス語の教授になり、Nは早稲田大学のおなじくフランス語の教授になっている。

MとM夫人と僕らは、久しぶりの会食をたのしんだ。名古屋は雨であった。ホテルのレストランの窓からは、雨の中の街の灯だけが見えた。Mの娘さんが慶応大学に在籍したとき、クラスの担任がSであった。Sはそのころ、学生部長をつとめていた。例の学園闘争が活発だったころである。Sは学園闘争で神経的にかなり参っていたらしかった。Mの娘さんは「話のわからない教授だ」とSのことをいっていたそうである。僕は昨年の秋、『鬼が来た——棟方志功伝』を「週刊文春」に執筆していた長部日出雄さんに依頼されて、Sを長部さんに紹介した。久しぶりに電話で話をしたSは、元気そうであった。

Sの父君は、画家としてながくパリに居た。そのせいだろうが、パリに居る間に、東京の有名なJ病院の院長の息子と、あるフランス人女性との結婚の仲人をした。が、このJ病院の息子は、フランス人女性をすてて、日本に帰国してしまった。フランス人女性は夫との間にうまれたふたりの息子をつれて、夫を日本に追いかけてきた。が、夫の側はJ病院である。この病院は現在、大学をもって、特に陸上競技で優秀な選手をたくさん世に送りだしている。J病院側は、たぶん、金で、フランス人女性に結婚をあきらめるようにといったと思われる。

世の中は奇妙なもので、僕は十代の後半に、このフランス人女性からフランス語を教わることになる。勉強がはじまって、一年もしたころであろうか、なにかのおりに、ムッシュウSの息子は、僕の友人であるといったとき、その女性の驚きようときたらなかった。それからしばらくして、Sを彼女にひきあわせたとき、彼女は呆然として、Sをみつめたままだった。戦時下であるから、子供をふたりかかえた外国人女性の生活は苦しかったろうと思われる。彼女はSを見て、感無量であったにちがいない。この少年の父親の仲人で、自分は日本人と結婚した。が、結婚はたちまち破れて、自分は今はフランスに帰ることもできない。前途は荒涼としたものである。彼女は泣くにも泣けず、Sを注視しているよりほかなかった（余談だが、フランスでは結婚のとどけを市役所にだすとき、夫と妻のそれぞれの側に、二人ずつの結婚を承認する証人が要る。Sの父は、すすんでか、請われてか、その役をはたしたわけである）。

このフランス女性を戦争裡の日本で、なにくれと救けたのが、作家きだみのる氏夫人である。またK夫人がいる。きだみのる氏は『気違い部落』で戦後有名になったが、僕らはファーブルの大著『昆虫記』の翻訳者として、氏の学識のふかさにかねてから尊敬の念を抱いていた。僕は後にきだみのる氏の令息と知りあい、令息の母上から、上述のフランス女性との交友関係を知った。またK夫人は吉永小百合の伯母にあたる人で、アムネスティの活躍で知られている。終戦直後、中国にゆくのには、あらかじめ、この人の支援がなくては、中国からの渡航パスがおりないといわれた。

Nは戦後いちはやく、大学在学時代に、「文芸」や「展望」に執筆して、つい先日亡くなった平野謙氏に激賞された。Nは僕らの仲ではいちばん早く社会にスタートをした。Nはそれから、川端康成氏や、高見順氏のやっていた雑誌「人間」の応募小説で一等当選をした。Nが一位で、二位が歴史小説の真鍋呉夫氏、三位が井上靖氏であった。井上靖氏は、この三位入選で大阪の毎日新聞をやめて文筆生活にはいるのである。Nは入選後、そのまま、迎えられて「人間」の編集部に入り、まもなく、『仮面の告白』や『春子』その他で文壇に確固とした足場を築く故三島由紀夫と知りあう。僕はそのころ、大学の副手で、収入はとぼしく、食うや食わずの生活をしており、暗たんとした毎日を送っていた。そんなおり、Nをたずねていくと、Nが三島由紀夫からとどいたばかりという、『春子』についての手紙を見せてくれた。『春子』は発表当時、不評だった。と、いうより、女の情事を心理的に描いたこの小説は、そのころの世間の風潮では、なかなか、理解してくれる人がいなかった。世の中はあげて民主主義であり、革命であり、進歩を唱道するものだけが大手を振り、肩で風をきって歩ける時代だった。僕はNが見せてくれた三島由紀夫の手紙の文意の鋭利さはともかく、その達筆ぶりに仰天してしまった（この『春子』は、最近、吉行淳之介さんが編んだ日本ペンクラブ発刊の『純愛小説傑作集』の中におさめられている。吉行さんのような具眼の士でないと、この恋愛小説のよさはなかなかわからないかも知れない。が、当時から、今日まで、この作品はまったく黙殺された。吉行さんの手でやっと陽の目をみたのである。ちなみに、三島由紀夫が『春子』を書いたのは、彼が二十二歳の時である。その若さで、彼が観念の中で、女を完全に把握していたことに、僕らはあらためて、驚かされる）。Nはそれからしばらくして、大病をして、足の自由をうばわれてしまった。十幾年にわたる長い長い闘病生活ののち、彼はやむなく、母校の教授の職に甘んじなければならなくなった。

眉目秀麗で、英才の名をほしいままにした若いころのNを熱愛したふたりの女性がいたことが思いだされる。ひとりは今、著名な大学総長の夫人になり、ひとりは選挙でひろく日本中に名を知られるにいたった。Nは病気さえなかったら、現代の文壇でも一方の雄になったかも知れない。

MとM夫人と僕は、もう、四十年にわたるながい交友のあいだにおこった出来事や、SやNのことを夜ふけまで語りあかしてつきるところがなかった。雨は朝まで降りつづいていた。

「競馬ニホン」昭和五十四年号数不詳

クレスピンとチャップリン

アイノクレスピンは迅かった。従来のアイノテイエタンの1分35秒0を、あっというまに33秒5にちぢめた。レースがはじまり、ファインクローバー、リキタイコーのあとについて、三コーナーから四コーナーにはいる地点で、ほぼ勝利を確実にし、直線に入ってからは、あとは記録との闘いだけになった。四歳の牝馬ということから考えると、このタイムは驚異とよぶよりほかないし、トウショウボーイが先日つくった記録をごく短時日の間に破ったことになる。僕はこのタイムが淀競馬場でだされたことに拍手を送りたく思った。前にも書いたが、日本でいちばん見ごたえのある千六百メートルのレースを展開してくれるのが淀競馬場なのだが、それだけに内容にこくがゆきわたり、起伏が生じ、目にみえぬ微妙なレースの綾が僕らを魅惑するのである。アイノクレスピンはそのレース構成の緻密さと奔放さの間隙を巧みに充填して、栄冠を掌中におさめた。アイノクレスピンの土門調教師も、「よもや、これほど」と思っていたそうである。

僕は、アイノクレスピンが四歳の牝馬ということにふと戦慄を誘う魅力を感じた。若いから走れたのであろうか、それとも、天の配剤で、ある時期の、あるレースに、突如として、彼女の資質が開花したのであろうか、僕にはその点の微妙さが、ことのほか同馬の特質のように思われてならなかった。

わずかの間だったが、彼女と併走する他の牝馬の影が、いかにも、色あせて映った。

僕は来る四日、東京の西武劇場で、チャップリンのことを語るのだが、アイノクレスピンの駿馬ぶりを見るにつけ、チャップリンの一生を思ったりした。チャップリンは現在、八十歳を幾つかこした年齢のせいか、すでに、手足なども自由にうごかぬ老衰ぶりである。僕が西武劇場でチャップリンを語るのは、同劇場で、バート・シュナイダーの作った記録映画『放浪紳士チャーリー』を上映するからである。同映画は、チャップリンの初期からの出演作品をいくつか収めるかたわら、彼の長い生涯にわたる公的、私的両面の生活ぶりをあきらかにしている。そして、作中では、ローレンス・オリビエがエマースンの詩を朗読し、ウォルター・マッソオや、ジャック・レモンがナレイションを受けもって、チャップリンの業績を賛仰している。

チャップリンは一八八九年イギリスのロンドンにうまれた。父母ともに寄席の芸人だったが、父は大酒呑みで、家庭を顧みなかった。チャップリンがうまれた翌年、両親は離婚している。失意と貧困になやまされた母は、やがて発狂してしまう。チャップリンは孤児院におくられ、十歳の時から、エイト・ランカシア・ラッズという劇団に入り、地方巡業をくりかえす。彼はやがて、アメリカに渡り、世界的な喜劇俳優になる。

この映画のなかには、あのアメリカの歴代大統領のなかでも最低と云われているニクソンが若いとき、といっても共和党の代議士時代の一九四七年に、非米活動委員会の名でチャップリンを「赤」だと糾弾するシーンがある。例のマッカーシー旋風が吹き荒れたころのことで、ニクソンは自分こそ正義の使者であり、アメリカ最大の愛国者といわんばかりの態度で、チャップリンを名指しで非難する。チャップリンは、やむをえず、アメリカを去ってゆかねばならなくなる。アメリカの世論は、完全に、狂信者ニクソンの意のままに操られ、チャップリン追放に沸きかえる。

チャップリンがアメリカから追放された理由のひとつに、彼がニクソンとかマッカーシーの独裁政治的傾向に反対したほかに、過去において、幾度も離婚をしたこと、それも彼の妻が例外なしに、十六、七歳の少女であったことがあげられている。この裁判も映画のなかに出てくる。例の陪審員というのが、日本でいうPTA的オバサンたちで、当然のことながら、チャップリンは女性の敵だとレッテルをはられてしまう。洋の東西をとわず、こういう場合の女性は、自分こそ女性の正当の権利を主張しているのだと堅く信じて、いささかのためらいも、内省もなく、真っ向から女性の立場を振りかざしてくる。法廷にたたされたチャップリンは、彼女たちには、何を云ってもはじまらない、と、憮然とした表情を最後まで崩さない。以来、二十年にわたって、チャップリンはアメリカを離れたままになってしまう（もっとも、彼の国籍はイギリス人だが）。

『モダン・タイムズ』のプレミアで。
ポーレット・ゴダードとチャップリン

僕はこの映画のおもしろさは、チャップリンの女性関係を真正面から取りあげたことだと思った。この種の伝記的自伝映画は、主人公の貧困時代とか、社会のなかでの悪戦苦闘ぶりや、あるいは政治的立場とか、芸術上の信念や、信奉する人生哲学や、美学などを、あれこれ、あげつらうものだが、この映画は、そのような愚行を避け、ひたすら、チャップリンの女性関係にせまってゆく。僕はその点に、感心した。

と、いうのは、女性関係を取りあげているのだが、チャップリンと彼女たちが、どのような出会いをし、どのような恋愛をし、結婚から破局に至ったかという点にはすこしも触れず、直接、第一の妻ミルドレッド・ハリスは十六歳、第二の妻リダ・グレイは十七歳、第三の妻ポーレット・ゴダードは二十四歳、第四の妻ウーナ・オニールは十六歳といったように、妻の顔と年齢だけをみせるのにとどまっているからである。僕はそれだけで、この世紀の俳優、というより、世紀の男性が、そうした若い、まだ少女といってもよい女性に、なにを求め、なにを憧憬し、なにを理想としたかが手にとるようにわかってきた（製作者たちは、充分、その点を心得ていて、むしろ、チャップリンの結婚と離婚のくりかえしに、説明に説明をくわえてゆけば、それだけ、作品の質的統一をさまたげ、それ以上にチャップリンその人の印象すらをも稀薄にしてしまうのを忌避したのであろう、と、いうより、欧米の映画観客は、そういうことを先天的に理解する能力を持っているから、観客は観客なりに、映画がなにも説明をくわえなくても、自由に、イメージのおもむくままに、チャップリンと若い人妻たちとの心理的交渉を肌で、実感で、把握してしまうのである）。

僕は、チャップリンは本質的に「人間嫌い」の男だったのだと思った。そして、彼は母に対しては、特別の、マザー・コンプレックスを持っていたのではないかとも想像した。彼は幼少のときから、手垢に染まった人生しか見てこなかった。人間は信用できない生きものであり、苛酷で、薄情で、他人の不幸だけをよろこび、互いに傷つけあうことにだけ情熱を抱き、おそろしく排他的で、非妥協的であり、冷淡で、直情的であり、強引すぎるほどのナルシストであることを肝に銘じて、成人していって、一応、世間的な名声を博した。と、同時に、それに正比例するように、彼は世の女性たちに失意と落胆を覚えていったのである。

彼は彼だけに通用し、彼にだけ理解できる女性を、彼自身の手で成長させ、彼の美意識にかなう女性に仕たててゆきたかった。あたかも、人形づくり師のピグマリオンが、自分の作った人形に恋をしていったように、彼は彼の意にかなう女だけを、自分の女と信じて疑わなかった。むろん、そんなことが現世では通用するはずもないのだが、それでも、彼は生涯、自分の女性観を変えることがなかった。わずか十六、七歳の、年端もゆかぬ少女に、男性がなにを求めているかを理解せよと要求することが、誤りであるのは当然なのだが、チャップリンは執拗に、そんなことは百も承知の上で、少女妻を求めつづけたのである。一方、彼女たちは寵愛され、指導され、支えられることを貪欲に夫に要求し、たちまち幻滅を味わい、悔恨にくれ、失意の底に叩きおとされた。

ウーナとチャップリン。ハリウッドで。

第四の妻ウーナ・オニールは、劇作家ユージン・オニールの娘だが、彼女も十七歳でチャップリンと結婚している。が、ウーナは、たぶん、父オニールをとおして、男性の愚劣さ、愛敬、ひたむきさ、可愛さなどを、半ば嫌悪と憎悪をもって理解していたのだろう。彼女は父になかったものを、チャップリンのなかに見出していた。彼女は、チャップリンを愛することが、そのまま、すでに中年に入った男の「若さ」と「可愛らしさ」を愛することになることを、「若さ」と「可愛らしさ」を早くから失った父を、娘として見てきたことから知っていたのである。結婚以来三十六年、チャップリンとウーナは幾人もの子供をもうけ、現在にきている。「私は、すでに五十歳をこした彼女を見ていると、いじらしくてたまらなくなる」と、チャップリンは車椅子に寝たまま告白する。このいじらしさには万感がこもっている。僕は危うく泪をおさえた。

若い女性の魅力については、紙数がいくらあっても語りつきることがない。

アイノクレスピンの魅力もおなじである。

「競馬ニホン」昭和五十年号数不詳

愉しかりし月日

名古屋が終わった。短い一か月だった。せめてもう一週とも思うが、しかし、短いゆえに、名古屋の印象は後々まで残るにちがいない。つぎは断るまでもない炎熱の小倉である。僕は十代の終わりのある時期を、遠賀川流域ですごしたことがある。夏のさかりで、川にそった土地が黄ばんだ砂塵をまきあげ、大気がひたすら焦げついていた記憶が鮮明である。僕は芦屋の飛行隊に配属され、日本が敗戦においこまれてゆく過程を一兵士として、つぶさに体験した。それにしても、あのころ、いったい日本の上層部の人たち、わけても、軍の指導者たちは、日本の将来になにを考えていたのだろうか。僕は小倉というと、稔りのなかった、荒涼とした自分の青春を思いだす。炎熱の季節だけに、その想いは強烈である。——ここを過ぎて、かなしみの市《まち》へ——という中世の詩歌の一節が、よく僕の口をついてでてきたものだった。春や、秋の小倉は、こよなく情緒がただよい、空気もなごんで、街の風情に心おちつくが、夏の小倉はひたすらに無残な印象をかきたててくる。

先週の「放送席」で、僕の麻雀のことが書いてあった。弁解めくようだが、僕にとっては、麻雀は一種の体調維持の娯楽なのである。僕は東京の自宅にいるときは、ほとんど例外なく、午前六時か、七時まで仕事をしている。自分の仕事部屋のことをいうのは気がひけるが、僕の仕事部屋は本と花と絵画に埋められて、ふしぎに、夜がふけると仕事をするのにふさわしい雰囲気ができてくるようになっていて、たとえば、本を読みはじめると、時間がすぎるのを忘れさせてくれる。が、木曜、金曜となると、この徹夜の度合いがもっと濃くなって、一日三時間くらいの睡眠で乗りきらねばならなくなってくる。そして、金曜から土曜にかけてはほとんど一睡もせずに、名古屋の場合だったら東京駅から新幹線に飛びのるという破目になる。先週も朝日放送スタッフの増田さんが、名古屋のホテルに入った僕の顔をみて、「蒼いじゃないですか？　どうかしたのですか？」と云ったが、要するに、寝ていないのである。が、もし、名古屋のホテルに入って、食事をとり、フロに入り、そのまま寝てしまったら、たぶん僕は一週間の疲れをどっと噴きだして、昏々と眠りこけ、翌日の競馬場へ行く時間を完全に寝すごしてしまうと思われる（昔は、よく、そういうことがあって、かえって、体調をこわしたものだった。頭痛と、肩こりと、めまいに襲われて、結局、一日がうやむやのうちにすぎてしまうのである）。と、なると、ここは思いきって麻雀などをして、体と思考力にもうひとつはずみとリズムをつけたほうが精神衛生上有益になる。ただし、勝つもよし、敗けるもよし、という麻雀だから、僕の麻雀はきわめて弱い。体と心情のリズム調整の遊びだときめてかかっているから、勝敗はどうでもよくなっている。が、逆にいえば、それだから面白いので、もし、これが勝たねばならぬ麻雀だったら、一回とは持たないと思われる。競馬が遊びの域をこえてしまったなら、後には破滅しかないのとおなじである。前にもちょっと書いたが、僕は本を読むことも、演劇や、映画を見るのも、せんじつめれば、人生の歓びを発見する作業だと考えているから、麻雀とて例外ではないわけである。

野球も、競馬も、麻雀も、囲碁も、将棋も、ひとことでいえば、人生の遊びである（その意味では、文字どおりのスポーツである）。が、その遊びをきわめようとして、遊びを職業とする人がでてくる。

つまり、プロである。当然のことながら、プロの道の奥は深い。が、僕らは天性いくら頑張ってもプロになれるものではない。しょせん、遊びの枠のなかで、遊びをたのしんでいるにすぎないのである。あたかも、うまい料理をうまいとたのしみ、美しい織物を美しいと、その色感を賞《め》で、その触感をいつくしんでいるにすぎない程度で、遊びをエンジョイして、遊びを精神衛生の素材にとりこんでいる。が、だからこそ、僕は日曜日の競馬に、自分なりに、かなり新鮮な心情で臨められると思っている。遊びが爽やかな緊張感をよびもどしてくれ、活力を復活させてくれると確信している。

僕は今、一週に一日、長時間にわたってクラシック音楽をきかねばならないスケジュールをもっている。おなじように一日の大半を美術関係の本の調査にあけくれている。絵画も、音楽も、もともとは、人生の歓びであり、遊びの対象にほかならない。が、その歓びの追求や、遊びの享受が職業となると、かなりの苦痛を要求してくる。といって、苦痛はどこかに甘美な酔いを用意してくれている。その苦痛と酔いの交錯が、ますます僕を音楽や絵画の世界にひきつけていく。そして、ふたたび麻雀にもどれば、土曜の夜の麻雀は、そうした苦痛と酔いのスケジュールの仕上げの役割をはたしているのである、と、僕は考えている。

奇妙な表現だが、僕は麻雀のたのしみは、どこかで、男と女の性のたのしみとも似ていると考えたりする。性のたのしみというが、これはなにも、性行為そのものを指す意味ではない。

先日五木寛之さんと対談があり、これは五木さんと僕との、かねてからの持論であり、ふたりはその点で、まったく意見が一致するのだが、たとえば、男女の性のよろこびというようなものは、かならずしも、肉体の交合を要求しないのがふつうなのである。

男と女がいる。美味このうえもない食事をとる。酒をくみかわす。演劇や、映画や、絵画や、音楽について語りあう。意見があって、たがいの感受性が交流しあう。ふたりは百年の知己にめぐりあったように、人生への想いをのべたりする。ごくささやかな風俗への感想の披瀝が、やがて、ふたりの生いたちや、日々の暮らしの姿勢への感応となり、それぞれが相手の想像力を刺戟して、ふたりは、たちまち、意見の一致を確認するに至る。と、なると、これは、もう、男女ふたりが、すでに体と精神の最奥の部分で、しっかりと触れあったのにもひとしいことなのである。第一、相手に対してすこしでも嫌悪感があれば、女性ははじめから男性との食事を忌避するだろうし、また、話しかけに対する答えにしても、およそ実感のない、うわべだけのもので、対話にのってこないであろう。逆にいえば、食事をとり、酒をのみ、感性をあらわに表明した（ただし、このようなことは、現実では意外にすくなく、それがありうるということが、ひとつの出会いであり、奇蹟でもあり、運命なのだが）点で、女性は機会さえあれば、いつでも、あなたと寝ていいですよ、と、言外に表明したことになる（ただし、だからといって、手をだす男がいるとすれば、それは最低の男である）。女性は、その言外の表明をひそかに、恋の歓びと名づけ、そうした情況をつくりだす男への安心感と信頼感をつのらせていくのである。僕は男と女の心情と生理が火花をちらすのは、その瞬間をおいて他にはないと思うし、また、それだから、その瞬間をすぎた時点では、かえって、男女ともに恋のよろこびの可能性を抱きえたことに確信をよせるのである。むしろ、そうした確信が、のちの性のまじわりを予約しているのだという思いが、とくに女性に、ある種の充実感を与えてゆく。性は食事であり、音楽であり、絵画であり、そして、それだから麻雀なのである。だから、僕はそれらを愛好するのである。

その意味で、たとえば、ある男性とある女性が、ひとつの食べものに対して共通の好みを持っているとか、幼いときに感じた夜のにおいとか、ゆかたの袖に手をいれたときの感触がおなじであったということは、恋のきわめて重要な要因になるのである。僕はその要因の確認が、暗黙のうちにおこなわれるということをたいせつに思う。ここでは、暗黙のうちに確認があることに注視しなくてはならない。ただし、この確認作業が男性の場合、おもに視覚的なものから発し、女性は感触的なものから発している。僕は麻雀をしながら、いつも、その視覚と感触のたわむれをひそかに比較したり、触発させあっている自分の感覚のスポーツをたのしんでいる。

小倉は食べもののうまい街である。魚、野菜、その他、この街には僕らの味覚をよろこばせるものがたくさんある。僕ら朝日放送のスタッフの人には、それぞれの食べものへの好みがあって、それはそれで、個別に書いてゆくと、それだけでひとつのエッセイができてしまう。が、僕はそうした男性特有の味覚についての好悪は、例外なく、男性の幼児期の視覚的体験にもとづいて生じたものだと考えている。が、この好悪は女性にはまったく理解できないのである。たとえば、ひとりの女性が、鳥のあのぶつぶつした粒の生じた肌がきらいだといっていながら、それが見えない鳥肉のミンチならば平気でたべてしまう。男ならば、鳥はきらいだとなれば、どのような鳥でも忌避するが、女性にはそれが理解できないのである。彼女は視覚としての鳥の肌のつぶが嫌いなのではなく、その粒がのどをとおる感触がきらいなのである。おかしな実例でいえば、男性がみるような性夢は、女性は絶対にみないといってもよいのもおなじである。男性は視覚としての性交を脳裡に描くが、女性は水田にひたされてゆく、自分の素足の感覚を想起する。だから、彼女にとっては、この際、足そのものの感触と、足におかされてゆく水田の感覚とが、同時に彼女の性夢となるわけである。僕はこれからの小倉の街で、おいしい料理に舌つづみをうちながら、そんなことを漠然と考えたりするであろう。それもまた、炎熱の競馬の街のたのしみである。なぜなら、それもまた、人生の歓びにほかならないからである。

土曜の夜の麻雀のたのしみも、おなじようなたのしみにほかならない。絵画も、音楽も、食事も、酒も、女性との対話も、僕にとってはこれすべて、おなじ精神衛生のリズムを昂める役割をはたしている。

「競馬ニホン」号数不詳

『帰郷』をめぐる対話

一年ぶりの小倉は、新鮮であった。

さくの金網にもたれるようにして、ゲートを出てゆく馬を目の前で見れるのがよかった。ふしぎな近接感があって、馬を走らす騎手たちの力強いかけ声が昂奮をかきたてた。あの声を久しぶりに聞いたと思った。ゲートを出るときの騎手を見ていると、この職業はたいへんだな、と、僕は思わずにはいられない。背すじを冷たいものが走りぬけていくのである。スポーツ特有の恐怖心が実感で伝わってくるのが、こんな時である。

小倉のスタンド前の広場のいちばん右のはずれ、つまり、第四コーナーから直線に入ってくるあたりでも幾つかのレースを見た。眼の前をよい足色でかけぬけていく馬がいる。瞬間、強烈な追いこみがとどくな、と見ていると、ゴールではないが写真のすえ、微差で三着だったりする。僕はしいていえば、第四コーナー派の観客かもしれない。これはちょうど、野球場のライト後方の外野席で野球をたのしむようなたのしさを味あわせてくれる。その意味で、僕は小倉や、函館や、新潟の競馬が大すきである。なにか、弦歌さんざめく、といった気分すらよみがえってくる。

昨年も小倉の競馬が終わると、親しい友とつれだって、僕はよく門司近くの店へ、魚をたべにいった。そのひとつに、小倉万年亀別館があった。かなり奥深い山をあがった木立ちのなかに旅館があって、そこでは五メートル四方くらいの水槽に魚を放泳させていた。料理人にむかって、あれがほしいと魚を指さすと、大きな網で所望の魚をすくいあげ、瞬く間に鮮やかな庖丁さばきをみせてくれた。今年のはじめ、例の中原名人対森八段の名人戦第二局は、この小倉万年亀別館でおこなわれたのだが、僕は毎朝、その観戦記事を読むごとに、小倉の魚の味を思いだしたりした。魚は新鮮すぎて、口の中にいれても、肉が動いているのが、はっきり舌に感じられた。もぎたての、酸味をのこしたざくろの味に似た、魚の味であった。

また、第一日目に宿泊した博多の全日空ホテルの朝もよかった。僕は博多では、京都の都ホテルのチェーンのひとつである博多都ホテルをよく使ってきたが、今年は仕事のつごうで全日空ホテルへとまった。その朝の食堂から外をみていると、乾いて、澄んだ空を背景に、前方のいくつもの白い建物の輪郭が、くっきりと浮かびあがり、色感の明快な抽象絵画を見ているような錯覚に陥った。モンドリアンとか、クレーの絵のある構成が記憶のなかによみがえってきて、その色彩のバランスの緊密さが、ふと、自分は今、カンヌとか、ニースのホテルに宿泊しているのではないかと思わせてくれたりした。そんなことを連想させる空のつきぬけた蒼さが、目に心地よかった。僕はここで、全日空のスカーフと、ごく上質の和紙をもらった。和紙は上質すぎて、ちょっと使いみちの判断がつきかねるたぐいのものであった。手紙を書くためのものなのか、それとも、包装に使うのか、あるいは日常のなにかで使うものなのか、使用方法がわからぬままに、それは今、僕の机の下の小箱に入れてしまってある。

東京に帰ると、いくつかのスケジュールを消化していかねばならなかった。第一は秋の銀座でひらかれる東京電力の婦人教養講座の打ちあわせだった。これは石垣綾子さん、秋山ちえ子さん、詩人の高田敏江さんと、僕との四人で、一週交替で婦人相手に講演というか、パネル・ディスカッションというか、そのふたつをミックスしたようなものをおこなってほしいという依頼だった。僕は最近、銀座百店会の雑誌「銀座百店」に「女の歳月」というエッセイを書いたのだが、先方は、それを読んで、僕に話をもってきたとのことだった。

そのほか、瀬戸内晴美さんとの対談が帝国ホテルであり、また、中国から帰ってきて、今、アメリカの婦人問題の評論の翻訳にとりくんでいる有吉佐和子さんとの対談を考えてほしいといわれたりした。

十九日におこなわれた雑誌「MORE」のための道下匡子さんとの対談は、血湧き肉躍るという対談だった。道下さんはアメリカの大学に留学した女性で、最近では、来日したカトリーヌ・ドヌーブとまことに内容ゆたかな対談をしている。これはドヌーブの、女として、妻として、母としてのそれぞれの感性のゆたかさや、知性の鋭さや、なによりも、女ひとりで生きていますという覚悟のよさのようなものが、随所に光を放っている対談だが、そんなドヌーブのよさを、巧みに引きだしてみせた道下さんも、やはり、斬れる女性だと僕は思った。エリカ・ジョングの解説で評判になった青山学院大学の渥美育さんとおなじように、道下さんのような女性がジャーナリズムに登場してきたのが、最近の女性雑誌の特徴である。その道下さんとの対談は、ジェーン・フォンダ主演の『帰郷』を題材にとりあげた。『帰郷』はヴェトナム戦線へ夫を送りだしたフォンダが、ヴェトナムで戦傷を背負い、下半身が不随になってしまった男と姦通してゆくことを物語の中心に取りあげている。というより、六〇年代にはごく平凡であった女性が、七〇年代にはどのように変わっていったか、その覚醒の契機となったのはヴェトナム戦争にほかならないといったことが作品の主題で、それが、ごく自然なりゆきで映画を観るものに伝わってくる。そして、この映画で圧倒されるのは、その姦通場面のフォンダのラブ・シーンの演技のみごとさなのである。僕はこれまでに観たあらゆる映画のなかで、『ライアンの娘』と、この『帰郷』のラブ・シーンを最高のものと考えている（『ライアンの娘』については、この頁でも前に書いた）。『ライアンの娘』は女性のオルガスムスの際の体内を走りぬける感覚を視覚的に表現するのに成功した唯ひとつの実例だが、こんどの『帰郷』では、フォンダがそれを表情とか、手のうごきとか、例の声などで完璧に表現してみせてくれる。まちがいなく多くの女性は、このシーンでは、かたずをのみ、全身をけいれんさせ、ふしぎな収縮運動をおこさずにはいられない。ふっと息をぬいてから、あの光とも、血の流れともつかぬ、しかし、まぎれもなく生命のほとばしりと認知されるものに全身をとらえられていく女をフォンダが演じてみせる。僕がこの映画を見た試写室でも、女性観客の吐く、ため息の音がすごかった。はーっという声がいたるところからあがっていた。試写室内が一挙に熱くなってくるのである（日本の多くの女優は、こういう演技がまったくできない。妙に顔をしかめたり、大仰に喘いでみせたり、ベッドの上で体を反転させているが、馬鹿もいい加減にしろ！　と云いたくなる。と、いうのは、あれは映画を作る男たちが、実生活で女性をほんとうに満足させていない証拠だし、また、ポルノ映画を観にくる観客も、そのようなことについて無知だから、日本映画のあの程度の表現でも納得してしまうのである）。フォンダは静かに演ずる。すこしも誇張しない。ごく自然に女性の愉びを表現する。画面は彼女の胸から上しか写していないのだが、それだけに効果満点である。彼女はクンニリングスがあり（これは想像でわかる）、オルガスムスがあり、呼吸がつまり、血の流れがとだえんばかりになったあとに、ふいに全身が収縮して、闇と光や、影と輪郭とかが交錯する自分を意識する女自身を表わしてみせる。むろん、フォンダの素晴らしさは、このシーンだけでなく、映画の開港からラストまで、彼女の才能はいとまなく開顕している。だから、このシーンのすばらしさが、ひときわ光彩を放つのである。

道下さんとの対談は、はじめに男性と女性との、感受性の相異とか、女性が愛する男性像とか、女性が求めるやさしさなどからはじまっていった。やさしさというのは、欧米人の感覚でいうと、センシブル、もしくは、センス、あるいはサンサシオンという言葉が表現する感受性をさすのである。つまり、感覚の上でどれだけ男性と女性が調和し、呼応し、交換しあえるかということであって、日本人が考えるような「優雅な」とか、「柔和な」とか、「温厚な」とかいう意味はない。日本人は女性にむかって親切に、ていねいに、甘く、やさしくするのが「やさしさ」なのだと誤解しているが、むしろ、女性の感じていることや、言っていることを、どこまで、それに応じて、おなじように感じ、語りあえるかということが、欧米人の要求する「やさしさ」の基本になっているわけである。そういうことから対談はすすめられ、三時間、四時間とたつうちに（僕らの対談は九段のフランス料理店でおこなわれた）、道下さんがだんだんのってきて、ハイト・リポートの話（僕はこのリポートはつまらなかった。二、三ページ読むだけで、うんざりしてしまった）になり、さらに、女性のクリトリスの感度の話になり、フェラチオの話になったり（断っておくが、僕はこういう話を女性としないことにしているのだが、興が

『帰郷』のジェーン・フォンダ(右)

のってきたのか、道下さんは熱をこめて語りだし、「ＭＯＲＥ」の女性編集者たちもそれに加わって、緊張と均衡がたえず交錯する雰囲気が立ちこめてきた。雑誌が発売されたとき、このあたりの対談がどう編集されているかが見ものである）。

先の小倉での土曜日の夜、食事が終わり、黒田さん、島田さん、兼田さん、それに丘朋子さんと僕とで、喫茶店にお茶をのみにはいり、たまたま談がこれにちょっと似たような問題におよんだとき、「女は雰囲気にこのまま溺れたくはないと、ブレーキを自然にかけるようになっています」と丘さんが云ったことがあるが、これはいかにも女性心理の核心を披瀝したもので、僕は「ああ、丘さんも、そんなことが云えるような大人になったのか」と、あらためて、彼女の成長ぶりに感心したものである。僕は道下さんとの対談でも、彼女が話に熱中しながら、意識して自分を醒めさせようとして、あえてハイト・リポートとか、フェラチオを論じているのだなと思ったものである。その心象風景が僕を搏った。

夏の小倉は風物が僕を愉しませて、つきるところがない。僕は小倉が大好きである。小倉もまた、僕にはひとつの「帰郷」である。

「競馬ニホン」昭和五十三年号数不詳

第四章

愛の輪廻について

桜からさつきへ

「桜花賞」が終わってから、僕は富山へ行った。と、いうより「桜花賞」の前週から、新潟など日本海沿いの都市で、四月の新入社員にむけての講演をして歩いた。最後が富山だった。東京を出てから一週間の旅で、その合い間に大阪で「桜花賞」がおこなわれたわけである。

信越も北陸も雪であった。四月なのに空は暗く、雪がひえびえと光っていた。僕はふと、つい十日ほど前におこなわれた甲子園の高校野球で浜松と福井が決勝戦へ勝ち進んだのに、その福井は雪国なのだということなどをあらためて肌に感じたりした。昔とちがって、寒冷地の高校野球もレベルがあがり、雪はそれほどハンデにならなくなったといわれているが、現実に、福井の雪を見ていると、北国の気象条件のきびしさを無視するわけにはゆけなくなっていた。あの雪のなかで、野球の練習をしていたのか、と、僕は感嘆しないではいられなかった。山肌は雪を被っているだけに、かえって、鋭く、くぼみこんだ部分の影を濃くしていた。富山は昼なのに、森閑として、街にはタクシーが走っていないのが印象に残った。タクシーを流しても乗る人がいないので、商売にならないとのことだった。道幅がひろく、建物も色彩が淡く、街の背後には北アルプスの遠望があるので、ここでも、寒さがひとしおのものだった。

美しかったのは、電車の窓から見た水善あたりの海岸の風景だった。ゆるいカーブを描いた海岸線には、松林や農家が点散し、海にははっきり雨を含んだと思われる黒い雲が幾つも龍巻のように裾を曳いて漂っていた。車窓には時おり、激しい雨が走り、その流れ落ちてゆく水滴によって風景が歪んだり、伸びたりした。と、海も松林も雲も、蜃気楼のように輪郭をくずし、それぞれの色感を濡らした。僕はかねてから、いつか五月のはじめ魚津に行き、蜃気楼を見たいと思っていたので、魚津からほど遠からぬ水善の蜃気楼を連想させる風景に飽きもせず視線を送っていた。蜃気楼で空中に描かれる街は、たぶん、水に濡れたような色彩をたたえた街なのではないだろうか、と、僕は想像した。空中に浮いた幻影なのに、湿りのゆきわたった街のたたずまいは、幻影であるために、いっそう街の細部が明確にされてゆくようであった。

うすずみのゆめの中なる　さくら花　あるいはうつつよりも匂ふを

と、いう斎藤史さんの歌が思いだされた。この歌は夢の中の桜という、いささか、絵に描いたような材料を使っているために、後半で故意と、強引に、字数をすくなく、歌のリズムをくずし、それによって歌にリアリティを与えるという、屈折した作業をしているところに特色があるのだが、その作業がみごとな成果をあげて、桜のにおいを僕らに伝えてくる。

見たこともない蜃気楼が、現実の風景のなかに、予測されることに、僕はひそかな心地よさを与えられ、はからずも、斎藤史さんの歌が口もとによみがえってきたりした。

斎藤さんは昭和十二、三年ごろから十五年ごろまで、日本人の歌心に革命的なモダニズムを鼓吹した女流歌人である。斎藤さんの短歌を列記してゆくと、それだけで、このらんが埋ってしまうが、いずれにしても、彼女が当時の歌壇に与えた衝撃は大きかった。

指先きにセントエルモの　灯をともし　霧ふかき日を人に交わり

岡に来て両腕に白い帆を張れば　風はさかんな海賊のうた

女性の鋭敏な感性が言語を使って、彼女自身の内に去来するイメージを風景化してゆく。そのプロセスに女性ならではの物象についての感じかたや、受け取りかたが表現され、しだいに、歌人その人の存在感を伝えてくる。

周知のように斎藤さんは、例の二・二六事件の影の首謀者斎藤瀏氏の息女である。父君が獄につながれた後、彼女の生活も隠者のそれにちかいものになっていった。前述の歌は、昭和十五年に出版されているのだが、彼女自身のはなやかな感受性の錬磨期は昭和十一年の事件以前、彼女の二十歳直後のころに集中的におこなわれていた。が、事件以後の彼女は、むしろ、けんらんとしたモダニズムの衣裳をぬぎすてて、沈思と静寂の生活にはいってゆくのである。三島由紀夫の遺作となった『豊饒の海』の第二部『奔馬』には、彼女とおぼしき女性が活写されているが、感覚的に、感性的に、女性のもっとも女性的な部分を謳歌する姿勢が、なにかのきっかけで、突如として、右翼的な心情に直結してゆくのが、僕にとっては興味ぶかく思われる。モダニズム賛歌が、感覚の部分で、右翼の体質に融合してゆくのである。

例のエリカ・ジョングの『飛ぶのが怖い』のなかにも、シルヴィア・プラスの言葉として、「あらゆる女性はナチズムが好きだ」というフレーズが出てくる。もっとも、この場合、女性がナチズムを賛美して、暴力に抑圧されるのを愛好すると解釈するのは誤りであって、むしろ、女性はサディスチックに、積極的に、心情や、感性の面で、現実の規範をのりこえることに激しい願望を抱いていると受けとるべきなのである。斎藤史さんの場合でも、青春謳歌の歌は、やがて、現実憎悪の歌とかわって、かえって、内省的な深みを獲得していった。

阪神競馬場は「桜花賞」当日は、まだ桜の花をひらいていず、レース後幾日かして、みごとな花弁を満開したが、僕が旅をした信越も、北陸も、花はなかった。琵琶湖にそって西下してくるとき、山科でやっと薄くれないの桜を見た程度だった。山科の桜はくれないだったが、山崎あたりにくると、花は白く、ゆたかだった。桜の周囲の樹木の緑を鮮明にするほどに、花は華やかさを誇っていた。

僕は、大阪にむかってゆく電車が、しだいに都市のにおいを発揮しはじめてきた街々のなかを走りぬけてゆくと、それに呼応するかのように、桜が白くなってゆくのに気づいた。

桜はもともとバラ科の植物である。一見すると、バラとは関係ないようだが、植物学ではまぎれもなくバラの一種とみなされていて、しかも、東アジアにしかない花である。桜というと、ふつう英語ではチェリーと訳し、また、その実のさくらんぼを桜桃と訳しているが、桜とチェリーは別のものであることも今日の常識である。ひとことでいえば、日本の桜は欧米にはないのだから、桜をチェリーと訳することがまちがいである。

また、これも牧野富太郎博士の指摘で、今日ではあきらかになってきたのだが、例の、敷島の大和心を「人間はば朝日ににほう山桜かな」の歌でしられた山桜は、実は、日本の中央から西南方にだけ咲いている桜である。一方、日本の中央から東北、北海道に咲いているのが大山桜である。

大山桜と山桜をくらべると、大山桜のほうが花が大きく、色も深く、濃くなっている。枝は暗紫色を帯び、葉の鋸歯は、その先が細長に毛のようになっていない。ところが、ふつうの山桜はごく薄い桃色で、白色に近いものである。上述の山崎付近で僕が車窓から見たのは、山桜なのかもしれない。

また、よく知られている吉野桜は、実は大和の吉野とはまったく無関係である。東京などで多くみられる桜はすべて吉野桜だが、これも正確にいえば、染井吉野である。徳川時代の末期に、駒込と巣鴨の中間にある染井というところの植木屋が培養に成功してから、染井吉野は東京一帯を中心にひろがっていった。雅びやかさでは山桜に劣るが、濃艶な花の色をしていて、花の数も多く、派手で、はなやかな印象を人に与えるので、染井吉野は愛好されていった。染井吉野は枝が横に、横にのびるという特徴があるのに反して、山桜は枝が斜め上方にのびてゆく特徴がある。また染井吉野の花にはがくにも、花梗にも一面にこまかい毛がはえているが、山桜の花にはがくも、花梗もないのが特徴である。

さらにのべると、関東で賞玩されている江戸彼岸桜は、原産地は関西地方であり、四国や九州の山の中に天然にはえているのだが、関西地方では一顧だにされていないのがおもしろい。

さくらんぼに話をもどすと、チェリー・ブロッサムから桜桃と訳すと、これはまちがいで、桜桃はほんらい中国（支那）にある植物で、桜や、ゆすらうめ（さくらんぼは、むかし、ゆすらうめと云われた）とは本質的に種を別にするものである。

さて、明日は「さつき賞」である。

僕は若い頃、この言葉は「さつき晴れ」に関連する言葉だとばかり思っていた。が、これは「桜花賞」に対して、「さつき賞」なのである。ところが、このさつきは、万葉時代から江戸時代まではつつじと云われていたが、江戸時代、染井の盆栽家伊藤某が、つつじの新種を培養するのに成功し、それをはじめて「さつき」と名づけたとある。以来、春に咲くのをつつじと呼び、初夏から咲くのを「さつき」と呼んだそうである。『長生花林抄』にそう書いてある。

ところで、「さつき賞」で関西馬は勝ってくれるだろうか。

「競馬ニホン」号数不詳

スタビスキーという馬名

「宝塚記念」はトウショウボーイが勝った。と、いうより、武邦彦騎手が圧勝した。競馬とはこういうものだ、ということを、自ら手綱をとって馬を御し、絵に描くよりもさらに完璧な絵画的効果をあげる鮮かさで、武邦彦騎手は僕たちを驚嘆させた。同レースの上り時計45・8秒――34・5秒の神秘的な数字は、あらためて、競馬の奥の深さを僕たちに啓示してくれた。トウショウボーイは七分の出来だったという。が、その七分の力を一割にも、一割三分にも昇華させたのが武邦彦騎手の偉大さだった。――ダービーに出走する資格もない馬をかわしてゆくのに骨を折った――という彼のハードバージ騎乗後のダービーについての談話の意味が、トウショウボーイの勝利とともに、一瞬僕の脳裡をかすめた。騎手には騎手としての誇りもあれば自負心もある。その心に秘めた騎手の想いが、幾重にも屈折して、僕の耳元に聞こえてくるようだった。「宝塚記念」の昂奮がしばらくの間、場内を支配し、僕ら観客たちは吐息とも、嘆息ともつかぬ呼吸をくりかえした。初夏の陽光だけが眩かった。

「宝塚記念」のつぎは、サラ系五歳九〇〇万円クラス十二頭による、ダート一、七〇〇メートルの第十レースだった。武邦彦騎手はこのレースでは、一番わくのスタビスキーに騎乗した。

「スタビスキーか」と、僕は呟いた。

「一わくというのも、因縁だな」と、僕は軽く舌打ちした。「ヴォルテールの因縁がまだつづいている」僕は自分の舌打ちを、そんな言葉で、僕自身に納得させた。それから、先のダービーでヴォルテールが惨敗した以上、それに関連のあるおなじ一わくのスタビスキーは、たとえ、武邦彦騎手をもってしても、ダービーと同開催中のこのレースでは勝てないな、と思った。僕は同レースをオーゴンベンチア、モトフウキ、カワチカホ、スタビスキー四頭の勝負と判断し、そのうち、どの二頭を捨てるかを考えていたところだった。まっさきに、スタビスキーを捨てた。ヴォルテールに関連があるのだから、と、僕はくりかえした。スタビスキーは単勝二番人気だったが、僕は捨てるのにためらわなかった。

話は一九一六年二月にさかのぼる。

場所はスイスのチューリッヒ。ここに、キャバレー・ヴォルテールという、サロン風の店があったが、この店の名はやがて今世紀の芸術史と政治史に不朽の光栄を刻むことになる。すなわち、二十世紀芸術に革命的な嵐を吹きあらさせるダダイズム・シューールリアリズムなどの諸運動は、実は、このキャバレー・ヴォルテールを拠点として誕生するからである（正確にいえば、ダダの運動を発展させて、一九二四年シューールリアリズム運動がおこるのだが、その原点はまぎれもなくキャバレー・ヴォルテールにあった）。ダダ運動の推進者はトリスタン・ツァラであった。ダダはその運動に先立つ未来派や、ピカソやブラックの立体派の運動を綜合し、止揚し、芸術のみならず政治、経済、社会など、すべての分野に革命をもたらそうとする意図を公にあきらかにし、民衆の関心をうばった。シューールリアリズムは、今日では小学生児童でも驚かぬ一種の装飾芸術になり、ひろく一般社会に普及してしまったが、当時の人々には、その出現が大きな驚愕をもたらしたことは否定すべくもない。第一次大戦のさなかで、大衆はダダの宣言や、運動に、厭戦気分を煽られ、新しい社会階層の出現を幻覚したりした。

おなじころ、このキャバレー・ヴォルテールのある同じ建物の中の、わずか数メートルの反対側に位置した小さな靴屋の一室に、身だしなみのよいひとりのロシヤ人が世を忍んで、ひっそりと生きていた。すなわちウラジミル・イリッチ・レーニンである。彼はダダの芸術運動を目撃しながら、ダダよりも、もっと直接的な社会の革命を考えていた。注意深い隣人ならば、そのころ、レーニンをアパートに足繁く訪れてくるもうひとりのロシヤ人がいたのに気づいたはずである。が、ダダの運動は革命的であり、アナーキーであったため、常にチューリッヒ警察のきびしい監視下にあったのに、レーニンと、レーニン家の訪門者は温厚な態度と、身だしなみのよさで警察の注意をひくことがまったくなかった。この訪門者がレオン・トロッキーであった。そしてトロッキーが、亡命中の身でありながら、レーニンを訪れることができるように経済的な援助をしたのがスタビスキーである。

スタビスキーという馬名は、おそらく、僕の想像では、フランス映画『薔薇のスタビスキー』から由来しているものと思われる。この映画はアラン・レネが監督し、ジャン=ポール・ベルモンドが主演した。僕は同作品を映画史上で五指に屈せられる、恋愛映画の傑作だと、今でも確信している。共演した女優アニー・デュプレの美貌も忘れがたい。

スタビスキーについては、戦前、久生十蘭氏が作品のなかにわずか一、二行をさいて、登場させているが、スタビスキーが何国人で、いつ、どこで生れたかは定かではない。第一、スタビスキーが本名であったのか、そしてその名前もいくつかあるなかで、どれが正しい呼び名だったかも、今もって不明だというまことに奇怪な人物である。一般にはアレキサンドル・スタビスキーで通っていたが、はたして本名だったろうか？　彼はオランダ生れのユダヤ人であると呼ばれ、パリに流れついて、不正な金貸し業から身をおこし、危機に瀕していたフランスの経済を救うためにバイヨンヌ市立銀行に贋の抵当をいれて、多額の公債を発行することを、時の政府と秘密協定し、やがて、ほとんど陰謀ともいえる術策によって、株式取引場の混乱を画策し成功をおさめる。彼は株屋でもあり、贋札つくりであり、政商であり、経済界の黒幕であり、身許不明の銀行家であり、国際的山師としても名をたかめるが、一方でパリに劇場をつくり、市民の芸術運動に資金援助をおこなうかたわら、前述のように、亡命者トロッキーをかくまったり、後の人民戦線の運動を側面から支持したりするが、そして最後はスイスのシャモニーで右翼に暗殺されて、短い生涯を終わってしまう。まことに波瀾万丈の生涯を送るのだが、はたして、彼がなに者であったかは、だれも、その正しい来歴を知るよしもない。彼が暗殺されてまもなく、ヨーロッパではナチス・ドイツが勃興し、スペインではフランコ政権、そしてイタリアではムッソリーニが出現して、第二次大戦の序幕が切っておとされるのである。

そんな彼がただひとつ、情熱をこめて全力をつくしたのが恋愛であった。『薔薇のスタビスキー』という題名は、日本の映画会社が勝手につくりあげたものだが、作中には主人公のスタビスキーが、愛人の部屋を薔薇の花で飾るシーンがある。真白の薔薇が部屋一面におかれる豪華さは、思わず感嘆の声をあげたくなるほど迫力があった。彼のような正体不明の人物が、こと女性の前に出ると、まことに純心そのものの人物となり、誠心誠意をつくして、ありたけの思慕の情を、女性に集中していった。政界、財界の泥芥のなかで腐敗した生活をしながら、彼は女性の前では、そんな気配をひとつも感じさせないで、ただひたすら、暁闇に一條の光がさしこむときの爽かさを全身からふりまき、虚心にかえる純情のかぎりを披瀝し、彼は清明そのものの心境で女性に接していった。その経過の軽快で、きびきびして、リズミカルで、明朗なことはかぎりなく、しかも、抱擁力にとんだ感性の噴出は、男性の僕ですらうめき声を発するほどの凛々しさぶりであるから、女性ならば、彼の言動に失神せんばかりの恍惚感をかきたてられずにはいられなかった。といって、それが日本人男性のそれのようにいじましく、独善的で、押しつけがましくなく、厚顔無恥の自己中心的なものでないため、彼の挙動や感性には、つねに透明な光沢がゆきわたった水晶を凝視するかのような抒情性が、彼を見る者の心にしみこんできた。彼は持ちまえの女性崇拝の念から、ひとりの貧しい女優志願の女性を劇場のテストで採用し、惜し身ない愛を彼女にそそぐが、彼女はやがてトロッキーの秘書となって、彼のもとを去ってゆく。そのふたりが、幾年か後のある秋の一日、チューリッヒの街角で出会うシーンが美しい。紅葉のさかりで、街路は紅蓮の焰につつまれたような光線に彩られているなかで、ふたりはかなりの距離をへだてて視線をかわす。男はすでに国際的山師として官憲に追われる身に失墜し、女は不運な革命家に献身する秘書に成長している。昔とは境遇のかわったふたりは、言葉もなく立ちつくすが、歩みよることもなく、そのまま、別れてゆく。女に生き、女に死んでゆく一世の風雲児の劇的な生涯を飾るにふさわしい別れを知るものは、チューリッヒの晩秋の街路樹のみというわけである。

アレキサンダー・スタビスキーは当然、キャバレー・ヴォルテールのダダの運動を知り、レーニンを知っていた。彼は彼の独自の社会革命を夢想し、階層社会の崩壊を確信し、贋国債を発行し、その財力で、ひたむきに女を愛した。はたして、スタビスキーにはキャバレー・ヴォルテールという名がどのように受けとめられていたのだろうか。僕はかえし馬をおえてゲートに入ってゆくスタビスキーを遠くに見ながら、そんなことを思ったりした。

それにしてもスタビスキーという馬名は粋で、シックで、シニカルである。僕はこんな馬名も大すきである。

「競馬ニホン」昭和五十三年号数不詳

ドラマの生態

この欄でとりあげた『葉蔭の露』が、今年の芸術大賞を受賞した。朝日放送としては十八年ぶりだとのことである。慶賀にたえない。僕は『葉蔭の露』について、東京の新聞にも絶賛の辞をのべておいた。そして、日本のテレビ・ドラマの内容が、いつもこの作品の水準を保っていたならば、日本人の美意識や、男と女の交流は、もっと、質を向上させていくだろう、と、いうことを書いた。あの作品には、亡くなった男を未だに恋し、その男の想い出に生き、しかも、現実ではその男よりはるかに貧しく、賤しい男に身をまかせて夫婦になっている女の恋愛感情が活写されていた。女は過去の男、かつての男の想い出を金にかえてしまう。「自分は、今日まで一度だって、坂本竜馬の妻だということを口にしなかった。が、今日は、海軍省に行って、自分は竜馬の妻だった女だといって、金をもらってきた。私は下品な、卑しい女だ。あんたのように、賤しい夫にふさわしい妻だ」と、いって、女は夫を抱きしめる。この昂奮が、女の現実を描き、女の心理を的確に射ぬいて、僕らをドラマの生活にひきいれていく。

この作品は、放映のとき、はじめからヴィデオにとっておいたが、僕としては、久しぶりに、愉しむことのできたテレビ・ドラマだった。むろん、セットのまずしさ、照明のピンボケ、その他、現実

(現在の横須賀市のはずれに、竜馬の妻の墓があり、そこがうつしだされる。上述の賤しい夫は、妻に死なれた後、八年かかって、妻の墓をたてるのだが、墓には自分の名はもとより、自分の姓を名乗っていたころの妻の名も書かず、あえて、坂本竜馬の妻の墓とだけ書いてある。妻の記憶には竜馬だけがある、と、いうのが凄い)への溶けこみかたの難点(ワン・テンポ早すぎた不必要なパンが、かえって過去と現実とのつながりを、わざとらしく強調してしまうのである)などの欠点があるが、現在のテレビ・ドラマとしては、異色の傑作であった。なによりも、女が描けているのである。僕はそれだけで、拍手を送った。

同じく、『誘拐』——正確には『戦後最大の誘拐——吉展ちゃん事件』——(これは東京のテレビ朝日作品)も受賞した。僕の友人の恩知日出夫さんが作った作品である。恩知さんは、シナリオに半年かけ、実際の撮影は、主演の泉谷しげるが、例の『その後の仁義なき戦い』の撮影をおえて、身体があくのを待ってから、始めていったと語ってくれた。『誘拐』は、吉展ちゃん事件を犯人の側から撮った作品である。

犯人は福島県の母畑温泉から、約十キロほど山奥の小さな部落に生まれた。この母畑というのは、例の円谷幸吉選手が自殺する二か月ほど前、体を治療するために泊っていた淋しい温泉である。僕は円谷幸吉選手の兄にあたる円谷敏男氏につれられて訪れたことがある。まわりに、ほとんど人家のない温泉で、温泉は木造旅館の地底にあたるようなところに、くりぬかれていた。温泉に浸って、耳をすますと、自衛隊の射撃演習の音がきこえてきた。

犯人の生まれた部落は、三年ほど前に、やっと電気がついたという辺鄙さだった。最近まで、夜になっても、ふとんを使わず、ワラの中に身体をいれて、寝ていたそうである。信じられないようなことだが、母畑の温泉に行ってみると、そこから十キロも山奥なら、そんなこともありうることだろうとうなずかれる。犯人はそういう環境に生まれ、育った。犯人の姉は、少女のころ、家の井戸に投身して自殺していた。また、犯人は生まれたときから足が不自由だった。むろん学校へは行けなかった。行っても、満足に教育を受けられる境遇ではなく、犯人は若いころから東京へ出て働かねばならなかった。足がわるいので、時計商のもとへ身をおいて、時計修繕の仕事を身につけた。犯人が吉展ちゃんを殺したのも、はじめから誘拐して、金を手にいれようというつもりからではなかった。上述の故郷の習慣にもとずいて、ワラの中で家族の者が体を抱きあって寝るくらいの軽い気持から、家に帰れぬ少年を、膝の上で抱いているうちに、夜がふけて、始末に困って、殺してしまう。犯人側には、これという殺意もなく、怨恨もなかった。このため、捜査は逆に難航してしまうのである。てっきり、金銭めあての誘拐だというので、その線から、捜査をするのだが、犯人に該当する男が、どうしても浮かんでこない。

一方、犯人は事件当時、年上の女と同棲している。テレビでは、この役は、市原悦子さんがやっている。女は一度結婚しているが、夫と事情があって別れ、呑み屋につとめていた。この女は、読み、書きができない。それで、おおよその生まれや、育ちの環境が想像されるのだが、犯人と女の間には、似たような環境に育った男女どうしの親近感があって、生活はうまくいっていた。女は犯人の籍に入れてもらえるというのを、最上の生きる希望にしていた。

犯人は時計屋につとめていたから、時計の売買のルートを知っている。たまたま、手にいれた時計の故買で、彼は警察の容疑にひっかかり、誘拐事件当日のアリバイが怪しいというので、刑務所送りになってしまう。

僕は恩知さんに聞いたのだが、この作品の主演をする泉谷しげるも、実は、足が悪いのだそうである。恩知さんはシナリオを書いているとき、犯人が故郷を訪ね、家族のものに冷たくあしらわれ、裏山の中腹を、怒りにまかせて、足ばやに通りすぎ、山道を飛びおりるくだりで、足の悪いものが、そんなことができるはずがないと、その部分を書きなおしにかかった。すくなくとも、そういうシーンを取り消してしまおうと思った。と、泉谷しげるが、いや、できます、といって、実際に崖を飛んでみせたそうである。もし、あの作品で、主役が泉谷しげるではなく、ほかの人（足の悪くない人）だったら、かえってシナリオは嘘になった。「だから、事実というものは、よくしらべてみないとわからないものです。いい勉強でした」と、恩知さんは語ってくれた。

実際、『誘拐』を見られたかたは、作品の中での、泉谷しげるの歩きかたにはびっくりされたにちがいない。僕も、なんて、うまい歩きかたをするのだろう、と、当時、感心したが、失礼ないいかたで申しわけないが、泉谷しげるにとっては、それは、彼の日常の歩きをしてみせればよかったのである。

泉谷しげるは『その後の仁義なき戦い』で根津甚八、宇崎竜童、松崎しげるらとならんで、すばらしい演技をしてみせる。誇張でなしに、僕は映画を見ながら、松方弘樹をはじめ、その他、従来の東映のこの種の映画の出演者たちの演技が、古くさく映って、いわゆる「くさくて」たまらなかった。それにくらべると、泉谷しげるたちは、たしかに、新しく、現実の若者たちであり、生き生きとして、溌剌としていた。——この映画のことも、この欄でとりあげた——その泉谷しげるは『誘拐』のなかで、たしかに、新しい犯人、現代の犯人のリアリティをだしていた。なんでもない仕草や、体つきが、戦後の生活をにじみだしていた。「うまいな」と、僕は思った。

もっとも、これも、恩知さんに聞くと、「はじめはやる気満々というのか、意欲的すぎて、ともすると、オーバーになりがちなので、押えるのに困った。相手の市原悦子さんも顔をしかめる臭さだったので、一時、冷却期間をおいてね。泉谷の気のしずまるのを待ったくらいだった。市原さんには、我慢してください。すみませんが、勘弁してやってほしいと、頼む始末だった」そうである。が、いずれにしても、泉谷しげるの犯人は、妙なうらわびしさと、あっけらかんさと、生いたちの暗さと、のんびりとした生活のあわれさなどを、色濃く、にじませていた。

演技といえば、最近、ちょっと、気持よくなっていることがあるので、書かせてもらう。

先般、松竹から依頼があって、僕は坂東玉三郎について、ごくみじかいエッセーを書いた。彼の『椿姫』上演のパンフレットに使うためである。僕はその中で、玉三郎の男としての魅力をいくつか書きならべた。僕は彼のなかに、男の特質、男の長所、男の意志、男の知性、男の思考、感性、想像力などのすばらしい総合をつねに感じるので、そのことを指摘した。事実、世の女性観客が玉三郎を賛美するのは、彼のなかに、はっきりと、男が存在し、それが女性たちを魅惑するからなのである。出来上ったパンフレットが送られてきて、それを読んでいるうちに、僕は思わず、膝をうって、喜んでしまった。と、いうのはアメリカの有能な演劇プロデューサーが、玉三郎の女形を見て、彼を『ハムレット』のハムレットに使いたいと申しでてきたそうなのである。オフェリアではなく、ハムレットである。むろん玉三郎としては、オフェリアで女の色、情念、色気ちがいを出してほしいといわれることを、女形として望んだのにはちがいないが、アメリカのプロデューサーは、彼に「男」を感じた。彼の中に男のエッセンスを汲みとったわけである。このことを、おなじパンフレットの中に書いているのは、淀川長治さんである。淀川さんは、アメリカのプロデューサーの目ききぶりを指摘していた。むろん、そのことは、淀川さんの目でもある。僕は淀川さんの文章を読みおえて、やっぱり、見る人は見ているのだ、という思いで、その日は、なにか一日中、たのしくてならなかった。わかる人はわかるのである。女が男に何を憧憬し、期待し、嘱望しているか、という問題である。

この二十六日に、玉三郎の『椿姫』を見てほしいと松竹からいってきたが、生憎、僕はその日『丸山蘭水楼の遊女たち』に主演している太地喜和子さんと、夕食をしながら対談する先約がある。残念ながら太地さんの約束を優先した。『蘭水楼』は井上光晴氏が「朝日ジャーナル」に書いた小説を氏自身が劇化したものだが、女が書けていない。その点を女優たちは、どう受けとめるのかを聞いてみたいと思っている。

「競馬ニホン」昭和五十四年号数不詳

言葉もなく、別れもなく

暮れから正月にかけて、ちょっと嬉しいことがあった。

「小説新潮」の編集部から、同誌の正月号に書いた『草の上の昼食』が好評なので、続きを書いてほしいと電話でいわれたことである。あの作品は、美貌にも恵まれ（ということは作品の中には書いてないが、読者のイメージにはそう映るように書かれている）、才能もあり、自立生活を充分に送れる女性が、幾つかの恋愛もし、それはそれなりに、よい想い出を持っているのにもかかわらず、結婚へ踏みきらないでいる心理を描いている。僕の周囲の女性たちは、みなほめてくれたが、男性には、従来と同じくどうかなと思っていたところだっただけに、もうひとつ続きを、というので、僕は嬉しかった。やっとわかってもらえたか、と、いうところだった。この一年、僕は女性を主人公にした小説と、ドラマを計七本書いたが、七本目にして、ようやく、理解されたというわけである。もっとも、一年に七本、女性ばかりを書いていれば、あの男は、やはり、なにかのわけがあって、女性専門に書くのだろうと気づいてくれるかも知れない。

僕が女性を書くのに興味を持つ理由は、きわめて、単純なことである。それは、男性の場合、一応、理屈があり、状況説明があり、段取りがあり、経過の説明が必要なのに、女性の場合は、それらを一挙に乗りこえて、ストレートに、ある心理状況に浸れるという特徴があるからである。

これを男性にわかりやすいようにいうと、——卑近な例で申しわけないが、わかりやすいのであえて取りあげると——たとえば、かりに男性が女性をホテルに誘ったとする。そんな時、男性はホテルへ行くまでの段取りをまず頭にうかべる。何を語り、何を理由にして、女性にホテル行きを承諾させるかを考える。が、このような場合、女性は男性と寝ることに、心中で同意していたにせよ、段取りを、はじめから、明確に示されることを好まない。すくなくとも、段取りを意識させられたら、せっかくあった同意も消えてしまう。興ざめになってしまう。女性たちが好むのは、誘われて、気がついたら、いつのまにかベッドに身を横たえていたという状態なのである。が、その気がついたら、に至るまでの間に、女性の心中に去来している感性の氾濫こそ、女性が熱愛してやまぬものである。彼女にとっては、体を共にする男性そのものよりも、あるいは、男性のその間の行為よりも、実は、彼女自身の感性の飛躍と錯綜が、彼女の心を燃えたたせている。それが、僕にとっては、なによりも興味をよびさまされる対象である。要は女性ひとりひとりのセンシビリティと想像力と個性の独自性だ。そして、それらのありようが、僕の想像力をかきたてるのである。

この点について、欧米の女流作家でも、日本の女流作家でも、例外なく、だれひとりとして、恋愛の段取りを書いている作家はいない。彼女らにとっては（と、いうことは、全世界の女性にとっては）そうしたことは、はじめから興味の対象にならないのである。極端にいえば、彼女らにとって、男と寝るということは、すこしも興味を抱かせることではなく、彼女らの関心の的になるのは、つねに、そうした状態においての自分の心中をかすめ去っていく「想い」である。恋愛の過程で、あるいは恋愛行為そのもののなかで、どのような想像力が湧き、なにを自分に感じ、それを自分がどのように受けとめているかということである。男性が、女性を好きだというのは、およそ他愛ない世迷いごとにしかすぎないが、女性が男性を好きだというのは、彼女らにとっては、彼女らの感性をかきたてる意味で、一生の関心事なのである。そして、感性が彼女らの存在を確認させ、彼女らの心理や行為を肯定していく。だからこそ、彼女たちは、どの娼婦よりも娼婦的女性でありうるし、反面、どの修道女よりも禁欲的女性でもありうるのである。男性は、とうてい、このような心理的複雑さを持ちあわさない。

彼女たちは、ある一定の年齢に達すれば、一夜の飢えを凌ぐためならば、なんのためらいもなく、男に体をまかせることもできるし、反面、最愛の男とは生涯、寝なくてもよいと自分にいってきかせている。いや、むしろ、彼女らは最愛の男と夢の中で結ばれるために、目の前の現実の男性に身をまかせ、さらに、その男性を愛しているだろう別の女性に、わが身をなぞらえたりする。その転移が、ある情熱をかきたててくる。女性は変貌と変身に、男性が想像もつかぬほどの意欲を燃やしているのである。女性はイメージをかきたてることに生き甲斐を見出そうとしている。僕はその点でも女性に心ひかれる。

年末に愉しかったのは、太地喜和子さんとの対談だった。

場所は六本木のフランス料理店で、料理はブルギニョン風の鹿の肉と、つぐみを原型のまま、ぶどうの葉で包んだ絶品だった。太地さんの希望で酒はブルゴーニュの赤を選んだ。

僕は女性と話をするときは、原則として、衣服、料理、恋愛の三つを語りあう。それに、彼女たちの仕事の内容についてである。この四つはたがいにふかく関連して興味がつきない。僕らはたちまち意気投合した。太地さんは、

「素敵。いい気持ち、よし、飲んじゃお」

「うわー！　興奮する」

「私たちはわかりあえるのよね。言葉もなしにねッ」

　と、体を震わせて、目をほそめた。

　面白いと思ったのは、十一年間芝居をやってきて、舞台で、相手男優をしみじみ、「いい男だな」と、感じたのは、たった二回しかなかったという話だった。よく書きこまれている戯曲、効果的な演出、舞台の雰囲気、照明の関係、客席の反応などで、相手男優が、ふいに、いとしくて、可愛くてならなかった。こんな男のためなら死んでもいい、と思ったそうである。でも、それは、芝居のさいちゅうのごく一瞬のことで、芝居が終わり、楽屋にかえり、化粧を落としてゆくと、現実に立ちもどった。相手の男優は妻子のもとへ帰っていく。自分はまた女優をつづけていくのか、と、気づくと、そのすぎさっていった一瞬が、かえって、貴重で、大切で、将来も、いつかまた訪れてくるだろうその一瞬のために女優をつづけていこうと、自分にいいきかせたという。十一年の経歴の中で、そうした一瞬はわずか二回しかなく、それも一度あったからといって、次の日にはもう消えていたとのことだった。

「でも、戯曲のせりふがひどい時は、本当に困ってしまうんです。あなたが好きで手が震え、帯もとけませんでした。あなたの眼をじっとみつめていました、なんて。女が本当に好きになった男にむかって、そんなバカなことというはずないでしょ？　でも、無神経で、女の気持ちのわからない人が本を書くと、平気で、そんなせりふを書いてくるんです。ああ、これはやれないな、と、思ってしまいます。私だったら、好きな男とむかいあったら、目を伏せて、相手の視線が横をむいた時、そっと、斜めから、盗み見するのがやっとですもの」(余談だが、三日夜、テレビで『源氏物語』を見ていると、女三の宮が恋人の柏木に抱かれながら、――あなたに抱かれていると、声も震え、背がそりかえります、というせりふが出てきて、まじめなシーンなのに、僕は吹きだしてしまった。『源氏物語』は、ジャニス・イアンの歌を使った音楽はよいのに、このせりふは引っかかった。向田邦子氏の脚本だが、これは女性脚色家としては、いささか無神経なせりふである)。

僕らはドイツ映画『マリア・ブラウンの結婚』について、女の人生遍歴を語り、『ドラキュラ』では、こうもりに身をまかせる女の恋に触れ、さらに、鳴門の糸わかめから深谷のねぎと岡崎味噌の味をなつかしみ、話題がつきなかった。そして、恋が頂点をきわめ、それが、落ち目にむかっていくあたりから生じてくる執着の余韻について、完全に共鳴しあい、別れしなに自動車の中で、太地さんは愉しかった、また会いたいと、僕の両手を彼女の胸に引きよせてくれたほどだった。

初対面で、会ってから二時間もしないうちに、別れにそれだけのことをしてくれるのは、太地さんとしても、よほど、話に乗ってくれたせいであろう。

「わかりあうのには、言葉もいらないのよ」

と、いう太地さんの別れの言葉は、いつまでも僕の耳にのこった。

もっとも、このばちはてきめんに翌日にあらわれた。恒例の「話の特集」の麻雀大会で、僕は全参加者中の最低の成績だった(これは生まれてはじめての経験である)。僕が最下位で、その上が殿山泰司さん。そのもうひとつ上が吉行淳之介さんで、さんざんな目にあった。麻雀を打っていても、前夜の太地さんの手の感触がいつまでも残っていて、頭が最初からボーッとしたままだった。

太地さんの高校時代の先輩が樹木希林さんである。ふたりは、なぜか、歴史研究会に属していた。

が、太地さんによると、樹木さんは女性として、やはり、一見識あるひとで、たとえば、「女は衣服の配色で、自分の素質を表現できる。わざとバランスをくずした衣服を着れる女は、よほど自分の個性に自信のある女だよ」などと、太地さんに教えてくれたそうである。僕はその話に唸ってしまった。なるほど、それはたしかにそうであって、多くの女性が流行の中でバランスを取ることに汲々とするなかで、あえて乱調を維持したまま、そこにアクセントをつけられるというのは、並みたいていのことではないのである。そうした際に身についた自信とは、ある種の人生体験の裏打ちも必要だろうが、なによりも自分の感性に確信がなくては、外にむかって発表できるものではない。その点、僕などは、自分の平衡感覚に縛られて、そこからいつまでたっても、のがれでるすべを知らないのである。僕は感嘆することしきりで、翌日の麻雀に敗けた原因も、そんなところにあったのかも知れない。

八十年代のスタートをきって、第一回阪神競馬がはじまった。さいさきよいスタートをきりたいものである。

「競馬ニホン」昭和五十五年号数不詳

牧羊神《パン》の笛が聞こえる

阪神第一週は惨敗だった。手のほどこしようがなかった。MO対決以外のレースでは僥倖《ぎょうこう》に救われたが、メインは歯がたたなかった。裏目、裏目とでて、いいところがひとつもなかった。僕のように経験主義というか、臨場感主義の競馬は、最初はどうもうまくゆかない。初打席、初安打などということが僕には皆無である。いわゆるビギナーズ・ラックには無縁で、毎度のことながら、レースのコツをつかむまでが苦労する。僕はその点で、競馬によらず、なにごとにも、オクテのタチである。逡巡、疑惑、といったものをつみかさねていくことによって、手ざわりを軀に覚えこませていかねばならない。それに時間がかかってしまう。そのかわり、軀で覚えたものだから、いちど身につけると、応用がきく長所もあるのだが、しかし、それはかなり忍耐を必要とする作業である。

たとえば、馬にしても、京都競馬場で三コーナーから直線に入ってきて、はるかむこうにひろがっている風景を目にいれた場合と、阪神競馬場のそれとでは、馬が視覚から感知するものは、かなりちがっているはずである。栗東からの輸送の問題はともかくとして、馬が蹄から知るコースの草の感触や、ダートの重量感も相異しているにちがいない。当然、それは能力にも影響してくるはずである。むろん、絶好調の場合、あるいは、コンスタントな潜在能力が馬に確保されている場合は別だろうが、しかし、その潜在能力すらも、かならずしも常時不変の状態で発揮されているとはかぎるまい。大打者王貞治といえども、つねに、ホームランが打てるとはかぎっていないのとおなじである。すべては、微妙に、繊細に、揺れうごいている。鋭利な感覚であればあるほど、動揺の振幅も大きいはずである。それがスポーツの特徴である。

阪神の第一週が終わった翌日から、僕は市立芦屋図書館にかよった。ここには田尾文庫がある。文庫の創設者、田尾栄一さんは淡路島に住んでいられるが、日本の主として陸上競技の文献（約一万五千冊）をあつめられ、それを芦屋図書館に寄贈していられる。僕は数年前、NHKから依頼されて、スポーツの日の特集番組「人見絹枝」を取材するため、人見絹枝の生家を訪れ、彼女の父君人見猪作氏にお会いしたことがあるが（たしか父君は九十七歳の長寿を祝福されて、岡山市から記念品をおくられたばかりの時だった。が、父君は百歳近くの方とは思えぬ元気さで、言語は明瞭このうえもなく、動作もたいへん活発だった）、その時に、田尾文庫の存在も知った。周知のように、人見絹枝の墓は故郷の岡山にあるほか、彼女を記念する大理石の碑がチェコスロヴァキアの首都、プラハにある。この碑は彼女の死（二十四歳）の翌年に、彼女ののこした功績を記念して、同市の外国人墓地にたてられている。また、彼女ととくに親しかったイギリスの女子走り幅跳び選手コーネル夫人との交友関係なども、この田尾文庫の文献から教えられた。今回の田尾文庫がよいは、「オール読物」にわたす、彼女を主人公とした小説の最後の資料あつめのためである。僕は芦屋図書館で、それまでの「毎日新聞」の資料室でゼロックスにとってもらった資料と、田尾文庫収録の資料とのつきあわせ、いわゆる再チェックと、明治末から大正時代にかけて外国で発刊され、日本に輸入されている欧米の陸上競技に関する幾冊かの著作に目をとおした。必要な文献は、ここでもゼロックスにとってもらい、それをさらにこまかくノートの中に分類していった。欧米の文献はさすがにスポーツの先進国の著作にふさわしく、スポーツを生理、心理、哲学の面からとらえてあるものが多く、僕はかねてから考えているスポーツの特質をあらためて確信をもって再認識するよろこびを覚えた。それにしても、そのようなたぐいの文献は、なぜ、当時、日本では翻訳されなかったのであろうか。あるいは、翻訳されても、日本人には理解できないだろうという先入観があって、紹介もされずに終わったのであろうか。それとも、スポーツそのものが、今日のような、大衆性をまだ身につけていなかったのであろうか。人見絹技はそうした著作の内容を、彼女の恩師二階堂トクヨ（現在の二階堂大学の創設者）から、さまざまな機会に啓示されている。彼女はあらゆる事象を生理学と、心理学の立場から把握する姿勢を二階堂トクヨから教えられた。

人見絹枝は、明治四十年一月一日岡山にうまれている。彼女は県立岡山高女の四年生のとき、走り幅跳びに日本新記録をつくり、また翌大正十三年に、三段跳びで世界新記録をつくった。以後、彼女の更新した公認記録のかずは枚挙にいとまないほどだが、わけても、昭和四年、朝鮮の京城、満州（現中国）の奉天で、相ついでだした百メートル十二秒フラットは、当時の世界の女子の記録としては瞠目すべき快記録であった。これは、ドイツの陸上選手団が来日して、日独対抗という形で、日本、朝鮮、中国でおこなわれた競技会において樹立された世界新記録である（レース終了後、すぐ世界新記録と発表されたが、後に、ともに追い風で公認されなかった）。彼女ののこした手記によると、この奉天での競技会は惨憺たるものであったらしい。季節は十月中旬ですでに満州一帯にかけて朔風《さくふう》が吹きはじめ、東北大学の運動場を使った競技場には浮浪者が群をなしてたむろしていた。レースに出場していたドイツ人選手たちは、だれもが顔をしかめ、とても、レースをする気にはなれないと不満を洩らしていたとある。そういう悪コンディションのなかで、彼女は世界新を樹立している。しかも、その翌日には、彼女は毎日新聞特派員として、奉天で張学良にインタビューしている。例の満州事変のおこる直前のことで、南には蔣介石がいるし、一方では毛沢東、周恩来らの中共軍が活動をはじめている。日支関係は隠密裡にある破局にむかって、直進しようとして、一触即発、不穏きわまりない状態にあったときである。

彼女が、世界の人見になったのは、大正十五年、単身、スウェーデンのヨテボリでひらかれた第二回世界女子国際競技大会、通称女子オリンピック（女子が男子とともにオリンピックに参加するのは、昭和三年のアムステルダムでの、第九回オリンピック大会からで、それまでは、女性は女子のオリンピックをおこなっていた。それでいて、昭和五年には上述のようにプラハで第三回女子オリンピックがひらかれている。また、おなじ女子でも、水泳は男子とともにオリンピック大会でおこなわれている）に参加したときからである。彼女は単身、シベリア鉄道にのり、モスクワを経てフィンランドに入り、スウェーデンにたどりついた。この女子オリンピックで、彼女は一〇〇ヤード競走三位、円盤投げ二位、走り幅跳び一位、立ち幅跳び一位の成績をあげ、総合得点十五点をあげ、個人優勝の名誉賞をうけたばかりでなく、彼女ひとりが参加した日本を、総合成績で参加国中の第四位にさせてしまう。ドイツとか、イギリスなどが二十人近い女子選手をおくり、一位、二位をしめたのに対して、彼女ひとりきりの日本が第四位であったのだから、彼女がいかに抜群の成績をあげたかがわかるというものである。

先に「小説新潮」に書いた『水からあがる時』は、男性読者には、女性の生理や、心理が理解できないという声をいくつか聞いた。心理の必然が納得できないというのである。一方、女性読者にいわせると、冒頭の部分から、女性の生理と、心理が伏線で張られているので、全篇にすこしも抵抗を覚えなかったとある。あの小説は、ひとことでいえば、女性がいかによき男性と出会うことがむつかしいかを書いていて、水泳はその契機、もしくは、媒介、あるいは手段にしかすぎないのだが、男性読者（むろん文芸批評を専門とする男性をも含めて）は、水泳と女子水泳選手との関係をとらえた物語りとして読んでしまうらしい。全篇を女性から見た「現実」として描いてあるし、風景そのものすらも、男性の目からではなく、女性の目からとらえ、会話も女性の意識にもとづいて、かさねられているのだが、男性読者にはその点で理解の手がかりを混乱させたのかもわからない。女性が小学校五年のとき性の衝動のきざしを予感する。中学生のとき、よき男性と知りあう。そして、大学一年のとき、自分のライバルの性行為を、たまたま、目撃してしまう。終始をとおして、女性の心理と意識、わけても、性行為を見る女性の意識を、僕はあえて女性の意識でとらえ、感じたものとして描いたつもりだが（その点で、女性読者の共感をえたと思うのだが）、そうなると、どうしても、男性読者には異和感を与えてしまったらしいのである。こういう表現に関する事柄は、むつかしいといえば、このうえなくむつかしいところなのだが、『水からあがる時』から考えて、今度の人見絹枝の場合には、おもいきって、人見絹枝自身が彼女を語るというスタイルにしてゆこうと思った。それで急遽、これまで書いてきた部分をあらためて告白体に書きなおしをすすめているところである。「女性がそう語るのなら、女性はそういう場合、そんなふうに思うのか」と、男性読者は判断してくれるだろう、というわけである。よく、このらんにも書いたことなのだが、世の男性はなかなか女性の意識や、心理や、言葉の内容を受けいれず、また、かりに受けいれたとしても、それは男性流に受けとり、解釈しているのにしかすぎない。男性と女性の相互理解というのは、至難のわざであり、また、それは、それだから、世の中はうまくいっているのかもしれないが、ひとつの事を男性にも、女性にも共通して理解させるのは、困難このうえもないことである。そこまでは男性も女性も相互に承知しているのだが、承知はあくまで承知の限界にとどまり、それ以上の近寄りは実現しそうにもない。

僕は三月から、四月にかけての阪神競馬場が大好きである。春浅し、という感じから、春らんまんという頃にかけて、この競馬場一帯のかもしだす雰囲気はあえかである。競馬場の一角に坐って、空を仰げば、

「うらうらと照れるはるひにひばりあがり、心かなしもひとりし思えば」

という万葉の古歌の音律が、どこかからきこえてくるようだし、沈丁花から桜までの花々が風景を彩って、こよなく懐かしい。牧羊神《パン》の笛の音も流れてくるような午後、僕は無心に遠いレースを眺めている。

「競馬ニホン」昭和五十四年号数不詳

たったふたりの観客

人見絹枝を主人公にした『紅茶とヒース』を、皆さんが「良い」といってくださるので、ほっとしているところである。一月末に書きあげるはずだったのが、どうしても、前半の部分がうまくいかず、「オール讀物」編集部にぎりぎりのところで、一か月のばしてもらい。二月は約十日間、山の宿坊に入って、ようやく仕上げた。小説というのはふしぎなもので、実際の小説づくりとはまったく関係のないようなところで起こったことが、モチーフとして採用され、それがぴしりと型にはまった表現を与えられると、作品が成功するケースがよくある。こんどの場合、たまたまフランス人の女性から聞いた話が役立った。彼女は、シベリア鉄道にのって、日本からフランスに帰るときには、いつもインスタント・ラーメンと、ティッシュ・ペーパーをたくさん持って帰る。途中で、たべものがきれたり、汽車の中でそなえつけのペーパーがなくなってしまうことがよくあるからだ。モスクワに着いて、ホテルに入り、びっくりするのは、自分の足の裏が、油でこてこてに黒く光って、それを落とすのにたいへん苦労するなどと語ってくれた、というより、旅行の話をしているうちに、彼女はそんなようなことを、ふと口の端に洩らした。この話はなぜか、僕の記憶にのこっていた。それから、その話とは関係なく、まったく別のところで、ある日本人女性から、昭和のはじめごろまでは、すこしぜいたくな女性は、自分の足の型にあった特別あつらえの「足袋」を持っていたものだ、と聞いたことも記憶にのこっていた。シベリア鉄道による旅行の足の裏と、「足袋」の足型を結びつける具体的なモチーフは、宿坊にこもっているときに、偶然にできあがった。ひとりの女性が他の女性に足袋をはかせる、という光景が目にうかんできた。実際に人見絹枝の生家をたずねたのが昭和四十八年、それから足かけ七年をかけて書いたといえば大げさだが、資料あつめや、別の面での取材を考慮にいれると、やはり、七年の歳月はどうしても必要だったと思われる。この七年前の取材にもとずいて書いたものは、雑誌「話の特集」に発表したり、NHKの十月十日のスポーツの日のテレビの特別番組で語ったりした。それらは、たとえば、扇谷正造先生がある単行本のなかでほめてくださったり、ある時は、テレビの対話番組のなかで、突端、草柳大蔵氏と、河野謙三氏がとりあげてくださったりした。が、いずれにしても、七年前では、僕には小説のなかで、女同士の会話が今のようには書けなかったと思う。まことに、かんたんな、さらりとした言葉のなかに、女の思いをいれることができなかった。と、いうより、そのいれかたの苦心のしどころがわからなかった。自分ではわかったつもりでいたが、言葉と心理の結びつきが、ほんとうには理解されていなかった。

ともかく、「オール読物」の編集部の人たちをはじめ、僕の周囲の多くの人たちが、今までのうちで、いちばん良いといってくださるので、僕はほっとしているところである。雑誌が市場にあらわれたのが二十二日、そして、時をおなじくして、その日のうちに、この四月に出る二冊の単行本の校正がすべて終わった。一冊は山口瞳さん、一冊は井上ひさしさんが、それぞれ帯を書いてくださることもきまった。

僕は久しぶりに解放感を味わった。まさに、やれやれ、という気持ちである。僕は例の常宿にしている築地の旅館を出て、目の前の東急ホテルの地下のサウナに行った。サウナは客がすくなく、静かで、落ちついた気分に浸れた。

夜は久しぶりで、まことに、久しぶりで、映画を見た。二か月ぶりに見る映画だった。上映作品は『ディア・ハンター』である。

周知のように、『ディア・ハンター』は、今年のアカデミー賞の有力候補作品のひとつである。この作品と『ミッドナイト・エキスプレス』『帰郷』の三本が候補にあがっているが、僕の見たあとの印象では、率直にいって、『ディア・ハンター』がいちばんすぐれていると思えた。『帰郷』にも、『ミッドナイト・エキスプレス』にも、それぞれの良さがあり、捨てがたい味があるのだが、強烈な印象をのこし、衝撃的な感動と恐怖をせまり、なおかつ、人間が描かれている点では、やはり『ディア・ハンター』である。すくなくとも、ここ数年のアカデミー賞受賞作品のどれにくらべても、勝ることはあっても、劣っているとは思われない出来栄えであった。

『ディア・ハンター』とは、鹿狩りをする人たちという意味である。

アメリカのペンシルバニア州のクレアトンという小さな町の三人の青年たちが、ベトナム戦争に出征する。クレアトンは鉄鋼業でなりたっている、侘しい、煤煙ですすけたような町である。青年たちは製鋼所に勤め、休みの日には、町の背後の山に入って鹿狩りをする。三人の青年は出征するため、ひとりはかねてから相思の仲の女性と結婚式をあげ、ひとりは婚約する。三人は他の仲間たちとつれだって、結婚式の翌日、そろって鹿狩りに行く。ここまでが、約一時間。が、冴えに冴えた演出がつづくので、すこしも、飽きさせない。雨あがりの舗道に、落葉が散っている。水たまりをさけて、三人の女たちが結婚式のおこなわれる教会へ行く。手にプレゼントの箱をもった彼女たちは、舗道をふきぬける風に、オーガンディのドレスをあおられ、それに気をとられて、手にした箱を舗道の上におとす。ひとつをとりあげると、また、風がふいてきて、結婚式参列用の服の背があおられる。この反復動作のシーンが、とびきり、巧い。ここでは、「くりかえし」が重要なモチーフなのだな、と、いやでも、僕らは気づくようになっている。つまり、この結婚式までの一時間は、すべてが、後のシーンにつながっていますよ、と、映画は無言のうちに語っているのである。むろん、三人の女たちは、ただ風に衣服をあおられているわけではない。淋しい田舎町のなかの結婚。女たちにとってはただひとつの胸をときめかす結婚への希望のようなもの、その期待。結婚式そのものの雰囲気への傾斜。はかない喜び。だから、他人の結婚式でも、なんとなく、はしゃぎたくなるような気分。そして、それだから、ふっと胸中をよぎっていく悲しみ。そんなものが、いっぺんに画面に表現されてしまう。唸り声をあげたくなるような技巧の冴えである。監督はマイケル・ミチノ、脚色はデリック・ウォッシュバーン。いずれも、三十歳代の若い人たちだが、嫌になるほど、映画を知っている。むしろ、知りすぎているので、心憎いとすら、いいたいほどである。

　マイケル、ニック、スチーブン、リンダなどという名の人物が登場してくるが、クレアトンの町はロシア系移民の人たちの町である。だか

『ディア・ハンター』の結婚式のシーン

ら、宗教はロシア正教が信奉されている。教会は東京のニコライ堂そっくりのつくりで、その内部にはイコン像がたくさんかかげてある（映画の中では、実際にはクリーブランド市の聖テオドシウス・ロシア正教会が使われている。これは、アメリカのロシア正教会の中ではもっとも美しい建築といわれている）。彼らはベトナム戦争へ行くことを、あたかも、鹿狩りに行くぐらいのことに考えておこうとする。悠々と大河の流れのような一時間がすぎる。その流れの中に、前述のように、この映画のテーマは、微妙な、繊細な表現をともなって、幾度となくあらわれてくる。しかし観客には、それということは、よほど映画を見なれていないと（たとえば、さきにあげた女と、ドレスのシーンである）わからない。佗しく、貧しい結婚式だが、それが、延々とつづいていながら、各シーンにふしぎな緊張感がゆきわたっているのは、演出力がなみはずれてすぐれているからである。

一転してベトナムの戦場。三人の青年たちはベトナム軍にとらえられている。ここでは、ロシアン・ルーレットという処刑がおこなわれている。が、これから映画を見るかたのために、あえてこの場面のことは書かないでおく。恐怖の連続で、思わず息がとまってしまうようなショックがくりかえされるからである（ベトナム支持の団体からは、このシーンについての抗議があり、上映禁止の運動がおこされていることも申し添えておく）。アメリカの兵隊も、昔の日本の兵隊のように全員が鉢巻き（ただし、グリーン色）姿であるのも異様である。このロシアン・ルーレットは、第一部の鹿狩りの「一発で鹿を射つことが大切だ」という言葉と密接な関係をもっている。ベトナムでの捕虜シーンが約一時間、息もつかせぬ緊張感でつづいていく。

主演のロバート・デ・ニーロが扮する青年だけが、クレアトンの町に復員してくる。彼はさきに出征して行方不明になってしまった友人と婚約した女性に近づく。ここからが、ひときわすばらしい。

上映時間三時間にわたる映画の真骨頂は、この部分にある。この女性はメリル・ストリープが演じている。すばらしい新人女優である。最近出てきた女優では、異色の存在で、多くのハリウッドの女優の例にもれず、すでに二十八歳。二児の母だが、僕は、彼女をテレビの『ホロコースト』ではじめて見たとき、すぐ眼についたほど、そのユニークな存在ぶりが記憶にのこっていた。

このあたりで、僕たちは、映画の主題は、たまたまベトナム戦争を経験しなくてはならなかったアメリカの青年男女の生きかたであることを了解していく。裏ぶれた製鋼業でなりたっている町の、青年たちが、男は女を愛し、女は男を愛しながら、それぞれ人生の悲惨と別離を体験し、ある者は生命をうしない、ある者は下半身のない身体障害者になり、ある者はかつての友人の相手だった女性と肉体関係にはいっていく。

全篇に流れている会話がすばらしくよい。とくに、女の会話がよく書けているのに、僕は驚嘆した。撮影も、音楽も、無條件で超一流クラスの出来で、俳優たちも、主演、助演と、それぞれがアカデミー賞にノミネートされるだけの力量を遺憾なく発揮して、映画のリアリティを支えていた。僕は感嘆の声をあげずにはいられなかった。そして、最後に、もっとも、びっくりしたのは、当日、映画館での観客は、僕をいれて、わずかに二名しかいなかったことであった。

「競馬ニホン」昭和五十四年号数不詳

古都ふたたび

レコード・タイムが続出して、京都が終わった。つぎつぎと更新されるタイムを記録板の上に見ながら、僕は感無量だった。記録は更新されるためにあるとはいいながら、日本のサラブレッドが質的に向上してゆくのを実感で受けとめた歓びは大きかった。とくに、最終回の二日間に、外国騎手招待レースが番組にくみこまれていただけに、これで、日本のサラブレッドが頑健さを身につけたら、日本の競馬はまちがいなく世界的レベルに引きあげられる日は近いと思った。日本の騎手の騎乗技術が世界のトップ・クラスにランクされるのは論をまたないのだから、これで、日本のサラブレッドが全般的に逞しさと、スタミナを兼備したら、ほんとうに、日本の競馬の前途は洋々たるものだと思わずにはいられなかった。

京都の競馬を満喫したが、京都の街を訪れる機会は恵まれなかった。これまでは、よく、競馬開催日の前夜など、親しい友人たちと京都の酒と食事をたしなんだものだが、どういうわけか、年々、仕事のスケジュールがつまってゆき、今年はついぞその機会に恵まれなかった。少年時代から関西に親戚や、友人の多かった僕は、機会をみつけてはよく京都に来たものだった。僕がはじめて苔寺を訪れたころなどは、この寺を訪れる人が皆無にちかく、一日中、寺内の茶室の縁に腰をおろしていても、聞こえるのは空をすぎてゆく鳥の声と、寺内の木々の梢を揺らす風の音しかなかった。僕は子供心に、静かさのなかにふくまれた音の微妙な反響と調和に妖しい魅力を覚えたものである。苔は銀と浅黄と茜の二色にてりはえて、光を豊満に吸収していた。僕は三條西実隆の著作に興味をおぼえ、彼のような生きかたをしようと思った。僕がまがりなりにも、戦時下と戦後の激乱と荒廃の時代を生きぬけてゆけたのは、心情のどこかに、少年時代に培った三條西実隆への憧憬があったからかもしれなかった。彼の著作は、戦後かなりしてから『東山時代の一貴顕僣士の日記』となって出版されている。彼は二十一歳のときから、八十一歳までの六十年にわたって日記を書いている。それは現在、東山文化を語るときの重要な資料になっている。

三條西実隆の墓は、二尊院にある。

僕は川端康成の『美しさと哀しみと』を読んだとき、作中の青年とその恋人が、二尊院で想いをかわしあうのを、うまい設定だと思った。

音子は女流画家である。彼女のかつての恋人だった男の息子が、彼女の画の弟子であり、同性愛の相手である女性けい子を愛する。けい子は音子の行かないでくれという頼みをふりきって、青年と二尊院へ出むいてゆく。

「あなたのだいじなお墓の前で……あたしにもなつかしいお墓にして……だいじな思い出のお墓にして」

けい子は、恋人の胸に顔をうめて、彼に訴える。

「古いお墓の前で抱いていただいて、思い出になるわ」

二尊院の墓は明るい。樹木はゆたかなのに、寺全体に光がゆきわたり、奇妙に墓地特有の暗さを消している。足もとにひろがる寺内の土も白さをふくんで、ふっくらとした容積感をたたえている。墓地なのに、陰々滅々としたところがなくて、隅々まで解放感が及んでいる（余談だが、川端康成の『女であること』には、知人の通夜をすましてきた女主人公が、彼女の夫と家に帰ってきたあと、体をあわせる箇所があるのだが、この描写はおどろくほどのリアリティを持っている。通夜を経験されたかたは、大なり小なり、この女主人公とおなじ心理になられるのではないだろうか。『美しさと哀しみと』の墓の前の抱擁もおなじ心理であろう）。

『美しさと哀しみと』の青年は、自分の父の恋人だった女性の、同性愛の相手である女を、三條西実隆の墓の前で抱きしめる。彼らの恋は、明るい墓の前で実現したために、いかにも肉感をそそり、情欲の昂りを促してやまない。理屈をつければ、彼らの生と性は、冷めたい死と古びた墓石の前で、いっそうさかんな焔をあげるのである。

彼らの性は、ほとんど肉親関係にちかい型をとって、いわば父と娘、母と息子、の性愛とおなじ軌跡を虚無のなかに幻影のように描きのこしてゆく。この世の恋愛感情は、さまざまな経路を辿りながら、最後には、父と娘、母と息子の近親相姦的感情にちかづいてゆくのである。そのうえ、男性は女性の体内に身を埋めることによって、女性の情感の奔放と激烈さを直接肌に受けとり、女性は男性の体内から男性の体がそのまま千変万化する女性の体の一瞬々々の具象的反映となってゆくさまを感知するのである（これまた余談だが、最近出版された、アメリカの現代文学の代表作のひとつアラン・レルチャックの『34歳のミリアム』には、女性が恋人である男性の肛門に性交をいどんでゆく箇所がある。が、このことは、一見奇異に思われるかもしれないが、恋愛をしている女性の心理のなかには、愛しい男性の生命感をストレートに男性から感じ、男性の感覚を自分の女性心理に置きかえてゆく心理がある。つまり、女性は男性の性感覚を、彼女が率先して男性に挑むことによって、確認してゆくわけである。彼女は姦されている男性に、かつての愛や性を受身に感じていた自分と、現在の積極的に愛と性を肯定してゆこうとしている自分のふたつの像の重複を発見する。しいていえば、そうしたたぐいの発見が、女性の性意識を昂揚させるのである。その意味では、性交の快感が女性のオルガスムスを誘いだすのではなく、彼女の過去がオルガスムスの起爆剤の役割をはたしていると云っても誤りではない)。以上のような男性と女性の心情の経路と、性感覚の複雑さが、『美しさと哀しみと』では、明るい墓の前の抱擁によって、はっきりと、イメージ化されてくる。ここでいう墓は、青年や彼の恋人が、たがいに相手の混沌とした暗黒の生と性に導入されてゆく象徴であろう。

僕は、二尊院の三條西実隆の墓を読んだとき、はからずも、自分の少年時代から抱いてきた西実隆への尊敬も、実は上述のような男性と女性の恋愛感情への憧憬にほかならなかったことに気づいたりした。人間の感情と、それをとりまく風景との交応のさまも、年をとるにつれて、はっきりと眼にみえてくるものなのだが、それにしても、父と息子、父とその恋人、そして、その恋人の同性愛の相手という複雑な恋愛感情が、墓の前で実現することに僕は感嘆した。

感情と風景というのは、つねに緊密な相関関係をもって、僕らの視覚に刺戟をあたえ、その刺戟が人間の情念に奥行きをくわえてゆく。たまたま、『美しさと哀しみと』を例にひいたが、おなじ作者の『古都』は、情念と風景や、官能と風俗の関係が、もっとわかりやすく、鮮明に表現されている作品である。『古都』は双生児の姉妹が主人公になっている。が、そのうちのひとりは生まれたときに捨てられ、京都の老舗の娘として成長してゆく。彼女の父は織物問屋の主人だが、織物の下絵を描いたりする。それもポール・クレーの絵に感銘をうけて、西欧の生命の灯を日本の織物に再現しようと試みたりする人物なのである。娘は父の寵愛を一身にあつめている。一方、もうひとりの娘は、北山杉の産地で働いている。

『古都』ほど、京都の年中行事や風俗を克明に、立体的に書きこんだ小説は珍しいとおもわれる。僕は川端康成の、京都を舞台にした『日も月も』も大好きな作品だが（なお、この作品には前述の『34歳のミリアム』に描かれたのとおなじ女性の心理が描かれている）、『古都』は適確な風俗のつみかさねで、作品そのものの軸を構成しているのである。そして、登場してくるふたりの女性は、双生児であることによって、実は女性の内に秘めた生命力の対比を浮き彫りにする役目をはたしている。織物問屋の主人と、その拾い子千鶴子との間には、文章には一行もかかれていないが、あきらかに近親相姦的な感情が流れている。千鶴子も、もとはといえば北山杉の職人の娘なのである。が、彼女には北山杉のように人工的に加工されて生きている植物を、どこかで嫌悪する感情がひめられている。彼女は天然の木のように、天にむかって、陽の光をもとめて育ってゆく、生命力への傾倒があるわけである。断るまでもないが、北山杉の産地で働くもうひとりの娘苗子には、厳しい自然をそのまま象徴するような、凛々しく、逞しく、潔癖な性情がそなわっている。彼女たちには溢れんばかりの「生きるために必要な感覚」がゆきわたり、彼女たちの恋愛感情や倫理感が形成されているのである。彼女たちの官能は、おどろくほど、直截に発揮される。

専門的な意見で、申しわけないが、『古都』という小説には、ふしぎに、書かれるところが省略され、連結されていなくてはならない作者の意識が中断され、文章がつなぎを失っている箇所がたびたび目につく。恐らく作者は、もっとも書きたいところを、新聞小説であるためにあえて筆をおさえ、それが作者の意識を不当に苦しめているのである。その作者の苦しみのようなものが、たくみに風俗描写におきかえられているのが、この作品の特徴になっている。

僕は京都の街を訪れながら、ときどき、おなじような近親相姦的な感情の揺曳にとらわれることがしばしばだった。競馬を見ながら、京都の街を訪れることをさけていたのは、もしかすると、そんなことが原因だったのかもしれない。京都の競馬が終わって、そんなことを考えたりしている。

「競馬ニホン」号数不詳

愛の輪廻について

さきごろ「週刊読売」から「私と古典」という文章をもとめられた。同誌がかねてから連載している短文だが、作家や、学者が、どのような書物に啓発されて、現在の仕事をするに至ったか、ということがわかって興味ぶかい。

僕は『源氏物語』と『枕草子』をあげようと思ったが、原作があまりにも偉大すぎるので、僕の文章では、かえって、原作の品位と内容を傷つけると思って、ジョイス・キャロル・オーツの『愛の車輪』をあげておいた。なによりも、僕は国文学に関しては、しろうとなのである。生意気な表現だが、僕は国文学よりは、外国文学のほうがわかりやすい。

『源氏物語』も、『枕草子』も、若いうちは、内容がわからなかった。ひとことでいえば、女性の恋愛感情や、性心理や、美意識が判別しかねた。それが、最近になって、おぼろげながら、彼女たち女流作家がなにをいわんとしていたのかを理解できるようになった。僕の国文学についての知能は、しょせん、その程度の他愛ないものなのである。

『源氏物語』はちょっと前、田辺聖子さんの『源氏物語草紙』を読んだり（これは書評を依頼された）、円地文子さんの「波」に連載した源氏論や、瀬戸内晴美さんが『比叡』（これも書評を書いて瀬戸内さんに感謝された）の発刊に際して語られた「宇治十帖」についての新論に目をとおした。これら三女性作家たちのすぐれた業績は、それぞれ、僕に多くのことを教えてくれたし、さまざまな視点を啓示してくれて、女性についての開眼をうながしてきた。

僕は最近、『源氏物語』というのは、父と娘、母と息子の近親相姦的恋愛感情を、物語の中心テーマにしている作品だと思うようになった。と、いうより、女性にとっては、少女時代に見た父の像が、彼女たちの好悪にかかわらず、後の彼女たちの恋愛感情を決定していくのである。例の「もののあわれ」とか、「わび」とか、その他は、男性の国文学者が勝手に、男流の物の見かたで判断したものであって、作者が把握していた作品のテーマとは、およそ、無縁のものではないだろうか。いずれにしても、『源氏物語』は、女が恋愛をどのように観じ、憧憬し、実践していったかを、女の一生さながらに、えんえんと語りついでいっている。『源氏物語』には、女の恋愛のすべてのパターンが集約されているのである。父と娘、母と息子の恋愛はつきるところなく、形をかえてくりかえされ、輪廻の様相を呈していく。

一方、『枕草子』は、そうした恋愛感情を女の鋭利で、卓抜な美意識でとらえたエッセイということができる。「いちにおもわれざるは、なにかはせん」という有名な文章なども、僕は若いころ、その「いちに」をナンバー・ワンの女性として、他の女性よりも才ぬきんじ、感情ゆたかな女性として、そして、他のどの女性よりも、真っ先に選びだされる女性として、愛してくださいというように解釈していたが、今では、これは、オンリー・ワンの意味だと受けとっている。「あなたにとって、わたしがたったひとりの女性として愛してくださるのでなければ、いくらあなたに愛されたところで、なんになりましょう。それだったら、いっそのこと、愛されないほうがましです」と、清少納言は主張している。また、「春は曙」「夏は夜」の文章なども、一般には、平安時代の日本人の自然観として見るようだが、僕には、それは、どうも、女が男を愛する感覚を、季節の風景にたくして表現した文章なのだと思われてならない。「夏は夜」というだけで、僕にはそれが、恋愛についての女の感触――つまり、生の確認から、性をとおした存在感の主張に至るまでの自己告白――の簡潔で、的確な表現に映るのである。

「わぎもこの肌のつめたき土用かな」

という、日野草城の一世を風靡した俳句は、たぶん、清少納言の「夏は夜」を、男性の感覚でいいかえたものであろう。

一月の末から、この稿を書いている現在まで、僕は「小説新潮」に『テーブル・マナー』という小説を書いている。さきの『草の上の昼食』と同様、ここでもまた、女の恋愛が主題であるが、今回は女の性意識がとりあげられている。その意味では、女性読者にとっては、淫靡このうえもない作品になっている。その点で、僕は最初にあげたジョイス・キャロル・オーツの作品から、女の性感覚について、多くのことを学んだ。

たとえば、女が激しく性感情に燃えるというのは、つぎのような場合である。

「彼女は十八年前に男と別れた。彼のなごりは、なにもない。が、ある夜、夢の中で男と出会った。夢の中の男は、昔のままの年齢であるのに、彼女は現在の三十幾歳になっている。当時、ふたりは自分たちから十八年なんて歳月が過ぎてゆくなどとは思いもしなかった。いや、十年だって。五年だって。彼女は彼より一歳、年下だった。それなのに、今、三十幾歳になっても、少年のままの彼より、昔とおなじように、一歳若いのだろうか」

これはオーツの短篇小説『男と女とのつながりは？』の一節である。僕はこの文章を読んだ時、思わず、唸り声をあげてしまった。「やった！」という驚嘆である。オーツはアメリカの若手女流作家のなかでも、ことのほか、文才があり、評価のたかい人だが、僕はこの文章に、腰をぬかさんばかりの衝撃をうけた。

文章は簡明で、表現は素直で、飾りがない。ここには感傷もなければ、詠嘆もない。が、この文章は実は、たいへんなことを表現しているのである。

現実の女は、このような夢を、しばしば見る。そして、実は、この夢が、彼女たちの性意識そのものなのである。すこし誇張していえば、この種の夢からさめたとき、彼女たちは性行為の影像が、そのまま朝の目ざめまで続いていたような感覚を全身で感じとる。体に虚脱感と、けだるさと、ぬくもり（生あたたかさ）と、愛の不燃焼のほてり、もっと卑俗な言葉をつかえば、「充実しなかった」もどかしさに似た感覚が、女をとらえる。すくなくとも、女はこのようなときに自分が性を求めていることを自覚し、あらためて、自分の体に隠された性の欲望を再確認するのである。

世の女は、こういう文章に接したとき、強い衝撃をうける。そして、彼女たちは、ひとりで赤面する。自分の赤裸な性を見たからである

大事なのは、女にとって、性の描写とは、こういうことを指すのである。（傍点、虫明）

だから、男性作家が書くような「性描写」や、性行為の描写には、世の女たちはほとんどなにも感じない。そのような性には無感覚なのである。いや、むしろ、この男は、女の性についてなにも知らないな、と、優越感すらを覚える。むろん、女も視覚から性意識をよびさまされる。しかし、それは男が考えているような「ずばり、そのものではない」。男女の裸体でもなければ、性器でも、陰毛で

もない。まして、性行為が直接、女を刺戟し、昂奮させることは皆無である。もし、あるとすれば、女の性に関する視覚が、生命や生活の感触を誘いだしたときである。この感触とは、イメージにささえられた男と女の過去と現在の集積である。それらのイメージが（つまり、男と女のありようが）視覚から触発されて、感触に転化し、性意識をはぐくんでいく。問題は男と女にどのような過去があり、現在があるかということだ。

僕は念のために、ジョイス・キャロル・オーツの右の文章を数人の女性の友人たちに読ませたり、話したりしたところ、例外なく、彼女たちは、

「これはすごい。胸が熱くなってくるわ」

と、声を発した。

たまたま、オーツの文章を引用したが、日本の女流作家たちも、このような文章を、つねに、くりかえし、書いている。彼女たちは「性」の実験者であり、確認者である。彼女たちだけではない。世の女は大なり、小なりに、そうした性を内に抱いて生きている。ただ、彼女たちが考え、実行している性は、世の男たちが考え、実行している性とは、発想の出発点から、表現されていくまでのプロセスが徹底してちがっているのである。男から見ると、あるいは、読むと、それは、なんでもない平凡なことに受けとれる。男からいえば、女はいったい、なにに、性の欲望をおぼえるのだろうか、と、疑問をいだかせることばかりである。が、女は女として、女独特の、女だけに理解される、まさに女のための性を内に秘めている。そして、興味ぶかいことは、それが彼女たちの日常の諸感覚に、折りにふれ、端的に、鮮明に、みずみずしく、時には、陰うつに、重く、暗く、神経質にあらわれてくることである。僕はそうした事実を重視したい。

女の性にくらべて、男の性がなんと単純で、安直で、刹那的で、感傷的で、詠嘆調で、すぐうまれるかわりに、消滅しやすく、移ろいやすいものであることだろう。男は本質的に、「性意識」を欠いた生き物である。欲望はあるが、意識を持続していけるだけの根気も、覇気も、情熱もない。男が僕にとって物足りなく、興味の対象にならないのは、このためである。男はあっけなく、淡白で、忍耐がない。「性」が「生」に直結していないからである。男の性は飾りものであり、装いであり、虚構であり、フィクショナルなものにすぎないといっても、いいすぎではないだろう。

『源氏物語』や、『枕草子』をはじめ、中古の女流文学作品を読みかえすごとに、僕は女は、奈良や平安時代のころから、すでに、今日の女たちとすこしも変らぬ美意識を持ち、性の欲望をいだいていたと思う。彼女たちは「愛の輪廻」をくりかえし語ってきた。ちなみに、オーツの作品集は『愛の車輪』というタイトルがついている。車輪は断るまでもなく、輪廻の意味である。洋の東西をとわず、時代にかかわらず、女だけが、性を生き甲斐として、彼女たちの生きる領野で、さまざまな業績をのこしている。彼女たちが魅力にあふれた女性であるのは、この理由にもとづくからである。男はもっと、女の語る「性」に耳をかたむけてほしい。女は性だけを語る。彼女たちが、自分は幸福だと感じるのは、性を意識したときである。僕はその声が、男につうじていないのを残念に思う。

「競馬ニホン」昭和五十五年号数不詳

北国の街角で

先週は北海道取材旅行から一転して、名張のレディス・ゴルフの取材旅行があり、その間に「別冊小説新潮」の小説の仕上げがかさなった。そのほか、例のオリンピック問題の最終決定がおこなわれたので、このらんを休ませていただいた。オリンピックでは、新聞社からの電話が深夜まで鳴った。僕は先の三月、四月は原稿の締め切りにおわれ、不眠不休を余儀なくされていたときでも、このらんは休まなかったが、今度だけはどうにもならなかった。民族の大移動よろしく、参考文献や、その他の荷物をかかえて、名古屋、大阪、北海道、名張と転々として、昼間の取材が終わると、夜はホテルにとじこもったまま、三日間まったくの仮眠すらなしの仕事の連続で、四日目にはさすがに前後不覚に、まる一日寝ていた。目がさめて、なぜ、自分が名張にいるのか、正確には、赤目四十八瀧のホテルにいるのか、と、しばらく、呆然としていたほどだった。赤目、青蓮寺の山肌は新緑で、森林のなかに、目のさめるような淡黄色の葉が散在していた。

北海道では、土地の雰囲気が緊張しているのを、実感で受けとった。ホテルのテラスで朝食をとりながら、道行く人をみつめていると、一時期（すくなくとも、昨年の秋にくらべると）よりも、心なしか戦争の近いことが肌に感じられた。札幌の友人たちにきくと、彼らも、異口同音に、僕の言葉を肯定した。この肌にせまってくる緊張感は、大東亜戦争の起きるちょっと前にも、東京の街なみには、例外なく、ただよっていた緊迫感であった。うまく表現できないが、野の動物が肌で、「危機がせまっているぞ」と感じるものに共通するような異和感が、街をゆく人たちの表情や、仕ぐさなどから伝わってくるのである。もっとも、この感じは、札幌なら札幌という土地に行ってみないと感じられないかもしれない。が、現地の人は、まちがいなく、一種独特な危機感を日常のものにしていた。僕の友人のひとりも、この問題のテレビ取材のため、札幌を離れて、一週間以上も、辺地に滞在しているとのことだった。

なに気なしに開いた雑誌「旅」に、安岡章太郎氏が、香港の料理を語りながら、「戦争が嫌なのは、お腹がすいてしまうことだ」と述べている。実際、あの戦争の飢えは、もう二度と味わいたくないものだ。人は飢えゆえに戦争をし、戦争ゆえに飢えを倍にしてしまう。飢えているから、戦争をはじめたのだろうが、戦争も、飢えも、人類にはなんらのプラスをもたらさない。そんな単純なことが、戦争という名のもとで見落とされてしまうのが残念である。

戦争といえば、隣国、韓国での光州事件もたいへんなことだと思う。現在、軍人が権力を握った国は、世界のどの国を見ても、不幸な事件が相ついでいる。と、僕は、すぐ、戦前の日本の「暗さ」と、「重苦しさ」と、「息づまるような恐怖」を思いだしてしまう。軍人を志す男たちは、どうして、世界共通して、人間の不幸に対して、鈍感なのであろうか。それとも、不幸な生まれとか、その他、彼をめぐる数多くの負の原因ゆえに、他人の不幸に対して、軍人たちは目をむけることを、忘れてしまうのであろうか。そういいながら、昭和五十五年の北海道では、あきらかに、他国からの軍事侵入に対して、異様な恐怖がゆきわたり、その恐怖をとりのぞくのには、どうしても、軍事力が必要不可欠のものだということを思い知らされる。僕などは、こうした二律背反に直面すると、すでに、いう言葉がなく、呆然として、手をこまぬいて、政争の恐怖に目をおおっているよりほかないのである。

僕はここ数か月、金子光晴の諸作品にしたしんでいる。正直いって、僕は若いときから最近まで、金子光晴の作品の良さを、よくわからなかった。僕が、彼の作品に驚嘆させられたのは、『マレー蘭印紀行』によってである。それも、必要あって、マレー半島や、マレーシア地方に関する文献や、参考書を買いもとめ、乱読しているうちに、たまたま、『マレー蘭印紀行』に直面したのである。なによりも、文章がよい。圧倒的にすばらしい（開高健さんが、日本の紀行文としては、金子光晴の『マレー蘭印紀行』と、きだみのるの『モロッコ紀行』が二大傑作であると書いている。僕も同感である）。金子光晴は、妻の森三千代をともなって、マレー半島やシンガポールに滞在し、五年後にパリにわたる。パリのことを書いたのが『ねむれ巴里』である（これも、僕にいわせてもらうと、この『ねむれ巴里』と、辻邦生さんの四部作からなるパリの手記――『海そして変容』『城そして象徴』『街そして形象』『岬そして啓示』――がパリを描いた二大傑作である）。周知のように、この放浪期間中、金子光晴の妻、森三千代は美術評論家の土方定一氏に心情的に姦通していた。金子光晴は、その身体があっても、心がそこになかった妻であり、女流作家であった女性と、苦渋にみちた生活をともにしながら、異郷を彷徨している。彼はそこで、マレー半島や、蘭領インドシナの住民たちの、貧しく、淋しい生活を直視する。彼は異国の海を見、島を遠望し、朝を迎え、夜に包まれ、人の生きていく不運と零落を目撃し、人が自然と社会に対して、いかに従順で、忠実で、そして、時には、大胆すぎるほど反抗的であるかを述べていく。人はそうした反抗のなかで、くりかえし自己主張をつみかさね、自我をつらぬき、結局は、悲惨な結末を余儀なくされていく。彼がマレーシアを旅したのは、昭和のひとけた代のころである。マレーシアも貧しいが、日本も貧しい。その貧しさのなかで、人間はせめても、束の間のやすらぎや、憩いをもとめるのだが、しかし、その願いは永久にみたされることがない。『マレー蘭印紀行』の文章は、およそ日本語のとりうる最高級の表現力を具備して、読者を金子光晴の世界と、マレー半島の地理と、風俗へと誘いこんでいく。『マレー蘭印紀行』の文章を読んでいると、僕はあらためて、日本語の美しさに驚嘆しないではいられなくなってくる。と、同時に、金子光晴の文章は、詩精神は、正確に、冷酷に、昭和の日本の軍国主義思想の頽廃と、不毛と、衰弱と、粗雑さと、凶悪さを見ぬいている。そこが凄い。圧倒的な迫力をもって、僕らを魅惑してくるのである。

札幌の街で、僕はそんなことを思っていた。

「競馬ニホン」昭和五十五年号数不詳

「嗣治の女」——ロンシャン競馬場

先日、阪急三番街の紀伊國屋書店で数冊の本を買ったところ、包装をしてくれた女性店員が、このらんの愛読者です、と、語りかけてくれた。手前ごとで恐縮だが、僕の書いたものは、どういうわけか、最近は女性読者が八〇パーセント、男性読者が二〇パーセントと、圧倒的に女性読者のほうが多いのだが、それでも競馬について書いたもので、女性読者から、「愛読しています」と言われたのは、はじめてのことだった。

生まれつきてれやの僕は、ひたすらうつむいて、早々に紀伊國屋から去ったが、しかし、その女性店員の声は、いつまでも、僕の耳に残った。僕はなんとなく——夢にふと聞きてうれしかりしその声も、あわれ長くは続かりき——という啄木の短歌を、思いだした。小説でも、散文詩でも、このらんのようなエッセイでも、僕は僕なりに微力ながら、最善をつくして書こうとしているのにはかわりないのだが、その女性店員の声は、夢にきいた声のように、やさしく響いて、ながく余韻をのこした。それにしても、あわれ長くは続かりきとは、夢のあとの抒情をつたえてあまりない歌である。

僕は藤田嗣治展を見たばかりだった。

藤田の作品は、第一次大戦がはじまるまで、一九一〇年代に入ったころの作品が、圧倒的にすばらしく、藤田の出現にパリの画壇が熱狂的な拍手を送ったのも容易にうなずけるのだが、今回の展覧会は、例の秋田の豪商平野政吉コレクションが主な陳列作品で、いわば、太平洋戦争前後の円熟期にはいりかけた時代の藤田作品であるため、画家の若き日の物の怪に憑かれたような、白熱した感性と、昂揚した情念のうづまく展示は見られなかった。とは言うものの、彼の描いた「女」は、依然として、見る者に溜息をつかせるように、玲瓏《れいろう》として、サンスュエルであった。アンバランスな手指や足指の肉づきをかたちどる曲線にささえられて、女性の肉体が白露のように輝きを放っていた。その女性たちは例外なく、「朝のしとね」を連想させるシーツの乱れたベッドに身を伏せ、表情には愉悦のなごりに哀愁をただよわせ、肌はマイセンの陶器のように、戸外からの光を受けて、濡れた光沢をゆきわたらせながら、女性本来の肌にふさわしく、冷たくひきしまり、男との交応に天啓の到来を確信しおえた誇りを顕示して、画のヴァルールをたかめていた。青年客気のころの藤田嗣治の描いた女性の肌には、シルバー・グレイとワイン・ローズとの作りだした藤田ならではの、独特の色感があって、この世のものとは思えぬ艶冶《えんや》さだったが、その面影は、今回の展示作品の随所に散見されて、僕を、ある恍惚に誘いこまずにはおかなかった。

そうした展示作品のなかに、「ロンシャン競馬場」という作品があった。これは、エッチングを思わすように、黒い線だけで描かれた競馬場の風景画だった。正確に言えば、競馬場のスタンドで、競馬を見ている女性だけが描かれていた。彼女は、ひとりでスタンドに立ち、彼女以外には、わずかに、コースの一部がそれとわかる程度の淡さで画き添えられていた。が、それだけで、僕には、たちまちロンシャン競馬場の雰囲気が伝わってきた。藤田嗣治がこの作品を画いたのは、むろん戦前のことで、僕はそのころのロンシャン競馬場の実際を知るよしもないのだが、しかし、ひとりの女性の立ち姿をめぐって、あの豪華というか、妖麗というか、はなやかさの極みとでもいうべきロンシャンの偉容は申し分ないほど充実して、全貌をあきらかにしてきていた。ラベンダー色とオパール色の中間色で彩色されたスタンドや、そのスタンドにはめこまれたガラスの、磨きぬかれた酷薄な色感や、コースの起伏や、緑の変化におおわれた森の遠景や、石づくりの古びた風車小屋のたたずまいや、競馬場をすぎる風のきらめきなどが、まちがいなく、彼女の全身から感知された。

彼女は、たぶん、よくわからぬが、馬券を買いに行ったまま、なかなか戻って来ぬ男を待ちあぐねて、つい、席から腰をあげ、男をこれほど魅惑する競馬とは、いったい、どんな興味をひきたてる場所なのだろうか、とでも云いたげな風情に見えた。あるいは、レースとはまったく無関係に、体内に残る前夜の余情を、なつかしみ、いつくしみつつ、レースの昂奮がはじまるまでの束の間の時を、頰のほてりを風にあてさましているようにもおもわれた。そうした、さまざまな想像が、彼女の姿からうまれてくるたのしさが、気品と優雅さをうしなわずに、作品に充溢していた。風景は競馬だし、雰囲気は泡立つように浮き浮きとした、驕りの春のひとときの幻影にも似た光景なのに、藤田嗣治は、彼が生涯追求してやまなかった「女」だけを、ひたすら、描いていた。

僕は、しばらく、「ロンシャン競馬場」の前を立ち去れずにいた。

梅原猛氏の近著『湖の伝説・橋節子論』はすぐれた画論だが、そのなかに、画家はいかにもたくさんの色彩を駆使できるかのような印象を、観る者に与えるものだが、実際は、どの画家にも使える色は、せいぜいひとつ、多くてふたつだ、と指摘している箇所がある。梅原氏らしい卓見だが、僕は「ロンシャン競馬場」を見ながら、その梅原氏の論を思いだした。藤田嗣治は、たぶん、彼の描きなれた前述のシルバー・グレイとワイン・ローズ色で、競馬場の女を画きたかったにちがいない。が、それらの色は、ロンシャン競馬場の華麗な色彩の氾濫のなかでは、あきらかに風景に埋没してしまって「女」は死んでしまう。それならば、いっそのこと、無色で描いて、逆に、画を観る者のイメージに、女の実在感を訴えかけようとしたのであろう。その狙いは、みごとに的中して、風景の過剰をおさえ、女が正面に彫ふかく浮きあがってくる効果をたかめていた。心憎いまでの自分の技術への自信が、大胆で、奔放な構図をとり、しかも、情緒を過不足なくゆきわたらせ、競馬の哀歓を表現していた。女の美しさと哀しみとにストレートに肉薄しようというのであろうか。藤田嗣治は、女性以外のものを描くことによって、女性のもつ生命感や、肌のにおいや、血のうずきなどを喪失してしまうのを忌避しているようであった。

パリの裏街の侘しい光景もよかった。雑草がおいしげった原にそって、ひっそりと窓をとざした家が描かれていた。どの家の窓も黒で塗られているのに、どの窓ガラスも青い空の色を映していた。

藤田嗣治の生涯について、ここで詳述するスペースはないが、彼は日本の新劇の父といわれた小山内薫の従兄弟にあたる。藤田は幼少のころ、家庭のつごうで軍人だった蘆原家にあずけられ（この人は乃木将軍の副官だった）、そこで、画家になることを志す。美術学校を出たが、文展（今の日展）には連続落選で、それで、パリに行き、たちまち認められて栄光を獲得した。また前述の蘆原家の令息が元「婦人公論」編集長で、シャンソンを日本にひろめるのに功績があった蘆原英了氏である。

「競馬ニホン」昭和五十五年号数不詳

ショパンは優雅？　戦闘的？——『秋のソナタ』断章

「ショパンは力強く辛らつで、情熱的で苦痛にみちていて、男性的よ。彼は男らしい男なのよ。彼の曲は優雅な曲じゃないのよ。耳に快くない。むしろ逆ね。その激しさと闘いながら弾くのよ。四十五年もこの曲と格闘してきたけど、まだわからないことだらけよ。

ショパンは情緒的だけど女性的じゃないのよ。情感と感傷とは大ちがい。あなたのは悲痛さがよく出ていたけど、もっと冷静に曲想を表現しなくては……」

これは、イングマール・ベルイマン監督の映画『秋のソナタ』のなかで、母と娘の間に……ショパンについてかわされる会話の一節である。

有名な女流ピアニストであった母（イングリッド・バークマン）が、娘（リヴ・ウルマン）にむかって、ショパンの演奏のしかたを教える。楽曲のとらえかたと言ってもよい。

映画のなかで、登場人物たちが、音楽、それも、楽曲のとらえかた、作曲家の性格分析をすることは、たいへん珍らしい。『秋のソナタ』は、母と娘という、ふたりの女性の相互理解と、自己主張と、憎悪と、反撥と、侮蔑とを描いている。

母は早くからピアノ演奏家として、世に出る。娘はそのような母を尊敬と、羨望をもって見ていた。

が、母は夫を捨てて、他の男のもとへ走った。娘は彼女の父親を愛している。その父親は母に裏切られた。娘はそれで母に対して憎しみを抱く。しかし、娘もまた大人になり、結婚し、母が夫から離れた理由も、理解できるだけの、人生体験をつんだ女性に成長している。昔は、立派な芸術家として尊敬していた母も、今になってみると、ひとりの女であった。娘はそんな母を憎しみながら、反面では、母も自分も、おなじ恋に生きる女だと確認する。それどころか、恋をテーマとすれば、母と娘は、たがいに、自分を主張しあう、ライバル同士だとさえいえる。母への失望の深さは、現在では、娘の自己主張の激しさや自己確認の強力な支えに変質している。

『秋のソナタ』のリヴ・ウルマン(左)とイングリッド・バーグマン

この母が、ショパンのピアノ曲をひく娘にむかって上述のようなことをいう。日本映画や、テレビだと、このようなケースでは、母と娘が互いの立場を承認しあったり、快く迎えいれたり、和解しあったりするが、『秋のソナタ』には安易な妥協がないので、かえって映画を観る人たちの共感を呼ぶ。母はショパンの曲を語ることによって、彼女自身の生きかたを娘に主張しているのかもしれない。自分は恋のために、夫を捨てた。娘を裏切った。自分は感傷的な女と見られたかもしれない。恋という情緒に生きる女と軽蔑されたかもしれない。が、自分にとって、恋はつねに冷酷な戦闘だった。熱狂を誘う嵐だった。夫をその間に心のやすまる時は、かたときもなかった。自分はつねに主体的で、男性的であった。そして自分の恋を激励してくれたのは、ショパンの曲。ショパンの曲は自分の情熱の源泉にほかならなかった。と、いうわけである。

母は崇高な精神をもった芸術家ではない。むしろ、この世のどこにでもいる、恋に生きる女であり、現実感覚そのもので生きている女である。彼女からは、ぷんぷんと、なまみの女のにおいが発散されてくる。その俗臭に、娘は母を許し、許しながら、母を女として認め、認めることによって、あらためて、恋を中心に対立しあう「女」として、それぞれが、自己主張のかぎりをつくす。娘はすでに、少女時代とちがって、母の前でひるまない。萎縮《いしゅく》しない。彼女も胸を張って、声をたかめ、頬を紅潮させる。その意味では、娘もまた、闘う女であり、男性的であり、冷静な観察者である。

母はイングリッド・バーグマンが演じている。周知のように、バーグマンはスウェーデン女性である。バーグマンのスウェーデン語読みは、ベルイマンである。だから、ここでは、同姓の監督と女優が顔をあわせたことになる。娘はリヴ・ウルマンが演じている。ウルマンは、かつて、監督ベルイマンの夫人だった女優である。女優のバーグマンは、この作品のシナリオを読んで、自ら出演を申しこんだ、と、つたえられている。女ならば、女優ならば、ぜひとも演じてみたい、と思ったのであろう。彼女自身の経歴のなかに、『秋のソナタ』の母親の心情が、濃くかさなりあうものがあったにちがいない。一方、おなじことは、ウルマンのほうにも言えるのかもしれない。大芸術家と信じ、いわば、自分の教師として、自分の個性や、才能を伸ばしてくれたものへの憧憬や、賛仰が、そのまま自分の性意識の昂揚につながった男が、実は、生活を共にしてみたら、自分の幻想とは逆に、欠陥もあれば、弱点もある世俗そのものを代弁する男でしかなかった。が、その男も、欠点だらけの男として認めると、かつて、欠点と嫌悪したものが、長所として受けとれる。

母と娘がショパンの曲を媒介として、それぞれの立場で、想いを、披瀝しあう。なるほど、そのようなときに、ショパンの曲が、甘美で、抒情的で、感傷的であっては、はなしにならない。ショパンの曲は激烈で、力づよく、男性的で、意志的で、戦闘的で、アグレッシィヴで、狂奔と熱情にみちあふれ、しかも、芸術としての品格と、調和と、均衡を失っていない。

ショパンで、どの曲がいちばん好きか?、と、僕は自問自答する。

僕はたぶん、マズルカ全曲をあげるかもしれない。が、なぜか？　と問われると、答につまってしまう。

ショパンのどの曲にも、『秋のソナタ』で語られているような激しさと、暗さがある。意志の断乎とした主張もある。人生のもろもろの体験の重圧にもめげなかった力づよさもある。と、同時に、『秋のソナタ』で母と娘が、それぞれ、女としての生の確認を追求していく、きわめて、人間くさい魅力にも、ことかかないからかもしれない。

「みんおん」昭和五十七年一月号

夫、虫明亜呂無をめぐる追想

虫明敏子

昭和三十二年の、初秋のある朝、部屋で縫い物をしている私の前の縁先に、よれよれのシャツにズボン姿の見知らぬ男が近付いてきました。

当時、実家の庭に建っていた、マッチ箱のような別棟に妹夫婦が住んでいて、その人はそこから出てきたので、妹夫婦の所に来た客であることは確かで、邪険に追い払うわけにもいかず、妹たちも変な人を泊めたものだと思いながら見ていました。

その人は、直立不動で頭を下げますと、「まことに不躾で恐縮でございますが、ゴム紐を頂けませんでしょうか」と馬鹿丁寧な口調で言います。

ゴム紐を押し売りに来る、自称刑務所を出たばかりという、怖い人のことが頭をよぎりましたが、その人は、ゴム紐を売りにきたのでなく、貰いに来たわけです。

訳が分からないままに、黙ってゴム紐を渡しますと「ありがとうございます、助かります」と、深々と頭を下げて、妹夫婦の家に戻っていきました。

その人は、義弟に連れられて家に来る途中でパンツの紐が切れてしまったので、私の所にゴム紐を貰いに寄越したということは、後で判明しました。

義弟が、どこで彼と出会って、どういういきさつで家に連れてきて泊めたのか、定かではありませんが、私に引き合わせるためだったような気がしてなりません。

そうでなくては、ゴム紐くらい妹の所にもあるはずだし、なくても妹が取りに来るほうが自然なのに、いきなり見ず知らずの人を寄越したという説明がつきません。

ともあれ、その一件で、彼は、我が家では「パンツさん」と、呼ばれるようになってしまいました。それからほどなく、妹夫婦は義弟の実家である横浜に移り、その後に、なぜかパンツさんが引っ越してきたのです。

彼の場合、引っ越してきたというより、身一つで転がり込んできた、という方が当たっています。どんな貧乏学生よりも何もなく、布団すらありません。彼の説明によりますと、一組しかない布団に弟と二人で寝ていたので、自分が布団を持ってきてしまうと、今夜から弟は板の間に寝なくてはならなくなるので、持ってくるわけにはいかなかったのだそうです。弟と一緒に住んでいたその家は、古くてぼろぼろのあばら屋で、寝ながらにして天井から星が見えたと、結婚してから聞かされました。星が見えるなら、雨も家の中に降って来るでしょう、と言いますと、そういうことになるな、と初めて気付いたようです。星は降るけど、雨は降らないらしいのです。

どこまで本当の話なのか、首を傾げることはよくありましたが、何か憎めなくて、おかしくて、追究できなくなります。

布団がなくては可哀想だと、我が家から、布団と鍋釜茶わんまで彼に貸し出しました。

「すみません、すぐに買いますから、それまでお借りします」と、彼はしきりに恐縮していましたが、それが戻ってくることは遂にありませんでした。

結果的にそれらの品々は、嫁入り道具として、私より一足先に彼の元に届けられたことになります。越してきたものの、決まった時間に仕事に出掛けるわけでもなく、何をしている人なのかさっぱり分からず、家では、どうしてこんな得体の知れない人に家を貸したのか、理解に苦しみました。

その時点では、それが、私という嫁き遅れの娘を片付けるための布石であることに、気付きませんでした。彼が越してきて日ならずして、ある日私は、パンツさんとの結婚を勧められたのです。勿論、パンツさんと一緒になれと言ったわけでなく、ちゃんと名前を言いました。

それが、今まで聞いたこともない変てこな名前だということも、数日前に知ったばかりでした。彼が書いて示したその名前を見て、母が「神社のお札みたい」と言ったのを思い出していました。

その神社のお札みたいな名前の人との結婚を切り出されて、私は、えーっ、あの人と、と、正直がっかりしてしまいました。空想の世界での私の結婚相手は、熱烈なファンだった、佐田啓二みたいな人で、パイロットかエンジニアでなくてはなりませんでした。

私は文系よりも、理系の男性が断然、好きなのです。空想ですから、実現するとはもちろん思っていません。でも彼は、あまりにも私のタイプとかけ離れています。

それなのに、私は、「はい」とうなずいてしまったのです。パイロット姿の佐田啓二が、すーっと、遠ざかっていきました。

いかず後家から、オールドミスとなり、ハイミスと呼び名は変わっていっても、今では死語になっているそれらの言葉が、まだ生きている時代でした。

兄も妹も結婚して、一人残ってしまった私に、父の従妹が「あなた、妹に先に結婚されて恥ずかしくないの」などと言いながら、せっせと縁談を運んできていました。両親はそれほど露骨ではありませんでしたが、内心、持て余していることは伝わってきて、何となく居心地の悪い思いをしている今日この頃でした。

そこで、ま、いいか、パンツさんで手を打とう、となったわけで、いうなれば見切り発車でした。その時私は二十九歳、三十歳は、あと半年後に迫っていました。

気が付くと私は、家なく職なく親もなく、金もなければハンサムでもない、というナイナイづくしの男に嫁ぐことになっていました。

承諾した私に、父は「あの人は、なかなか才能がある」と言いました。それ以外の推薦の言葉はありませんでした。

彼の素性が分かったということも、娘を委ねる理由の一つになったと思います。彼の父と私の父が洋画家という同業者で、若いとき面識があったということが判明したのです。彼の父親は、若くして画家として頭角を表していたそうですが、彼が四歳、弟がまだ、お腹にいる時病死し、母親の手一つで育てられたわけです。

彼の珍しい名前から、父は、昔出会った一人の洋画家を思い出し、確かめたところ、その人の息子と分かり、父は懐かしがって、彼を相手に昔話などしていました。

その頃彼は、ドナルド・リチイというアメリカの映画評論家の、通訳や翻訳で収入を得ていたようですが、生活していけるのか、両親が聞きただしたとは思えません。

彼の才能を信じたというより、この男を逃したら、私というお荷物を一生抱え込んでしまうと焦ったような気がしてなりません。僻みでも思い過しでもなく、自分がこの家における持て余しものであるという感覚は、物心ついて以来、消えたことがないのです。

彼が初めて私の前に現われて、三ヶ月も経たずに、私は、彼が住んでいる庭先のマッチ箱に、ひとまたぎで嫁入りすることになりました。

家族と近い親戚数人集めて、家でささやかな式を挙げることになりましたが、彼はいつのまにか姿をくらましてしまい、始まる時間になっても戻ってきません。もしかして逃げたのかも知れない、と思った時、不意に私は、彼を失いたくない、と思ったのです。死ぬほど好きで結婚する相手ではないのに、いつのまにか彼は、私の中に侵略し始めていました。

結婚が決まってからある日、私は、リチイの翻訳した文章の口述筆記を頼まれて、彼の部屋にいきますと、原稿用紙を差し出して、「ここに、河、と書いてください」と言うので、言われるままに、タイトルの「河」という字を書きました。

でも、書いたのはそこまででした。ペンを持って後の言葉を待ち構えている私に、「あなたの少女時代のことを聞かせてください」と言うのです。問われるままに、私は子供時代のことを話しましたところ、話しおわると、彼は「よし、あなたを出世頭にして上げよう」と言いました。何の思い入れもなく、経験した事実だけを話したのですが、内容があまりにも暗くて悲惨だったからでしょう。彼はかなり驚いたようです。

そこで、自分が出世することで、皆を見返させて上げる、ということなのでしょうが、私のために何かをしてくれるという人に、生れて初めて出会ったのです。

「河」という一文字だけ書かれた原稿用紙を挟んで、彼の、その言葉を聞いたとき、彼は、私の中に深く根を下ろしてしまったようでした。

その彼が、結婚式を前にして姿をくらましてしまったのです。彼もやっぱりそうか、これまで付き合ってきた相手と同じ、彼も逃げたのだ、と思うしかありませんでした。

その時、逃げ切っていれば、引いてはならない籤を引かずにすみましたのに、彼は帰ってきてしまったのです。

皆を散々待たせて、息急き切って戻ってきて「すみません、世話になった人のところに結婚の報告にいって話し込んで、遅くなりました」と平謝りする彼を、私は、結婚の報告なんて後でいいじゃない、と、思いながら見ていました。

「実は、ラグビーを観に行っていたんだ」と、私に打ち明けたのは、式が終わって、新居で二人きりになったときでした。

その日、十一月二十三日は、毎年、ラグビーの早慶戦が行われる日だということを、スポーツに疎い私は知りませんでした。

「そんならそうと言ってくだされば、日延べしたのに」と言いますと、「日延べしたら、気が変わったかも知れないだろう」と言うのです。

「どっちが？」と聞きますと「もちろん、そっちがさ」と答えましたが、その時点では私の結婚の意志は固まっていましたから、迷っていたのは彼の方だったのかもしれません。

彼の気持ちに迷いが生じたとしたら、それは、私の幼児体験を聞いたときに違いありません。彼と出会うまで、私も人並みに幾度か恋愛はしましたが、一人として私に結婚を申し込んだ人はいませんでした。

結婚のケの字をほのめかしただけで、遠ざかっていくのです。男は、親に慈しみ育てられた娘しか生涯の伴侶に選ばない、というのは動かしがたい事実なのです。

「私は、親に愛されて育った娘でなくては、結婚したくない」というのは、三島由紀夫が結婚前に語った言葉です。屈折した女を、男は敬遠するのです。

彼が、最も引いてはならない籤を引いてしまったというのは、そういうことなのです。

私が受けた仕打ちは、女の子としては辛いものだった、としか言えませんが、物心付いたときには、異次元の世界に追いやられていました。

見た目は普通なので、私の中の地獄に気付く人は誰ひとりいません。来る日も来る日もああ、今日も辛い一日が始まるという絶望感から始まるのです。

中身は、幼児期に止まったまま、身体だけは大きくなっていった、そういう女を彼は、生涯の伴侶に選んでしまったのです。

彼が後に、そのエッセイや小説の世界で女性の理想像を追い求めていったのは、私のような不完全な女を娶ってしまったから、そう思えてなりませんでした。

しかし、今、新たに編まれた彼の本を読むと、彼に対する深い感謝の思いがこみ上げてくるのです。

編者あとがき

本書は、独特のロマンティシズムの芳香に満ちた文体で、未だに根強い熱狂的なファンを持つ作家、批評家、虫明亜呂無の第二エッセイ集である。

今春、私が編んだ虫明氏のエッセイ集『女の足指と電話機——回想の女優たち』（清流出版）は、意想外な反響を呼び、数多くの新聞、雑誌の書評で取り上げていただいた。

この本を纏めるに当たっての、私の秘かな願いは、従来、スポーツ評論やスポーツを素材にした小説家としてのみ知られていた感のある虫明氏が、映画、演劇、文学、音楽、女性論、旅、ギャンブルなど幅広いジャンルに健筆を揮った、卓抜でポップな魅力あふれるコラムニストであることを明らかにしたいということであった。

とくに虫明氏が最も脂が乗っていた一九七〇年代後半から八〇年代にかけて、ほぼ併行して連載していた「スポーツ・ニッポン」の「うぇんずでい・らぶ」、「競馬ニホン」の「ときには馬から離れますが」、「みんおん」の「音楽エッセイ」から精選した傑作コラムは、私の意図を見事に立証してくれていると思う。当時、こんなハイ・クオリティのコラムが埃っぽいスポーツ新聞や競馬新聞の片隅に載っていたこと自体、一種の奇跡ではないかとすら思われるのだ。

多彩なジャンルを論じながらも、虫明氏の関心は、一貫して「女」に向けられていた。たとえば「再び〈女〉について」というコラムでは次のように書いている。

「僕は〈女〉のことばかり書いてきた。〈女〉は永遠の興味の対象だし、僕は〈女〉が大好きだからである。〈女〉は生命だし、存在そのものだし、生活であり、生きることだからである」

この虫明氏の女性に対するほとんど手放しの熱っぽい賛仰は、どこから生れてきたものなのだろうか。そんな永年の疑問もあり、今回、編集が一区切りした段階で、奥様の虫明敏子さんにお会いし、じっくりとお話をお伺いする機会を得た。

久々にお会いした敏子さんは、ニューヨークに住む石岡瑛子さんや、元「スポ・ニチ」の「うぇんずでい・らぶ」担当編集者であった木村隆氏らの感動的な献本の礼状を見せてくださり、さらに、「私、口下手なものですから、多分、ご興味あるようなお話はできないと思いますので、こんなメモを書いてみたんです」と数枚のワープロで書かれた原稿を手渡された。

一読し、名状しがたい感銘を受けた私は、この一文を、急遽、「夫、虫明亜呂無をめぐる追想」と題し、著者あとがきのかわりに、本書に収録させていただくことにした。お読みいただければ、お分かりのように、鋭い〈女房的肉眼〉によって、虫明亜呂無という稀有な作家の意外な貌が垣間見えるすばらしいエッセイである。

本書では、時代や風俗を鮮やかに切り取った短いコラムが中心であった前著とは異なり、比較的長いエッセイを随時、挟むことによって、より虫明氏の全体像が摑めるような構成を試みた。

第一章では、虫明亜呂無という作家の原点を探るべく、自伝的な回想を収めている。とくに「母のおもかげ」は、亡き母親を追慕した美しいエッセイである。そのほか、彼が十代の後半、フランス語を習ったフランス女性、そして天皇の誕生日の当日に、家出した、ある少女をめぐる甘美な思い出は、何度かリフレインされる。

虫明氏の人物スケッチは定評があるが、一九六〇年代の後半における、三島由紀夫と伊丹十三を描いた陰翳に富むポルトレは、今、読んでも独特の風合いが感じられる。とりわけ「朽ちぬ冠」は、悲劇の伝説的なマラソン・ランナー円谷幸吉を描いたスポーツ小説としても読める、空前絶後の傑作である。昨今の威勢がいい、しかしセンチメンタルなだけのスポーツ・ライターなど、この名品を前にしたら、まったく顔色無しであろう。

第二章では、長めの女優論を中心に収めた。〈女優の時代は終わった、と思う〉という挑発的な断言によって説き起こされる、〈なま身のおんな〉としての岩下志麻の魅力をさぐったエッセイが冒頭に置かれている。続いて、小学校の夏休みの宿題で〈白紙のノート〉を出したエピソードから、岸田今日子という稀有な感受性と知性を持つ女優の個性が瞑想風に記述される。

そして、名高いエリートを輩出した川田一族という視点から、戦後史の中に吉永小百合という女優の特異な〈反庶民性〉を浮かび上がらせた論考には、サユリストなどと称する凡百の評論家には絶対に書けない怜悧な分析と凄みすら感じられる。

「愛の彷徨と遍歴」は、近年、再評価が高まっている蔵原惟繕の代表作『硝子のジョニー　野獣のように見えて』の映画評である。『憎いあンちくしょう』をはじめとする蔵原と脚本家・山田信夫の名コンビによる〈愛をめぐる至高の観念劇〉は、今なお、みずみずしい魅力を放っているが、芦川いづみが日本版ジェルソミーナともいうべき薄幸のヒロインを演じたこの傑作を、これほど深い洞察をもって解き明かした評論はない。まさに映画批評家、虫明亜呂無の真骨頂である。

そのほかには「スポーツ・ニッポン」の名コラム「うぇんずでい・らぶ」から映画、演劇、歌などをテーマにした粒よりの作品を集めた。

第三章では、アイリス・マードック、マルグリット・ユルスナールなどの女流作家をエロティシズムの視点から論じたエッセイに始まり、チャップリンのドキュメンタリー映画から、彼の数奇な女性遍歴に思いを馳せる。さらに、ウディ・アレンの『マンハッタン』に描かれたユダヤ人の恋愛模様、『帰郷』でみせたジェーン・フォンダの成熟した大人の魅力へと話題は多岐に広がっていく。

第四章では、スタビスキーという馬名から、映画『薔薇のスタビスキー』の話題に転じ、この稀代の詐欺師の生涯と二十世紀初頭のダダという芸術運動、レーニン、トロッキーが暗躍する革命の時代を交錯させたエッセイが印象深い。かと思えば、川端康成の『美しさと哀しみと』やジョイス・キャロル・オーツの短篇集『愛の車輪』の官能的な〈性の描写〉が礼賛されるという具合である。

なかでも晩年、最も力を傾注した自作の小説の話題が目に付く。伝説のピッチャー沢村栄治を妻の視点から描いた『風よりつらき』、天才ランナー人見絹江を主人公にした『紅茶とヒース』など、虫明氏のスポーツをテーマにした傑作は数多い。これらの作品も、いずれ機会があれば、纏めてみたいと思っている。

虫明敏子さんと歓談した後、別れ際に、ふと、思い出したように、「そういえば、虫明は、私が諏訪根自子さんに似ているから、結婚したんだ、と言ったことがありましたわ」と呟かれたのが、ひときわ印象に残った。我が意を得たりという思いであった。

本書は、『女の足指と電話機』と同様、あるいは、それ以上に、虫明亜呂無という作家の本質的な魅力が味わえるエッセイ集になったのではないかと自負している。

最後に、改めて本書の企画にご賛同いただいた虫明敏子さん、清流出版株式会社社長の加登屋陽一氏に深く感謝致します。

二〇〇九年十月吉日

高崎俊夫

虫明亜呂無（むしあけ・あろむ）

一九二三年東京生れ。四六年、早稲田大学文学部仏文科を卒業後、同大文学部副手を経て、五八年、ドナルド・リチイの『映画芸術の革命』（昭森社）の翻訳を手がける。『映画評論』編集部に所属。その後、フリーとなり、スポーツ、文芸批評、映画、音楽、演劇、旅、ギャンブル、恋愛論、女性論など幅広い分野で名筆を振るった。六六年に上梓した『スポーツへの誘惑』（珊瑚書房）は名著として知られ、三島由紀夫、大島渚等に絶賛された。六九年、三島からの依頼で『三島由紀夫文学論集』（講談社）を編纂。記録映画『札幌オリンピック』のシナリオも執筆している。七九年には『シャガールの馬』が直木賞候補になり、スポーツ小説集『ロマンティック街道』（話の特集）など、透徹した美意識と独特のロマンティシズムに満ちた文体は、未だに熱狂的なファンが多い。作家としての飛躍が期待されたが、八三年、脳血栓で倒れ、八年間にわたる闘病生活の末、九一年六月、肺炎のために死去。同年、玉木正之編で『虫明亜呂無の本』全三巻（筑摩書房）が刊行されている。〇九年、エッセイ集『女の足指と電話機――回想の女優たち』（清流出版）が編まれると、NHK BSブックレビュー、新聞、雑誌の書評等で絶賛され、再評価の機運が高まっている。

仮面の女と愛の輪廻

二〇〇九年十一月二十七日［初版第一刷発行］

著　者――虫明亜呂無

発行者――加登屋陽一

発行所――清流出版株式会社
東京都千代田区神田神保町三-七-一　〒一〇一-〇〇五一
電話　〇三（三二八八）五四〇五
振替　〇〇一三〇-〇-七七〇五〇〇
〈編集担当・臼井雅観〉

印刷・製本――藤原印刷株式会社
乱丁・落丁はお取り替えいたします。
ISBN978-4-86029-313-0
JASRAC　出　0912125-901

http://www.seiryupub.co.jp/